武杨话剧小品选集

武杨 ◆ 著

2019厦门市优秀中青年个人文艺资助项目

图书在版编目（CIP）数据

武杨话剧小品选集 / 武杨著． -- 长春：吉林文史出版社，2020.3
ISBN 978-7-5472-6797-4

Ⅰ．①武… Ⅱ．①武… Ⅲ．①话剧剧本－作品集－中国－当代 Ⅳ．①I234

中国版本图书馆CIP数据核字（2020）第048574号

武杨话剧小品选集
WUYANG HUAJU XIAOPIN XUANJI

著　　者：武　杨
责任编辑：钟　杉　王　新
封面设计：四川悟阅文化传播有限公司
出版发行：吉林文史出版社有限责任公司
地　　址：长春市净月区福祉大路5788号　　邮编：130118
电　　话：0431-81629363（总编室）　0431-81629372（发行科）
网　　址：www.jlws.com.cn
印　　刷：成都市兴雅致印务有限责任公司
经　　销：全国新华书店
开　　本：210mm×145mm　1/32
印　　张：9.5
字　　数：320千字
版　　次：2020年8月第1版　2020年8月第1次印刷
定　　价：49.80元
书　　号：ISBN 978-7-5472-6797-4

印装错误可与印刷厂联系退换。

自 序

1996年春，我在吉林省白城市戏剧创作室参加工作，任5级（事业单位专技初级起步档）创作员，从此走上了戏剧创作之路。受彼时吉林省文化大环境制约，白城市戏剧创作室一般只针对市吉剧团和市艺术团（前身为京剧团）创作二人转、拉场戏和小品，即使有能力创作大戏的资深编剧也极少创作大戏，原因很简单——不易立戏又鲜有发表平台。所以，两年一次的"全省二人转、小品汇演"成了兵家必争之地。我因为是青年作者，创作小品暂无唱词压力，也就是从那时起，坚持小品创作至今已有24年。

20世纪末，吉林省戏剧创作盛况空前，最多时有356位编剧，业内戏称"山本五十六"。全省各地市，包括县一级，都有专业编剧。白城地区的专业编剧至少有二三十位。每逢全省二人转汇演前夕，各地市的戏剧创作室，哪怕经费再难，都会找到一个水草丰美的度假村，带上几箱地产白酒，组织召开本市的剧本讨论会。因为最终要在省里比赛评奖，所以这样的创作会必须要邀请省里的专家来点评剧本。会上，每一位编剧都会提交一两部作品，大家在烟气和茶气的包裹下，在前夜酒精的困扰下，诚惶诚恐地轮流宣读自己的作品，然后等待省里专家的"批判"。好的剧本当然会得到褒奖，一般的剧本也会收获很多建设性意见，少数存在重大逻辑问题或者主题与当下意识形态工作不相适应的剧本就会被专家"枪毙"。个别剧本被"毙"的可怜人，竟会连夜创作一部新戏，第二天再次接受"审判",这样的人物会被同行戏称为"浑身是本"。当然,新剧本的腹稿一定是早在肚子里打磨了很久,只是尚未形成文字而已。由此可见,当时的创作氛围有多好,大家的干劲有多高,实力编剧的本事和抗压能力有多强。

我就是在这样一种创作氛围当中成长起来的。

1997年,也是我参加工作的第二年,我创作了一个小品叫《诊所》,由市艺术团立戏,参加了1998年的全省二人转汇演,并获"新人新作奖"。在省会长春比赛期间,著名编剧何庆魁老师也来观摩,剧场里,经大安县编剧张庆东(央视春晚《卖车》《卖拐》作者之一)的引见,我结识了何庆魁老师并授以小品《诊所》的改编权。有了这个机缘,才有了2003年央视春晚我和何庆魁老师合作编剧的小品《心病》(荣获2003年中央电视台"我最喜爱的春节晚会节目一等奖")。记得当时何老师在一家朝鲜族餐厅请我吃了便饭,然后还带我到长白山宾馆认识了著名演员高秀敏。也是从那时起,作为一名青年编剧我有了成就感,也更加坚定了我个人的"文化自信"。

因为作品越来越多,获奖规格越来越高,我很快就取得了中级编剧资格。2004年6月,厦门市委宣传部面向全国招聘文艺人才,我通过笔试、面试等一系列考核,于同年底正式调入厦门市文艺创作中心。从东北来到闽南,在异域风情的刺激和感召下,在经济特区文化惠民政策的鼓舞下,我拓宽了"戏路",除了创作小品,还创作了大量曲艺作品,如相声、快板、快板书、双簧等,厦门市委宣传部"文艺人才项目扶持"也在2018年为我个人举办了《不忘初心 勤廉为民》曲艺节目专场。同时,因为厦门文化建设投入经费较多,宣传文化工作对文艺作品需求量大,我还创作了十几部大型广播剧、音乐剧、话剧、小剧场话剧和网络电影、微电影,其中一部分作品得以立戏、拍摄并获奖。20多年来,我共计创作大大小小的戏剧、曲艺和影视作品三百余部。

戏剧小品,一般来说从属于话剧,是个洋玩意儿,创作和表演的理论当然要遵循话剧。小品本土化以后，特别是本山小品现象出现以后，小品的地位节节攀升，小品也据此有了"曲艺小品"之说，各类小戏、曲艺的赛事也网开一面，逐渐把小品纳入其中。在20世纪末到21世纪初，经由电视等媒介的推广和传播，小品的地位达到了巅峰。目前，虽然巅峰已经过去，但各种变换形态的"小品"（如"喜剧总动员""欢乐喜剧人"等）依旧活跃在电视栏目中，这些小品打破了舞台藩篱，也发展得风生水起。小品的新一代编、导、演随即产生，至于小品在未来会发展成什么样子，那只能是"用事实说话"了。

任何一个领域，要想出人头地，无非两点，天赋加勤奋。戏剧创作当然也不例外。

关于小品创作的一般规律，我有以下几点经验，不一定精准，权作与同行交流。概括起来有八个"多"：一是多看多思考。北方有句俚语叫做"照葫芦画瓢"——哪怕是最伟大的发明，最初都要站在前人的肩膀上。创作小品也一样，要多看经典的小品，多揣摩经典小品的结构、对白和动作以及对白和动作之下刻画出来的典型人物暨典型性格——熟读唐诗三百首，不会吟诗也会吟。二是多写多修改。"临渊羡鱼不如退而结网"，光看不写肯定成不了编剧，创作最终要落实到笔头上。感觉差不多的素材就要尽快动手写下来，写的过程也是再创造的过程，特别是青年作者，常常在写作的同时有更加闪光的点子产生。初稿完成了，先自己调整自己理顺，然后找同行提意见，然后再修改，直到交给导演和演员。写小品要学会听意见，自己认为有用的意见就吸收，认为无用的意见就尽快忘掉。不要怕同行提意见，意见不可能百分之九十以上有用，但百分之九十以上绝对真诚，做我们这一行对"喷子"也要心存感激。当然，更不要怕剧本被"枪毙"，"敝帚自珍"绝对成不了"王者"。三是多演多立戏。小品是精炼的东西，在创作上和大戏有很大区别，一个编剧如果能在舞台上亲身实践自己的作品，很快就会发现创作上的不足。比如某个演员台词太长太多，就会导致其他演员长时间无事可做，比如开篇节奏太慢、中场冲突不激烈，比如舞台调度不科学不合理，比如对白太多动作太少，等等。如果一个编剧能够亲自到舞台上实践自己的剧本，很多错误就会立马呈现，并且永不再犯。如果确实没办法、没机会表演自己的作品，也不要被眼前的名利左右，一定要争取机会更多地把自己的作品立到舞台上，只有多经历舞台的磨炼，多经历导演和演员的二度创作，才有可能产生好作品。四是多走多体验。高居庙堂，写不出好作品。一定要走出门去，体验离自己较远的陌生的生活，才能写出有特点的人物，才能编织出"情理之中意料之外的故事"。很多编剧有这样一种观念，即，我每天都在生活当中，不必刻意去体验生活。这是十足的谬论，多年来害人不浅。人的生活圈子和工作环境一般来说都比较固定和封闭，没有新朋友，没有新鲜事物的刺激就鲜有创作的冲动和素材。即使你很勤奋，但"宅"在家里，创作的源泉也会有枯竭的一天。同时，"纸上得来终觉浅"，编剧当然要多读书，但是全部依靠读书，靠意会别人的情感和经历来创作就会有局限，正所谓"想知道梨子的味道一定要亲口尝一尝"。所以说，不要排斥"体验生活"，如是，只能说明自己还停留在初级阶段。

创作的路虽然艰苦，但必定伴随着独有的快乐。很多编剧嘴上说"操着卖白粉的心，获着卖白菜的利"，可大家依旧不愿放弃创作，依旧在这条艰难的道路上隐忍前行，正是"剧本虐我千百遍，我待剧本如初恋"。

感谢中共厦门市委宣传部"厦门市优秀中青年个人文艺资助项目"的大力支持，才有了本书的结集出版，我个人必将以此作为新的起点，无须扬鞭，一定努力创作出更多更精彩的文艺作品，同时，也愿祖国的文艺事业礼花满天！

2019 年 10 月

目 录
CONTENTS

廉 政

村主任送礼 …………………………………… 002
村主任送酒 …………………………………… 007
考　验 ………………………………………… 013
谁对谁错 ……………………………………… 018

行 业

爱在厦门 ……………………………………… 024
安愉人生兴鹭岛 ……………………………… 029
爸爸的生日 …………………………………… 033
好运来 ………………………………………… 037
烈火金刚 ……………………………………… 042
其实你不懂我的心 …………………………… 047
一张全家福 …………………………………… 053

是真是假	060
特殊服务	065
美好的回忆	069
我从你的世界飞过	075
新食堂	079
银庄正传	084

军 旅

第十次承诺	088
老来乐	094
逆行的风采	098
女片警的一天	101
神奇的二维码	106
实话实说	112
为了谁	117

社 会

爱心永恒	124
冰雪情	129
拆迁喜剧	133
找亲人	139
二孩大战	143
巧治心病	148
回家	153

金融聚会 …………………………………………… 157
两地情 ……………………………………………… 159
极品夫妻 …………………………………………… 164
心　病 ……………………………………………… 168
外来工 ……………………………………………… 175
彭厦情 ……………………………………………… 181
圆　梦 ……………………………………………… 186
幸福在哪里 ………………………………………… 190
孕妇与乞丐（哑剧） ……………………………… 195
夜深人不静 ………………………………………… 197
鼓浪屿上"屿家亲" ………………………………… 201
老杨的日记 ………………………………………… 206
社区里的故事 ……………………………………… 210

童　话

鹭岛明星猪八戒 …………………………………… 216
春眠不觉晓 ………………………………………… 218
海宝游厦门 ………………………………………… 221
谁最美 ……………………………………………… 224
黔之驴后传 ………………………………………… 227
愚公后传 …………………………………………… 230
知错就改的皇帝 …………………………………… 232
有爸的孩子像块宝 ………………………………… 235

校 园

比爸爸	240
您的世界，我来过	243
您，从未离开	250
木兰style	254
老师，谢谢您！	257
送子上学	262
我爱三角梅	266
我们的故事	271
我心中的红领巾	275
小树，小树，快长大	277
小小交警	280
小英雄雨来	284
一把锄头	288

村主任送礼

时间　现代
地点　陈德富家内外
人物　陈德富　男，普通农民养殖户，四十多岁，简称"陈"
　　　德富妻　四十多岁，简称"妻"
　　　村主任　男，四十多岁，简称"村"

〔舞台上客厅摆设，一桌两椅，桌上有电话，酒杯酒瓶，水杯和一只烧鸡
〔德富妻从下场门上，腰系围裙，手拿抹布

妻　（满心欢喜地边擦桌子边哼唱）人逢喜事精神爽呀，喜鹊登梅好事成双——（罢了手，转对观众）你问我为啥这么高兴？哎，实话和你说了吧，截至今天，我们家虾池的承包款就全部都还完了！也就是说，从今天开始，以后的两年，我们家承包那五亩虾池的收入就全是我们自己的了！你们说我能不高兴吗？

〔陈德富戴草帽，手拎两个酒瓶子，垂头丧气地上
〔把手里的两瓶酒往桌子上一蹾，坐下

妻　哟，（对观众）看着没，还是我老公想得周到，我这边菜才刚出锅，人家酒都备好了，（转对老公）老公呀，倒酒，我今天好好陪你喝点儿！

陈　喝，喝！还喝什么喝呀，你现在就是给我喝云南白药也无法医治我心灵上的创伤！

妻　（惊）这是怎么了？老公，发生什么事了，你快说呀！这酒你不是也买了吗？

陈　这……这酒……这酒哪是我买的呀！

妻　那这酒——

陈　这酒是别人送的！

妻　哟，看不出来，都有人给咱们送礼了，谁送的？把他找

来一起喝!
陈　村主任送的,你找去呀?
妻　(惊)村主任送的?胡说八道。
陈　村主任能无缘无故给我们送礼吗?
妻　这事可确实不小,这是海啸发生的前兆呀!
陈　我也是这么想的呀,老婆,还有,平时村主任一见到我就爱和我开玩笑,从不叫我大名,见我就叫我狗剩子。
妻　今天呢?
陈　刚才在村头,村主任遇见我了,手里拎了两瓶酒,离老远就叫我,"德富呀,我正要去你家里呢,这两瓶酒你先拿回去尝尝,我随后就到,还有重要事情和你商量。"
妻　确实是有点奇怪呀。
陈　怪什么怪,我说一点都不怪,村主任这是冲着咱家承包的那五亩虾池来的!
妻　啥?虾池?可咱合同还没有到期呀?
陈　你可真是榆木脑袋不开窍呀,村主任要是让你死让你哭都找不着调呀,村主任要是想把虾池包给别人,他能找出一万条理由,然后随便赔两个小钱也就是了,咱们两年来的心血就白费了。
妻　唉,都看咱这五亩虾池有钱赚了,都眼馋着呢。
陈　老婆呀,不让咱承包这虾池更好,咱回东北老家,继续开酒厂!(抹一把眼泪)老婆呀,倒酒!
〔村主任急上,叫门
村　德富呀,开门呢!
陈　(把一双鞋脱下扔到地上,对老婆)听着没有,叫我大名!
妻　唉,无论如何这门总得让人家进吧。(起身去开门)
村　(进屋,笑对德富)德富兄弟呀,(看桌上的菜)伙食不错呀。
陈　哪里,哪里,穷人,吃不明白,瞎吃。
妻　(推丈夫)你看你,怎么和村主任说话呢,这么不客气,(转对村主任)村主任,你别和他一般见识,这两天他得禽流感了,心情不太好。
村　没事,没事,有能耐的人就应该有点脾气,我喜欢。
陈　有什么话你就竹筒倒豆子——照直了说,别跟我转弯抹角的,我不习惯!
妻　是呀,村主任,有什么话你就直说吧,(对观众)让人砍死呀，不难受，这刀架在脖子上才难受呢，大伙说是吧。

村　（坐下）德富呀，最近听说虾池挺赚钱呀。

陈　（对观众）我说得不错吧，（转对村主任）那当然了，人只要勤快，没有做不好的事！

妻　村主任，那可是我们两口子两年来的心血呀。

陈　（转对身边的老婆）怎么样，就是冲着咱那五亩虾池来的！

妻　（对观众）这真的是黄鼠狼给鸡拜年——没安好心呀！

村　德富呀。

陈　你别叫我大名，过去叫啥还叫啥，听着别扭！

妻　对，听着别扭！

村　过去是过去，我叫你狗剩子是没把你当外人，是把你当哥们儿，但现在不行了。

陈　怎么个不行法？

村　村干部都学习了社会主义荣辱观，和群众相处也要相互尊重了，上次在乡里开会，乡长特别提出这个问题。

妻　什么问题？

村　就是不能叫群众的外号，乡长说叫群众的外号不是和群众打成一片，不是深入群众，那是不尊重群众，那是藐视群众。

陈　可群众要是不反对呢？

村　那也不能叫！

妻　村主任呀，您日理万机，能在百忙之中光临寒舍肯定不是和我们聊荣辱观来了吧？

村　那是，那是。

陈　村主任呀，虾池我们也承包两年了，但我们一直没给您什么好处呀。

村　好处？什么好处？

妻　（对观众）就是回扣呗，现在谁还不知道呀，你可别装糊涂了，你不还是因为我们没给你上供嘛！

村　这都哪儿跟哪儿呀。

陈　村主任呀，我们没给你回扣也是王八喝醉酒，盖不由己呀，承包时虾池的贷款也才刚刚还完。

妻　是呀，给个痛快，直说吧。

村　德富呀，今天我从进屋开始就没弄明白你们两口子是怎么回事，你是不是冲撞着啥了？（用手摸德富头）

妻　不是跟你说了吗，他得禽流感了。

陈　对，我这两天有病，快玩完了，半夜眼睛都蓝了，买东西也不知道给钱了，一加一等于三也觉得难了，看电视把赵本山都看成孙楠了。

（吐舌头，作怪态）

〔村主任手机响，接听，德富两口子一直在竖着耳朵听

村　喂，是我，乡长，我现在就在陈德富家，是，陈德富这人您放心，他在东北的时候开过很大的一个酒厂，这个人的人品和技术我敢担保，放心，乡长，我一会儿就把他给您带过去！

陈　（好像听出了点门道，态度转变了）村主任，您刚才好像说什么开酒厂？

妻　是呀，别的不敢吹，就做酒来讲，我们家德富可是把好手呀。

村　我就知道德富兄弟是把好手才来请他出山的呀。

陈　坐坐，村主任，坐下说。

村　乡里办了个集体酒厂，可是出酒率怎么也上不去，酒也不好喝，乡长急坏了，四下里找技术员指导，对了，我刚才给你的酒呢？

妻　这呢。

陈　倒上，倒上呀！

妻　是，是（倒酒给二人喝）。

村　这就是咱乡里产的酒，你尝尝，粮食没少糟蹋，可就是产量上不来，酒也不好喝。（喝一小口）

陈　（心思根本没在酒上）村主任，这么说你不是冲着我承包那虾池来的？

村　合同上不是还有两年吗？

妻　（大喜）村主任，您真的不是冲着我们承包那虾池来的？

村　那还有假！

陈　（大喜，激动地握村主任手）这回我们之间也没有什么异议了，您在我们心中又恢复凝聚力了，我们两口子对你的感情今生今世也没法放弃了，你在我心中的地位谁也无法代替了！

妻　（推开老公，握村主任手）村主任，刚才有什么冒犯之处您可别生气了，你在我心中的形象简直无法比喻了，现在就是你亲我一口我都无法回避了！这种感觉相当甜蜜了！

陈　村主任，你不是人呀！（村主任和德富妻二人惊）你是神呀！！

妻　是呀村主任，听您刚才这一番话，我也是激情澎湃，心生崇拜，我找了半辈子的幸福，原来你才是我迟来的爱呀！（双手握村主任手）

村　（站起身，对观众）德富呀，咱老百姓怕干部呀，这我知道，你们俩口子刚才的心思我也理解，这不能全怪你们，

目前在我们的干部当中还有个别不称职的，但那毕竟是少数，更多的还是在为老百姓服务呀！走，德富兄弟，跟我到乡里的酒厂看看去！

陈　是，主任，保证完成任务！

（二人转身欲下）

妻　哎，回来，回来，老公，你的鞋！

〔三人谢幕

〔剧终

村主任送酒

时间　一天傍晚
地点　德富家内外
人物　德富夫妻　村主任

〔舞台上乡村客厅摆设，八仙桌，桌边两椅，桌上时令水果，两个超级大柚子，香烟，冷水杯，酒杯若干
〔德富从下场门急上，对观众

夫　（沮丧地）完了，完了，这下全完了！
妻　（兴高采烈地持钓鱼竿从上场门上）老公，我回来了，圆满完成任务。
夫　（苦着脸）这么快就圆满啦？
妻　嘿嘿，我就用这把钓鱼竿，把两瓶"土豪酒"轻轻一钓，成功地躲过了村主任家的老黄狗，巧妙地骗过了大花猫，顺利地放在了村主任家的院子里。
夫　（愁眉苦脸地跺脚叹气）完了，完了，这下全完了！
妻　（没察觉，仍旧兴高采烈）老公，你快给村主任打个电话，告诉他这两瓶土豪酒是我们诚心诚意送给他的，（放下钓鱼竿，累得喝水）一感谢他大公无私，二感谢他清正廉明，三感谢他带领咱全村致富奔小康。
夫　老婆，（快哭了）两瓶土豪酒真的放到村主任家院子里了？
妻　对呀，我办事，你放心！
夫　（抹一把脸上的汗水，抓老婆两手）老婆，有老鼠药吗？
妻　什么意思？
夫　能不能喂我一包？
妻　嘿！中邪了吧你！（摸额头）
夫　刚才县里晚间新闻曝光，咱送给村主任那两瓶土豪酒呀，是——
妻　是什么呀！
夫　是假酒！
妻　（晕倒被扶住，随即醒）老公，你确定新闻曝光的假

	酒，就是咱们在土豪超市买的土豪酒吗？
夫	确定，一定以及肯定！（妻晕倒）老婆，老婆，你可要挺住呀！
	〔村主任提深色方便袋上，袋里暗藏着两瓶土豪酒和一只卤鸡
村	（看见两人抱在一起，扭头）德富呀，大白天在家锻炼身体呀！
夫	村，村主任，您这么快就知道啦？（妻醒了，"村主任"）
村	我知道什么？
妻	没，没什么，村主任，来，您请坐，您喝水。
村	（把袋子放在桌角，坐）我不渴。
夫	您抽烟。
村	我戒了。
妻	村主任，那您吃荔枝。
村	刚吃过，（看见荔枝）德富呀，咱们村今年的荔枝可又是个大丰收呀。
妻	是，咱们全村人在村主任的带领下已经实现了（夫妻齐，比动作）"树连片，果满山，农民收入翻一番"！
村	但这荔枝丰收了，咱们村的路就显得有点窄了，运输水果不方便呀。
夫	村主任，你不用说了，我都知道，村里要修一条致富路，这条路要从我家的果园里通过。
妻	村主任，这路一定要从我家果园里经过吗？
村	是呀，要想把这条致富路修得又笔直又平坦，就一定要从你们家果园里经过。不过你们两口子放心，一切损失由村里承担！
夫	村主任，为了全村人民的利益，我同意！
村	（对妻子）嫂子，你同意吗？
妻	嗯。
夫	我同意。（强举妻子手）
村	好！为了表达敬意，我代表村委和全村父老乡亲敬你们一杯（取出酒和鸡放在桌上）！
夫	啊，土豪酒！（夫妻对视，酒瓶上写着大大的"土豪"二字）
妻	（旁白）屋漏偏逢连阴雨。
夫	船危正遇挡头风，两瓶假酒这么快就回来了。
村	德富。
夫	这……这酒不能喝！
村	这酒为什么不能喝。
夫	这……我……我不会喝酒。
村	开玩笑，平时你最爱喝酒了，你不是常说嘛，"酒是

粮食精，越喝越年轻，三天不喝酒，胡子都打绺，要想生活有乐趣儿，喘气就得带点酒糟味儿，喝完酒要不闹事，那纯属酒没劲！"来，（拿过酒杯就倒了两杯）德富，我代表全村父老敬你，干了！

夫 （端起酒）我……（问老婆）我……干了？

妻 （暗中掐了德富一把）傻呀你，不要命啦？

村 （听见了）没那么严重吧。

妻 （笑）村主任，这两天他不太方便。

村 什么意思，谁？谁不太方便？

夫 村主任，我……这几天我感冒了，禽流感，你看，我们家不是养鸡嘛，鸭子，鸽子，对，还有鹌鹑，这些都是禽类，这几天我们一起，都感冒了。

村 胡说八道，我们家还有一百多只大白鹅呐，来来来，别磨叽，快把酒喝了！

妻 村主任，他真有病了，最近眼睛都蓝了，买东西也不知道给钱了，看电视把赵本山都看成孙楠了，还有一天晚上回家，他走着走着竟然走到刘寡妇家门前了，他呀，现在这智商和视力基本玩完了。

夫 （装瞎，朝另一个方向）村主任，你是不知道呀，村主任，村主任。

妻 这边！（把德富扭回来）村主任，你看看，病得不轻吧？

村 哈哈哈，你们俩口子就别跟我演戏了，德富呀，来，干杯（仰头要喝）！

妻 （抢过村主任的杯子，一口干了）咳，咳。

夫 （也干了）老婆，你没事吧。

妻 （暗对德富）村主任一身正气，日理万机，让村主任受伤天打雷劈！（暗对老公）老公，这假酒劲真大呀。

村 你们这是。

妻 村主任，我们先干为敬，要尽地主之谊！

夫 对，地主之谊。

村 （又倒两杯酒）那这第二杯可要我敬你们了。

夫 村主任，不过我有个提议，咱们划拳，五，十五，二十，（村主任举双手说"等等"）你输了。（端起村主任的酒杯一口干了）

村 （抓头）我输了怎么你喝酒？

妻 对呀，刚才你说的，酒是粮食精，越喝越年轻，酒是好东

村 西,那不就应该赢的喝吗?
村 好好好,新规矩,赢的喝,赢的喝,(再次把酒倒上)我就不信你每次都能赢。
夫 五,十五,二十,村主任,你又输了,(一口干了酒)你呀,你看看你呀。
村 (抓头)这样,我陪一杯吧。
妻 停!村主任,等等,平时都是你代表俺们村民,今天我替你喝一杯!(一把夺过村主任的酒喝了)
村 (奇怪的表情)咦,这两口子,(再次把酒倒满)今天这是怎么了?
夫 老婆,不能再喝了,我感觉,感觉不太对劲。
妻 老公,什么感觉?
夫 老婆,两个村主任,一,二,两个你,你们都别动,我看看哪个是真的,(空抓两把,然后捏老婆双肩)这个软和,这个是真的。
妻 老公,你先坐下,吃点东西,空肚子喝酒更容易醉。
村 对,不说我还给忘了,快尝尝我刚买的烧鸡。
夫 坏了,坏了。
村 (以为说鸡坏了)不可能,咱村吴老二,三代经营烧鸡,从没坏过。

夫 村主任,鸡没坏,是我坏了,老婆,我眼睛先坏了,然后是脑袋、心脏,最后是腿,你看,(走脑血栓步)老婆,你看我是不是快成植物人了呀?
村 (有点生气了)德富呀,你这是干嘛,不就喝点酒嘛,多大个事儿!(生气了)不用说,我明白了,你们又喝酒又演戏,就是想多要些征地拆迁的补偿款!
妻 村主任,你看不起我们!
夫 村主任,修路是正经事,不修路,富的是我一个人,修了路,富的是全村人,村主任,道理咱懂,(大吼)咱老百姓的觉悟不低!(要掌声)
村 好好。
夫 村主任,你是不知道呀。
村 那你就告诉我呀。
夫 有些事情,说出来是个故事,不说出来永远是个谜!(醉笑)
妻 老公。
夫 老婆,我快要不行了,(打个酒嗝)但我不后悔,老婆我最舍不得你呀,我才四十岁,还没和你过够呢,想当年,咱们俩青梅竹马,两小无猜,老婆,你还欠我一个儿子呢，（英雄了）但为了父老乡亲，为了村主任，老婆，我先走一步，我走以后你就改嫁吧！（软下来）但有两个人你不能嫁，一个是光棍二狗子，他脾气不好。

村 德富。

夫 坐下！（村主任吓得坐下）另一个是离婚的四驴子，他人品不好。老婆，有两个人你可以嫁，一个是你中学班长陈有才，他人实在；另一个是现任村主任毕维官，他有能耐！

村 住口！太不像话了，刚才我进屋的时候你们都还正常，怎么几盅酒下肚就开始胡说八道了呢？

妻 村主任。

夫 村主任，曾经有两瓶好酒摆在我的面前，我没有珍惜，直到失去了才追悔莫及，人生最痛苦的事情莫过于此。如果上天可以再给我一次重来的机会，我一定砸烂那两瓶土豪超市买来的土豪酒，如果非要给砸烂加一个期限，我希望是，一万年！

村 德富，这到底是怎么回事？

妻 村主任，刚才喝的酒是我送给你的假酒，我们是怕你中毒，才抢着喝的。

村 你们什么时候送给我的？

妻 村主任，怕你不收，刚才我就用这个钓鱼竿，把两瓶土豪酒轻轻一钓，成功地躲过了你们家的老黄狗，巧妙地骗过了大花猫，顺利地放在了你们家的院子里。

村 （微笑着看他们表演）喔，我明白了，原来是这么回事。

夫 老婆，我叫陈德富，真正的英雄是不会留下名字的，你不要给我树碑立传，就让我陈德富默默无闻地走了吧！（走向台口）老婆，再见了，村主任，再见了，父老乡亲们，我陈德富会想念你们的！（醉倒在地上）

村 德富大哥，（二人把他扶到椅子上）不瞒你们，（音乐起）土豪超市的假酒就是我举报的，我能分不出真假？你们刚才喝的酒是我五年前刚选上村主任时存下的，就是想有一天用来奖励咱村最有功劳的乡亲，德富大哥，你放弃自己家即将丰收的果园，为全村致富修路，你就是英雄。德富大哥，你刚才喝的不但不是假酒，而且是咱们村最好的酒，这酒只有像你这样的英雄才配喝！

夫　英雄？

妻　（惊喜）老公，快醒醒，你刚才喝的是真酒，是好酒，是村主任奖励给我们的英雄酒！老公你快醒醒呀！

村　来，（倒酒）我再一次代表全村的父老乡亲敬你们一杯。

妻　村主任，他……已经不行了，还是我代表吧。

夫　谁说我不行了，谁说我不行了，（摇晃着站起，端起酒杯）咱们的好日子才刚刚开始！

〔三人齐，"来，干杯"！

〔切光

〔剧终

考 验

时间　现代
地点　村主任家内外
人物　村主任　男，三十多岁
　　　村主任妻　三十多岁

〔幕启　舞台上客厅摆设，一桌，二椅，桌上有水杯花瓶等物，手机铃声响，村主任妻着家庭便装从下场门一边接电话一边上

妻　喂，是村主任大人呀，嗯，都不用你操心，我全部都准备好了，就等着你快点回家祝我生日快乐了！（收线，喜形于色地对观众）您问这村主任是谁，告诉你吧，是我老公！刚刚竞选上村主任一个星期，是个十足的新官！

〔村主任背电脑包上，敲门

村　老婆，开门呢，你老公回来了！

妻　（开门）哟，老公呀，不，村主任（拍打老公衣服）嘻嘻，累坏了吧。

村　那还用说，当村主任是为人民服务，怎么轻松得了呀。

妻　那是那是，快请坐，快请坐。

〔老公坐，老婆倒水，老公喝水

妻　（从老公肩膀上欲取下电脑包）老公，这是什么宝贝东西呀，到了家还舍不得放下。

村　（躲过老婆的手，没让老婆动）老婆，这是我送你的生日礼物，你猜猜看。

妻　那么小的一个包会有什么贵重东西，我猜呀也就是个毛巾被！

村　不对，这可比毛巾被贵重多了，能买好几十条毛巾被呢。

妻　总不会是个笔记本电脑吧。

村　嘿，老婆，还真让你给猜着了，这就是个笔记本电脑！

妻　啊！真的是笔记本电脑？

村　那还有假，我什么时候骗过你呀，你过生日，我能不送

点礼物表示表示吗？

妻 （不安地站起身对观众）那可是好几千块钱的东西呀，我老公的兜里平时除了烟钱也没有多余的钱，再说了，他要是买了这么贵重的东西能不和我商量商量吗？我呀，得好好盘问盘问他！

村 老婆，你一个人在那里嘀咕什么呢，来，过来给我揉揉肩，这一天把我给累得。

妻 好好，老公，您现在可是人民公仆呀，我能给你揉揉肩那可是我的荣幸呀，这活儿别人想干还没机会干呢，是吧，老公，可……可是……

村 有什么话你就快说。

妻 嗯，老公，听说最近修建村中心小学正在招投标呀。

村 是呀，你怎么什么都知道？

妻 （暗对观众）作为村主任太太我得给老公敲敲警钟，拒腐防变咱家属也有责任呀！

妻 老公，说实话，那笔记本电脑是你花钱给我买的吗？

村 （惊讶地站起对观众）什么？买电脑不用花钱？我是比尔•盖茨吗？（恍然大悟，站起身）悲哀呀，同志们，现在当官多不容易啊，连自己老婆都不信任自己了，不过这话说回来，出发点还是好的，她这是给我敲警钟，怕我刚当上村主任就腐败。

妻 老公，快点回答我的问题，这个笔记本电脑是你花钱给我买的吗？

村 老婆，你怎么会问我这样的傻话呢，我现在是村主任了，村主任你懂不懂！我想弄个笔记本电脑还要自己花钱买吗，这简直就是在骂人。

妻 这么说这电脑是别人送的？

村 当然是别人送的了，现在正要修建咱们村的中心小学，有人送点东西也是正常的，不过这个笔记本电脑我是不能收的，明天我就给他退回去。

妻 真的吗？老公。

村 那还有假，我什么时候骗过你？（坐回到原位）

妻 （对观众）我老公还行，还有点抵抗力，我就说我老公不是那样见利忘义的小人。

（更加温柔地给老公揉肩）

村 这点东西还想打动我，修建村中心小学，那可是上百万的工程，想接到这份活儿，低于一辆小轿车的，都给我统统拿回去！

妻 （头一晕，险些摔倒，被老

公扶住，坐到椅子上）啊？天哪，老公，这是你发自肺腑的话吗？

村　那当然，老婆，你听我说，现在我是村主任了，有权了，我这权力要是不用，过期就作废了，我得趁着现在这大好时光多捞点，要不咱们俩退休以后可怎么办啊，咱不为自己想，也要为咱儿子想想吧。

妻　咱儿子还没满一周岁呢。

村　现在人家说一个小孩子从出生到上大学要三十多万呢，咱得先把这笔钱给他凑够了，这样咱心里才能踏实，你说对吧？

妻　老公，咱可不能那样，这贪官污吏可没少倒下啊，有判了无期的，还有被拉出去枪毙的！

村　老婆，你放心，你老公的本事你还不知道吗？那些倒下的贪官污吏是因为手法不高明，做事露了马脚才被纪检部门发现的，你应该对自己老公有信心，只要咱贪污得小心、谨慎，贪污得巧妙，那就肯定没问题！

妻　老公，听你说这些我怎么这么害怕呢？

村　现在这年头，是撑死胆大的、饿死胆小的，你是女人，害怕也正常，我是男人，我不能害怕，没听人说吗，小贪养家糊口，大贪发家致富，咱们家我是顶梁柱，我不多搞点钱，你不是白嫁给我了吗？

妻　老公，我看这村主任咱还是别当了，咱还过咱的安稳日子，嫁猫嫁狗我都认了。

村　老婆，这你就不对了，过去咱多穷呀，为给你买件衣服我连烟都戒了，现在咱有权了，咱得快点让权生钱，你听我的，保证没事，从今往后，你要跟我搞点配合，以后再有送礼的，我不出面，你替我收，真要有被纪检部门发现的那一天，我就说我不知道，你不是党员也不是干部，纪检部门能把你一个家庭妇女怎么样？

妻　这……这能行吗？

村　这有什么不行，这叫高明，还有，要是有人给咱们送现金呢，你就替我收着，然后你给他打个借条，不出事的话，这钱咱就花着，要是出了事呀，咱拿出借条把钱还给他不就完了？

妻　太可怕了，老公，你这是在哪里学来的？

村　还有，遇大工程，我就给那

包工头先拿去个一万两万的，工程一结束，他就给咱们十万八万的。

妻　可这中间的七万，八万是怎么来的呀？

村　知道狗熊是怎么死的吗？

妻　知道，笨死的。

村　你还不如狗熊呢，那七万八万是咱投资的收益呀，这叫变相受贿，从表面上看合理合法，明白吗？

妻　太可怕了！

村　以后咱们夫妻俩搞好配合，就这么干，两年内咱买轿车，五年内咱就买别墅了！

妻　老公，今天我看你咋这么陌生呢？

村　收起你那崇拜的目光吧，我还是我。

妻　（走近老公）老公。

村　别离我这么近，距离产生美。

妻　老公，我这不是在做梦吧？

村　不是不是，你要不信就掐自己一下，狠狠地掐自己一下。

妻　（掐老公的胳膊，老公叫"哎哟"）就掐你这一下，余下的力气我留着送你上法庭。

村　把我送上法庭？我没有听错吧？你也没有生病吧？

妻　我很正常，只是你太不正常了。

村　（对观众）同志们，看到没有，老婆要把老公送上法庭了，多新鲜呀，我辛辛苦苦不也为了咱们这个家吗。

妻　（坐下，叹气）我也想明白了，本着对你负责，对党负责的原则，我还是趁早把你送上法庭算了，别等你把整个村都卖了。

村　你凭什么送我上法庭呀，证据呢？

妻　就是这个。（端出笔记本电脑）

村　老婆，这笔记本是我送你的生日礼物呀！你难道不喜欢吗，这电脑不是你朝思暮想的吗？

妻　可我也不能要你受贿的脏东西呀。

村　老婆，实话和你说了吧，这笔记本电脑真的是我送给你的。

妻　你的钱是哪里来的？

村　刚发的半年绩效考核奖啊？

妻　你用什么证明这是你花钱买的？

村　我这里有发票呀。（从兜里取出发票）

妻　（接过发票仔细看）老公，这都是真的？（撒娇地捶打老公）骗我，你这个坏蛋！

村　老婆，（对观众）刚才我进屋时你的质问让我很震惊，我知道，现在的确有个别当领导的不干净，一些腐败分子也的确给党抹了黑，可那毕竟是少数。老婆，这不能代表我们光荣伟大的党，这不是社会的主流！要坚信，我们党的干部绝大多数是为人民服务的！

妻　可你为什么还要把那些行贿受贿的事情说得那么具体呢？

村　（搂过老婆的肩膀，对观众）我是想让你也和我一起并肩作战，作为干部家属，你也有责任和我一道拒腐防变，保持清醒，我要把我知道的那些腐败的陷阱全部都告诉你，让你也能配合我随时识破行贿分子的手段！

妻　老公，你太可爱了，今后我一定和你并肩作战，你真是我的好老公！（搂过老公脖子欲亲，被老公推开）

村　哎，注意点影响，台下还有未成年人呢！

〔谢幕

〔剧终

谁对谁错

时间　现代
地点　村主任办公室内外
人物　小辣椒　女，四十多岁，简称"小"
　　　小辣椒夫　四十多岁，简称"夫"
　　　村主任　男，三十多岁，简称"村"

〔幕启　舞台正中，偏左有一张办公桌，小辣椒挎篮子风风火火地从观众席上

小　（从观众席边走边唱上）今天是个好日子，吉祥的事儿都能成……（对观众）哎呀妈呀，（特指台左某一位观众）那位问我今天为什么这么高兴，嘿嘿，新上任的村主任一大早就给我们家打了电话，说村委会讨论一致通过由我们家承包村里最好的那块机动地，让我和我老头子今天来签合同，大伙说，这是多大的喜事呀，村主任对咱们这么够意思，咱也不能不表示表示呀，（一举篮子）大伙明白了吧，不管风云变幻，我小辣椒能永远立于不败之地，靠的全是这一手！嘿！（特指台右某一位观众）那位又问我一个北方人怎么就来到了闽南，嗨，跟着那当兵的老伴复员到厦门，这一待就是二十年，我这东北腔现在也变成了闽南调喽！（转身对幕后）老头子！快走呀，神六都上天了，你咋就这么慢呢！

〔小辣椒丈夫也挎一个篮子上

夫　（边上边擦汗）就我这腿脚还能跟神六比呀，你可别糟蹋神六了，我这腿脚也就能和咱隔壁脑血栓的吴老二比一比吧。

小　地球人要是都像你这效率都能回到原始社会了。

夫　（偷对观众）原始社会更好，没有送礼这回事，也不

用跟你遭这份罪。（朝观众一举篮子）

小　你一个人瞎说什么呢？

夫　没，没有，全听夫人指示。

小　听我指示，看你那没精打采的样子，昨天聊了一宿QQ吧！

夫　聊什么QQ呀，异性网友都让你删除了，我在你那白色恐怖之下还敢有什么言论，你那独裁的作风比希特勒都过分。

小　（对观众）嘿，他还教训起我来了。

夫　（继续对观众说）你说咱新上任的村主任多好，你就忍心用两只王八把这样好的一个年轻干部拉下水？再说了，就咱村主任那岁数根本也用不着吃王八呀！

小　老头子，我看你真应该洗洗脑了，你真是越来越糊涂了，村主任给了咱好处，咱表示一下，这不能算行贿，只能算感情交流。

夫　有机会口头交流一下就行了呗，还非要……

小　（捂住老伴儿嘴）这也是一种投资，如果你明年还想要继续承包机动地的话，那今天就得这么办，明白不？（对观众）和这样的人沟通太费劲了，（又转对丈夫）我说就你这智商还想出来混啥呀？！（拧了丈夫胳膊一下，丈夫疼得直咧嘴）（又用手戳丈夫脑门儿）就你这智商出门能让家里人放心吗？

夫　你就是打死我我也不相信，天底下当官的就都像你说的那样贪财！

小　喂，我说咱上一届村主任你忘记了？

夫　那能忘吗，他可把咱村害惨了。

小　公款吃喝，连吃带拿，贪污受贿，又要又卡，村委会办公室没人的时候他就拉着妇女主任的手，非要……

夫　怎么了？

小　笨，（指观众）大伙都明白，就你一人儿糊涂。

夫　老婆，说到底那是上一任村主任的事，他不也让镇纪检委给拿下了吗，他不也得到了应有的下场吗！

小　你就相信我吧，村主任把机动地给咱们了，咱们把这两篮子东西送上去，也就放心了，明白吗？天底下没有免费的晚餐，这年头和爹妈都是换来的！

夫　我就是不相信，我不走了！（一屁股坐到了地上）

小 老头子，你不走也没关系，嘿嘿，村委会到了！

夫 （站起身对观众）看见没有，多好的干部才能扛住这样的群众，要我说啊，现在贪污腐败也不能全怪干部，咱也不能低估了行贿群众的破坏力，这些人呢，今天送两只王八，明天送两条香烟，后天送对银镯子。

小 对，就是好戴不好摘那种，公安局统一发的，可这话又说回来，你上哪儿去找那连两只王八都不肯要的干部呢！

夫 （对观众）大家伙儿做证，我今天就和她打个赌，我赌咱新上任的村主任他就是个连两只王八都不肯收的好干部！（要掌声）

小 好，今天我就和你打这个赌，我就让你们大家伙儿都看看，我是怎么把这两只王八送给他的！

夫 早上村主任来电话只说是让咱们去签机动地的承包合同，也没说让带王八呀。

小 我说你这脑袋是不是洗澡时不小心进了水了。

夫 （又生气地坐到了地上）对了，老婆，你真的只拿了两只王八？（伸两根手指）真

要送的话，这两只，会不会？

小 会不会什么？

夫 会不会少了点，嗯，拿不出手呀？

小 这你就放心吧，我小辣椒办事，什么时候都滴水不漏呀。（从筐里一拉绳子，露出两只穿在一起的王八）

夫 （对观众）看看，这不还是两只嘛。

小 （又使劲地一拉绳子，拉出一串王八，足有五六只，还一个比一个大）谁说两只，谁说两只，我这里是王八世家，从爷爷到孙子哪个都不能少！个个都是野生的！（看王八）喂，怎么丢了个王八孙子呢？

夫 什么，王八孙子丢了？那快找呀，肯定在这附近！（二人在台上四处找）

〔村主任西装革履地暗上

村 （对夫）哟，你们二位这是找什么呢？

小 （惊见村主任，四下里打量）哟，村主任！您可真是英俊潇洒，貌若潘安，风流倜傥，气宇不凡哪！有您这样的村主任真是咱全村人的福分哪！（转到村主任另一侧）村主任，您两袖清风、

不占不贪，您爱民如子、勤政为官，我相信在您的英明领导下，咱们村的发展肯定能赶上海峡西岸经济区呀！

村　（惊异的）你们是这个村的吗？

小　（对观众）看见没有，先假装不认识，（转对村主任，把篮子往村主任身上一撞，又抛了一个媚眼）不是您早上打电话让我们来签机动地承包合同的吗？

夫　是呀，还没到中午就不认识了？

村　（一拍脑门儿）噢，你瞧我这记性！

小　村主任您日理万机，忘点事也是正常的。

夫　那是，不忘点事能算贵人吗？

小　那是，村主任要是把这点小事都记在心里，那两岸统一的大事靠谁呀，是不是？村主任。

村　你们俩可真能开玩笑，走，进屋。

〔三人进屋

村　（低头整理桌上的东西，一伸手）拿来！

〔夫将手中的篮子向上一举，人顺势蹲在桌下

村　拿来呀！

〔小辣椒将手中篮子向上一举，人也顺势蹲在了桌下

村　喂，人呢，（绕到桌前发现二人）你们这是干什么呀？

小　你不是说拿来吗？

夫　是呀，我们这不就拿来了吗。

村　你们俩可真是太幽默了，我说拿来，要的是合同，你们手上的那个机动地承包合同，我要给你们盖章。

小　噢，你早说呀，合同，合同呢？

夫　这，在这。（从衣兜里取出合同，递上）

村　（看了一下，盖章，递给小辣椒）生效了，回去吧！

夫　（拉了一下傻眼的老婆）村主任让咱们回去呢。

小　（回过神来）回去？咱还没表示呢。

夫　村主任也没给咱表示的机会呀。

小　（递篮子）村主任，王八，王八，村主任，（抖篮子村主任还不明白）王八村主任，村主任王八！

村　喂，你怎么骂人呢？

夫　（从篮子里一下拉出了一串王八，村主任被吓了一跳）村主任，她不是骂人，她是为了表达自己的谢意，想把这一串王八世家送给您补补

身体!

村　拿回去，快拿回去，小时候家里包鱼塘，除了王八没别的吃的，吃伤了，现在一看到王八就反胃!

小　老头子，实施第二套作战方案——上现金!

〔从篮子里取出一个特大号的包

小　这是多少呀？我让你包一个数，你怎么把咱全部家当都拿来了。

夫　是一个数，就是没来得及换成大票，这都是一元的。

小　你呀，干啥啥不行，吃啥啥不剩!（抱着往村主任怀里塞）

村　你们这是干什么，这村主任还让不让我当了，再说这章也给你们盖了，你们还瞎折腾什么!

小　给我们盖章是你的事，表示表示是我们的事，村主任，您收下吧，您只有收了我们的东西，我们这心才放得下。

夫　是呀，您就收下吧，村主任。

村　（叹口气）唉，你们这是不相信领导干部，机动地给你们承包是村委会开会决定的，是因为你们两口子勤劳能干，地种得好，承包有信誉。

小　真的？

村　好吧，你们要是还不相信的话，我把村委会的会议纪要给你们看看。（取出文件给小辣椒）

〔小辣椒接过

夫　村主任，她不认字。

小　谁说我不认字，小学我念了八年，我是小学本科。

夫　本科你还拿倒了。（正过小辣椒手中的文件）

村　唉，这也不能全怪你们，是有腐败干部，可那不是主流，不代表全部，老嫂子，（拿过文件）机动地能承包给你们家，是因为你们有竞争实力，相信我，一点别的意思都没有，千万别往歪处想。

夫　村主任，一句话惊醒梦中人。

小　村主任，我到今天才算活明白了，我这王八世家您无论如何也要收下，现在这几只王八代表的是咱老百姓的一片心!

夫　你脑袋进水了，村主任小时候天天吃王八，现在一见王八就反胃!

〔三人大笑

〔剧终

行业

爱在厦门

时间　元宵节之夜
地点　林工程师家内外
人物　林工程师，简称"林"
　　　林工妻子，简称"妻"
　　　小保安，简称"保"
　　　王奶奶，简称"王"

〔幕启　舞台上客厅摆设，一桌两椅，桌边有衣架，桌上有花瓶、水杯、电话等物

林　（已经坐在椅子上，他正手扶着脑袋打瞌睡，一惊）哟！（看表）这都快七点钟了，老婆还没回来，今天元宵节，可是咱老百姓阖家团聚的日子呀。（站起身）唉，也难怪，她哪里知道我只请了四个钟头的假呀！（急得一边跺脚，一边伸出四根手指）我们海景二期工程正在浇筑混凝土，机器一旦转动起来就不能停下，（又看表）四个钟头都过去三个半了，这可怎么办呀！到现在连人都还没见着！对，打电话，（打电话）喂，老婆，你在哪儿呢？都在家等你三个多小时了！

妻　（从上场门兴高采烈地跑上）来了来了！（一只手从耳边收了手机，另一只手拎着两只超市里的大购物袋，进门端详老公）老公，你瘦了。

林　不是瘦，是苗条，你不知道，有多少胖子忌妒我呢！

妻　老公，你黑了。

林　黑是健康色，说明我的日光浴做得多呀！

妻　老公，你的皮肤粗糙了。

林　粗糙就是粗犷，这样才像个男子汉嘛！

妻　对了老公，快看看我都给你买了什么好东西！（边说边往外一样一样拿东西，都是一些吃的，还有一条活鱼）这是你最爱吃的鸭肠子，这是你最爱吃的猪尾巴，这是你最爱吃的鸡

屁股，这是……

林　老婆，你是不是想把超市都搬到家里来呀！老婆，（发现）你这包里怎么还有这么多药盒、药片呢？

妻　没关系，吃不完不是还有冰箱吗！

林　老婆，我是说你包里这么多药是怎么回事？

妻　哦，（思考）刚才我碰见隔壁王奶奶，她去幼儿园接孙子不方便，让我帮忙捎回家的。老公，你看看这个。（取出一个暖手炉）

林　什么东西？怪怪的。

妻　这是一个暖手炉，插了电会持续发热，有了它就可以暖你的腰、暖你的胃、暖你的心、暖你的肺！

林　（对观众）看到没有，老婆还是自己的好呀！

妻　（嗔怪的）哼，臭美！

林　（一脸坏笑，但也是故意要让老婆听到）别人的也不差呀！

妻　什么！你刚才说什么！（举手要打）

林　（挡）别别，我是说呀别人的就太差了！

妻　（转怒为喜）老公，你杀鱼，我去煮饭！

林　老婆，我看这饭你还是别煮了。

妻　（高兴地对观众）今天老公要替我煮饭了！

林　不是。

妻　（一根手指指老公，笑）你肯定是要请我吃西餐！也好，（拉老公）走走走，这也是个好主意，元宵节嘛，花点钱也是应该的。

林　（推开老婆）不是，不是，老婆，你听我说。

妻　有什么话就快说，我可是饿了。

林　（看表）老婆，你先听我说，我只跟单位请了四个小时的假，可你看看，（指表）你去超市给我买东西就用了三个多小时了，咱就是做好饭也没有时间吃了！

妻　什么，你再说一遍！

林　老婆，再过十分钟我就要赶回工地了，我们海景二期工程由于受台风影响，已经耽误了一个礼拜的工期了，我们要把工期抢回来！

妻　老林，我问你，你多久没有回家了？

林　嗯，可能……大概……差不多有一个月了吧。

妻　确切地说，是三十八天半。

林　是呀，是呀，这我相信。

妻　（二人坐下来）老林，你说

说看，从我嫁给你的那一天起，你为这个家做出了什么贡献？

林 这……

妻 孩子出生时。

林 公司修……

妻 孩子入托时。

林 公司建……

妻 现在孩子都上小学了。

林 是呀，又来赶海景二期的工程进度。

妻 你说你什么时候能把时间分给我几天呢？

林 老婆，我知道，这些年我欠你们娘儿俩的实在是太多了。

妻 先别说欠不欠，咱们家都住到这个楼里四年了，可这楼里的邻居没一个认识你，一直以为我是单身，刚才二楼的王奶奶拉着我的手非要给我介绍对象不可。

林 那你就看看呗，万一弄出点火花什么的，就有人帮我照顾你了。

〔男保安上，"家里有人吗？"〕

妻 来了来了，哟，保安兄弟，请进请进。

保 好。

妻 保安兄弟，您有什么事吗？

保 中午看你出去了，下午的时候没见你回来。

妻 有什么不对吗？

保 你不在家，可你们家灯却亮着，我怕是进小偷，就过来看看。

林 兄弟，这个家还有男主人呢，他也有钥匙！

保 对不起，那我走了，真是对不起（下）。

妻 哈哈，你看看，住过来这么久了，保安都不认识你。

林 老婆，咱们这是开放式小区，不认识我很正常！

〔王奶奶上，这个喜剧角色可以反串，"小陈在家不？"〕

妻 来了来了，哟，王奶奶您怎么来了？

王 小陈，刚才我看小区里的保安来过，你们俩是不是好上了？

妻 王奶奶，怎么会呢？

王 （坐下）现在大龄剩女不可怕，有圣斗士星使、斗战胜佛，对，还有齐天大圣！

妻 王奶奶，您这是？

王 小陈，以你这条件嫁给那个保安太可惜了，听话，奶奶再给你介绍一个，大学教授，那可真是玉树临风，英俊潇洒，才高八斗，貌若潘安，人称一朵梨花压海棠，

绰号上天入地无所不能的玉面飞龙。（妻子多次打断未果）

林　王奶奶，他叫刘德华对吗？

王　对，对什么对，你是谁呀？（转对小陈）小陈，我知道刚才那个保安为什么气呼呼地走了，原来你人心不足呀！小陈，一个不够，你还想要几个呀？

妻　王奶奶，您看您一直不让我说话，王奶奶，我的终身大事已经解决了，我孩子都二年级了。

王　我怎么没见过？

妻　住学校，每周六回来住一晚，这是我老公。

王　是刚认识的吗？

林　我们已经认识十年了！

王　我怎么没见过你？

林　王奶奶，我在建筑工地上班，工作太忙，一个月不在家待几天，所以您老一直没机会认识我。

王　小陈，你不是被这小子下了迷药吧？

妻　不是，王奶奶，您放心，我清醒着呐！

林　老婆，那些药快帮王奶奶带上，可别一会儿忘记了。

王　什么药？

林　就是您刚才让我老婆帮忙带回来的药呀？

妻　老公，我一会儿帮奶奶送去。

林　药又不是多重的东西，要不咱们现在就去送！

王　你小子一看就不是个好东西，大过节的送我药吃，我们今天刚认识，我真想不起来我哪里得罪你了，你这么咒我！

林　王奶奶，我看您是年纪大了，记性不好，对了，您老今天是不是忘记吃药了？

王　嘿！欺负我年纪大是不是！我年轻的时候演过双枪老太婆（拉架式打架）！

妻　奶奶！老公！实话实说吧，那些药是我的，我刚刚才出院！

林　什么？老婆，你住院了，你怎么不跟我说？

妻　老毛病，住几天就好了，知道你忙，不想耽误你工作！（"老婆！"两人的手紧紧握在一起或者拥抱在一起）

王　（不好意思）唉！年轻人更要注意身体，可别再瞎胡闹了，好了，你们忙吧，我走了。（下，夫妻二人说"王奶奶再见"）

林　老婆，真是对不起。

妻　老公，没关系，别太放在心上了。

林　老婆，公司有你这样的好家属

也是一种幸福！老婆，我发誓，等二期工程完工之后，我带你好好出去旅旅游，咱们上比较大的城市。

妻　行了，行了，你可别讲故事了。

林　老婆，相信我，这次是真的，我至少带你去趟深圳，咱们买它几件时髦衣服穿。

妻　深圳的衣服能跟咱厦门比吗？

林　那就去上海，上海总行了吧，再不行咱上香港。

妻　老公，你就别在那儿瞎许愿了，什么旅游，什么时装，这些我都不图，今天可是元宵节，你就不能在家里住上一晚，好好陪陪我吗！你都三十八天没在家里过夜了老公。

林　好的，老婆。

妻　看你那样子，是不是为难呀，我跟你开玩笑呢，（音乐弱起）老公，我住院这么大的事都没告诉你，我还在乎你陪我这一天吗？老公，你走吧，快回工地去吧，我不留你，真的。

林　老婆，（抱着老婆的肩膀）其实你不应该这样，当老公的工作再忙也该伺候老婆住院，这事要是让公司领导知道，肯定要狠狠地批评我，我们公司忙是忙了点，可不是不讲人情呀，老婆，（音乐渐强）我现在就跟公司领导打电话，延长假期，我今晚一定要在家好好陪陪你！（对观众）同志们，大家辛苦了，我老林今天请个假，我要在家，陪老婆！

〔切光

〔剧终

安愉人生兴鹭岛

时间　母亲节，工作时间
地点　兴业银行大堂
人物　营业厅主任（男）
　　　大堂经理（男）
　　　值班客户经理（女）
　　　理财经理（女）
　　　柜员（女）
　　　大妈及其女儿

〔舞台正中有接待用的一桌两椅
（晨会）
（《北京欢迎你》音乐起）

营业厅主任　同志们，新的一天开始了——
（歌舞表演，中速）
兴业大门为您开，带来清新空气。
气息常变情味儿不变，我们欢迎着您。

服务过您有了默契，您会爱上这里。
男女老幼都是客人请不用和我客气。

安愉人生服务鹭岛，兴业陪伴您。
相约好了在一起，兴业欢迎您。
（音乐渐弱）
（转场，两位工作人员扮客人，其他工作人员后排准备迎客）
（"客人"戴假发，穿外衣，拿出准备好的"娃娃"）
美丽厦门新理念。
兴业银行走在前。
美丽厅堂齐努力。
人人满意人人赞。

客户进门先问好。
牢记姓名最关键。
您好请坐倒杯水。
服务完毕说再见。

报姓名，递名片。

客户需求了解全。
尊老爱幼有礼貌。
因人而异定方案。

安愉人生新产品。
手机银行最方便。
夜市理财避高峰。
热心服务转介单。

兴业好，人人赞。
兴业强，新概念。
厦门兴业齐努力。
无限风光在眼前！

女儿	（抱娃娃）妈，兴业银行到了，你倒是快点走呀！
妈妈	女儿，宝宝今天刚满周岁，家里用钱的地方多，旅游的事情就再等等吧。
女儿	妈，什么事情都能等，唯独孝敬老人不能等！
大堂	大妈，母亲节快乐！我是大堂经理小林，请问有什么可以帮助您？
妈妈	小林，我女儿一片孝心，非要把理财产品的钱取出来让我出国旅游！
大堂	大妈，百善孝为先，您有个好女儿呀。大妈，告诉您一个好消息，咱们兴业银行的旅游贷款，可以实现您出游理财两不误！请我们的值班客户经理为您介绍一下。
值班	客户需求忙记录，填写流程转介单！宝宝满周岁，老人出国游、理财继续买，开电子银行。
理财	二位好，我是理财经理小陈，很高兴为您服务。大妈，在我行冠名举办的"孝行天下，舞动厦门"大赛上，我见过您！
妈妈	说得对，那场比赛真开心，我得了一等奖！
理财	大妈，那您是我们行安愉人生的老客户，我们现在安愉人生产品升级啦，风险低，月月有分红。老有所乐、老有所医、老有所养、老有所为、老有所保、老有所依，面面规划。我帮您先预约下。
妈妈	好。
理财	办完理财评估，记录转介卡。
大堂	二位请到柜台。
柜员	李女士，您好，您的理财产品已经购买成功，系统显示，您还没开通手机银行。
女儿	手机银行有什么优势，安全吗？
柜员	当然安全，2015年年底前，转账全免费。精英行动，大礼有三重！您现在当妈妈，手机银行更便捷！

女儿	不错,那我就办一个吧。
柜员	营业厅里有Wi-Fi,我帮您下载一下客户端,当场交易还有礼。
女儿	嗯,这可真是太好了!
柜员	李女士,刚才我们大堂经理记录了,今天是您宝宝周岁,恭喜您。我们行现在推出了爱心存单,您今天可以为宝宝开张存单作周岁纪念,以后每年这个日子,都来开一张,等宝宝长大了,那可真是爱心大满贯呀!
妈妈	这个好,有意义!咦,我今天办业务,总感觉哪里不一样!
女儿	哦,我看出来了,你们的柜台变成矮柜啦。
柜员	是呀,为了方便和客户交流,我们行设立了零售低柜。还有,大妈,您不是住在金山小区吗?下个月,你们小区门口就有我们的社区银行了,您就可以在家门口办业务了。
妈妈	社区银行?
柜员	对,就是开在家门口的银行。我们还有错时上班,夜间营业。以后您晚上跳完广场舞,可以到里面坐坐,喝口水,了解属于您的专属理财产品。
大堂	李女士,这是您的手机银行礼品。感谢您信任兴业银行,这是我的名片,以后有什么问题欢迎随时咨询。
女儿	奇怪!怎么你们每个人,都能知道我要办什么业务呀?
大堂	这就是我们的服务法宝,(高举转介卡)转介卡,刚才您一进门我就把您的需求全部记录下来了!
妈妈	瞧,进过这么多银行,还是兴业银行好!
女儿	是呀,特别是这"安愉人生"方案,真是服务到人生的各个阶段,妈,等您旅游回来,咱们把家里的理财计划全部都搬到兴业银行来!
理财	谢谢!我们一定会越做越好!大妈,今天是母亲节,我们兴业银行全体员工祝您节日快乐!
全体	服务老百姓身边的银行。结合新标准,满意在厅堂!

〔三人用小魔术道具一起献花
〔音乐起《快乐指南》,歌舞

新时期的兴业银行乐趣多。
美丽厦门建设对我们要求更多。
银行业务丰富多彩你快快乐乐。

别让快乐走了,噢,吧吧吧吧。
平平安安你会快乐。
孝敬老人你会快乐。
学会理财你会快乐。

生活幸福你才快乐。
兴业银行一定让您快快乐乐!
〔集体魔术变花撒下舞台
〔剧终

爸爸的生日

时间　傍晚
地点　泉厦高速监控站内
人物　国强　男，监控员，四十多岁
　　　翠花　女，国强妻子，四十多岁
　　　爸爸　国强爸爸，公路路政退休工人，七十多岁

〔幕启　舞台上一个办公桌，桌上有电话、水杯，桌后有椅子，桌边有一个双人沙发，沙发前置茶几，茶几旁边一个衣架，衣架上挂着国强的制服，国强臂下夹一打报纸，从下场门上。

国强　（把臂下的报纸端端正正地放到办公桌上，然后到衣架上取下上衣穿好，此时电话铃响）你好，这里是泉厦高速公路监控站，是，好，好，没问题，站长您放心，我保证完成任务！（脱去外衣，重新挂到衣架上，转对观众）高速公路突发事件，又不能按时下班了，嗨，谁让咱干上了这高速公路监控员呢！（手机响，看号）哟，又是领导的电话（接听），老婆大人，您又有什么指示呀？唉，我现在没有下班，还在岗位上呢，是，我知道今天咱爸七十大寿，是，我也知道人一生只有一个七十大寿，老婆，理解理解吧，高速公路不能没有监控站呀！（收线）得，又生气了（回到办公桌前坐好）！

〔翠花提两兜菜上

翠花　国强！
国强　哟，老婆，你刚刚不是还在电话里吗？这可真是神兵天降，哈哈，我明白了，你，你这是要查我的岗呀！
翠花　就是要查你的岗！怎么了，看看你加班是加在岗位上，还是加在了哪个小狐狸精身上。

国强　老婆，你可别逗了，我就是有那心也没那胆，有那胆也没那工夫呀！老婆，快回家做饭去吧，一会儿警报解除了，我立马回家，真的，我用我的人格担保。

翠花　（放下手中的菜，走到沙发前坐下）哼，我问你，这个月你第几次加班了？

国强　好像……也许……大概……可能……差不多有三次了吧。

翠花　再想想。

国强　四次。

翠花　嗯？

国强　五……五次，老婆，肯定不超过五次。

翠花　说话要诚实！做人要厚道！

国强　老婆，你先回家吧，有什么事情咱们回家再说，这里是单位，我可是还在岗位上呢！

翠花　给我五分钟行不？就五分钟，五分钟一到我立刻走人。

国强　老婆，我可是监控员，责任重于泰山（稍一迟疑），五分钟太长了，一分钟（看表），不，四十秒！

翠花　老公，咱们还是别干这监控员工作了行不？咱们调到一个好单位，工资不少发，活儿又轻闲，又不用加班加点地干。

国强　老婆，天底下哪有那样的好工作呀，就是有也轮不到咱们！

翠花　过几天你和我到舅舅家里去一趟，咱们俩结婚这么多年了，我还一次都没有求过他，我一开口，舅舅他肯定给面子。

国强　老婆，我知道，舅舅是咱们市里的大干部，他有能力给我安排个好工作，可……

翠花　可什么可？

国强　可这泉厦高速公路离不开监控站，这监控站也离不开我。

翠花　哟，瞧你说的，就好像这地球没你就不转了。

国强　老婆，我不是那个意思。

翠花　这年头可别太把自己当回事，你以为你是谁呀！

国强　老婆。

翠花　那年我得急性阑尾炎，你在这监控站加班。

国强　那不是出了交通事故嘛。

翠花　那年我生孩子的时候你还在这监控站加班。

国强　那不是防范第九号台风嘛。

翠花　是，你加班防范台风，可我呢？

国强　你……你在医院抓革命，促生产，加班加点地生孩子呀。

翠花　老婆生孩子这么大的事，你就不能和领导请个假吗？

国强　请假有什么用，我又帮不上你什么忙。

翠花　你是帮不上什么忙，可你能添乱呀，防范台风，你让大雨给浇感冒了，高烧三十九度九，不但不能照顾我，还要我去照顾你！

国强　老婆，你刚才说这些，我一辈子都忘不了，老婆，你是我的贤内助、好帮手，我，我下辈子还娶你！

翠花　你呀，不用给我戴高帽，明天我就去找我舅舅，让他给你换个工作！

国强　老婆，别……别……这监控站我还没干够呢！

翠花　（看表）好了，好了，这事就这么定了，我走了！
〔翠花欲从上场门下，刚巧和爸爸撞上，爸爸手里提着一个用大方便袋装着的生日蛋糕

翠花　哟，爸，您……您怎么来了，今天可是您七十大寿呀。

国强　是呀，爸，（看到爸爸手中的东西）哟，您老人家这是提的什么东西呀。

爸爸　暂时保密，（径自把东西放到桌角）刚才，我在收音机里什么都听到了，咱们泉厦高速公路上出现了点紧急情况，我就知道你又要加班了，我这是怕你着急，才顺便过来看一看。

国强　爸，真是对不起，我不能按时回家陪您老过生日了，其实，其实我心里真得很着急！

翠花　哼，尿罐子镶金边，就是嘴好。

爸爸　孩子，爸不怪你，咱们高速公路的监控站就是没有硝烟的战场，一刻也不能没有士兵，爸今天就是怕你着急，才从家里找到你的岗位上。

国强　爸——

爸爸　孩子，你的工作性质爸能理解，别忘了，爸也是咱公路战线上的一个老兵呀！

翠花　爸，国强今天已经是这个月第五次加班了，偏又赶上您生日，您说，这……这工作干得个什么劲呀，我……我最近想让国强换个工作。

爸爸　孩子，爸知道，这些年你受委屈了，生活上，家事上，国强欠你的太多了，可你知道，十年来我们泉厦高速公路承载了多少汗水与艰辛吗？当通车的礼炮在1997年12月15日炸响的时候，你知道有多少泪水洒在这条公路

上吗？

国强　是呀，"全国交通系统先进集体，省模范之家，高风亮节，当代雷锋"，这些荣誉和称号哪一个不是咱高速人用汗水和心血换来的呀。

翠花　（默默地）你们说这些我也知道。

爸爸　孩子，这高速公路是咱泉州到厦门最重要的交通枢纽呀，它就像两只握在一起的手把咱们厦门和泉州紧紧地连在了一起，这两只手，一刻也不能分开呀！（把两人的手拉到一起，翠花把国强的手打掉）

国强　老婆，这些年我欠你太多了。

爸爸　孩子，（对翠花）你知道吗，就因为国强的踏实能干，最近他还被单位评为本年度的先进个人呢！

翠花　真的？你怎么不早说？

国强　老婆，组织上会对每一位同志都给出合理的评价的，人的付出也终究会有回报的！我的工作虽然辛苦了一点儿，可我一想到八十多公里的泉厦高速公路因为有我，有我们这样的一群以高速为家的人做保障，我这心里呀，就别提多高兴、多自豪了！

〔电话铃再次响起，国强接电话

国强　好，好，是！（转对爸爸）爸爸，上级来电话，通知警报解除了，我现在可以回家给您老庆祝生日了！

爸爸　（翠花去提菜，国强去穿衣）等等，（二人回头不解地看爸爸）爸爸的生日今天就在咱这监控站里过了！（去提起桌角的生日蛋糕，打开放到桌上）

翠花　爸爸，原来您早就准备好了！

国强　（点上几根生日蜡烛）爸爸，祝您老生日快乐！

翠花　爸爸，祝您生日快乐！

〔三人击掌和台下互动，同唱一段（四句）《生日快乐》歌

〔三人谢幕

〔剧终

好运来

时间　一天下午
地点　老板林木森办公室
人物　林老板　男，简称"林"
　　　秘书黄小美　女，简称"秘"
　　　招商经理马小华　男，简称"马"

〔舞台上老板办公室摆设，有沙发、衣架、茶几、水壶水杯、酒瓶酒杯、水果盘（装苹果）、抽纸、鲜花等

秘　（娇艳地从下场门上，唱）好运来，祝你好运来，好运带来了喜和爱。（擦茶几）

林　（上场门上）唉，好了好了，别唱了。

秘　（嗲）老板，你不是最爱听我唱歌吗？

林　（娘炮）唉，哪有什么好运来呀！

秘　老板，只要有我在，我保你天天好运来（过来帮老板脱下外套，挂好）！

林　这几天我就打算把你给炒了。

秘　老板，不要呀，不要呀！

林　你看看你，姓什么不好，偏要姓黄，做生意最忌讳黄。

秘　我有什么办法，我爸姓黄，我爷姓黄，这能怪我嘛！

林　好了好了，快收拾收拾，一会儿有客人来。

秘　嗯？哪里来的客人？

林　招商部经理马小华。

秘　他来干吗？

林　说是要来了解了解我们的情况。

秘　什么？咱们俩的情况他也管呀？

林　不是！

秘　放心老板，（大声）你送我的跑车和洋房我谁都不告诉！

林　（捂住她的嘴巴）你能不能小声点！我说的不是这些。

秘　是哪些？难道是你答应给我的大钻戒？

林　你傻呀，那是我们俩之间的

事，招商部马经理是来让我去他们那里投资开店的！

秘　老板，我觉得咱们就应该去他们那里开店，一是地理位置好，二是租金优惠，咱们干嘛不去！

林　不去就是不去。

秘　老板，人家合同都拟好了，前期也做了大量工作，你现在反悔，这……这多不好意思呀！

林　你懂得几个问题，咱们要开店的位置旁边是个水族馆。

秘　水族馆怎么啦？

林　你傻呀（从怀里取出梳子梳头），咱们开的是火锅店，旁边一个水族馆，五行上讲，水能克火，水火不相容呀，你说咱们的生意能好得了吗？

秘　老板，你讲的那些我不懂。

林　那有什么不懂的，咱们火锅一点火，就让人家水族馆的水给灭了，一点火就让水给灭了，这么简单的道理你都不懂。

秘　老板，我觉得做生意一看位置好不好，二看人流量大不大，三就是商品质量、服务质量如何。

林　好了好了，你说得也对，但风水对做生意的人来讲也是大事。一会儿招商部的马小华来了，我们跟他把话说透，让他死了这份心吧。

秘　好，老板，一切听从您的指挥！我保证完成任务！

林　记住，今天不要再唱"好运来"啦！

　　〔马小华上场门上

马　林老板，您好！

林　（起身欢迎）您好您好，欢迎欢迎！

秘　（突然把老板推到一旁，老板险摔倒，她抓住马的手摇）您好您好，幸会幸会，请坐请坐！

林　（尴尬）呃，哈哈，请坐，请坐。

马　黄秘书，咱们是老朋友了，不用这么客气。

林　是，是，老朋友（从怀里取出梳子梳头）。

秘　帅哥，（倒酒）来，喝一杯。

马　对不起，上班时间不能喝酒。

秘　帅哥，酒是粮食精，越喝越年轻，您才高八斗，玉树临风，哪能不喝点酒呢？

马　我刚才说过，上班时间不能喝酒。

林　好，那咱们下班再喝。

秘　对，晚上，咱们去夜场，去酒吧，不醉不归！

马　林老板，我今天是来跟您签

订入驻协议的,欢迎您加入我们的队伍。

林　这……小美,看茶!

秘　是(吓了马小华一大跳)!

马　你这也太突然了。

秘　突然的自我嘛,来,帅哥,喝酒。

马　嗯?

秘　不,喝茶(倒茶)!

马　好,谢谢。

秘　(小声地)帅哥,这还有两斤,一会儿带上,回家给嫂子喝。

马　对不起,违反纪律,而且,你也没有嫂子。

秘　单身狗!?

林　把"狗"字去掉!

秘　嗨通宵也没人管是不!?

马　(没理会)林老板,我看咱们还是先把协议签了吧。

林　这……这……(从怀里取出梳子梳头)

秘　帅哥,不急不急,先喝茶。

马　(喝一口)茶是好茶,但我怎么觉得你们今天不太对劲呢?

林　实话实说吧,我们不想去你们那里投资了。

马　为什么?前面我们不是谈得好好的吗?公司也给了您最大限度的优惠。

秘　帅哥,是这样,我们资金链断了,现在没有启动资金了。

马　林老板,你们的效益一直很好,猪大肠火锅已经在本市开了十几家了。

秘　帅哥,是这样,您听我说,今年是羊年。

马　是呀。

秘　所以呀,猪很生气。

马　为什么?

秘　这猪一生气,就心情不好,心情不好就影响怀孕,所以呢,小猪就很少出生。

林　就是,小猪出生得少,就直接导致猪肉价格上涨,价格上涨,我们成本翻倍,后果可想而知。

马　不会吧,我昨天还在超市买肉了。

林　那是终端,我们是批量,这你不懂,不是一回事。

秘　帅哥,(悲痛状)实不相瞒,我们的火锅店已经揭不开锅了。

马　这没关系,我马上向上级汇报,租金暂缓!(要打电话)

秘　等一下等一下,帅哥,不是租金那么简单的事,您看,我们老板已经病倒了,生意不好,火大了。

马　林老板这不是好好的吗?

秘　身体看上去是好好的，他的问题出在这里（指自己的头）。

马　头出问题？

秘　对，我们林老板在和猪谈判的时候不幸遭遇暴力。

马　被猪拱啦？

秘　对，伤势严重。

林　小美，算了，别再兜圈子了，马经理，是这样，原本选定开火锅店的位置旁边开了一家水族馆，水能克火，我怕影响生意，所以我决定不去咱们华美空间投资火锅店了。

马　哦，是这样，那我可要恭喜林老板了。

林　喜从何来？

马　林老板，我问你，您开的火锅店还是烧烤店？

林　当然是火锅店，猪大肠火锅，在厦门有十家连锁，生意好得不得了，哪年我不是纳税大户？

马　好，火锅里要不要加水？

林　要呀。

马　底下是火，上面是水，水开了才能开涮对吧？

林　嗯，这倒也是。

马　所以说，您的火锅店离不了水，对吧？

林　哎呀，（产生兴趣了）有道理，有道理，你继续说。

秘　帅哥，您太有才了，喝茶喝茶！

马　（喝了一口茶）林老板，我再问你，你名字叫什么？

林　你不是早就知道嘛，我叫林木森。

马　看看，您叫林木森，林有两个木，森有三个木，一共六个木，为什么？

秘　那还用说。

马　就是，您五行缺木，对吧？

林　对，我一出生我妈就找人算过了，五行缺木，所以用名字补。

马　好，木要水养才能茂盛，对吧？

林　对。

马　以我之见，林老板一生都需要水，一生也离不开水呀。

林　（握住马的手）知音呢！知音呢！

马　所以您的火锅店开在水族馆旁边是有百利而无一害的呀！

林　好，我懂了，高手在民间呢，马经理，协议我马上签！

马　等等，您确定您的头好了，没有问题了？

林　马经理，快拿协议，我马上签。

马　等等。

秘　帅哥，您不是要提高价码吧？

马 当然不是,签订协议之前我有几句话要说,您听懂了再签也不迟。

林 马经理,你请讲,请讲。

马 林老板,风水是什么,风水其实就是环境。

林 对,对,就是环境。

马 环境好了,做什么生意都无往不胜。

秘 那是那是,其实刚才我们有关风水的探讨都可以当成玩笑,真正的大环境是你们的招商政策好,地理位置好,这才是最重要的风水呀!

林 就是,位置我很喜欢,人流量大,而且咱们的招商政策也确实是能站到商家的立场上考虑问题。马经理,之前我有点糊涂,想法太偏激了,你今天可真是给上了一课,让我豁然开朗!

马 不敢不敢,那林老板,咱们现在就把协议签了?

林 好,签了!

马 恭喜您成为我们的一员!

〔音乐起《好运来》

秘 (跟着音乐唱)好运来,祝你好运来,好运带来了喜和爱!

〔三人谢幕

〔剧终

烈火金刚

时间	新中国成立前，日寇入侵时期的某一天上午
地点	源升号酒庄内外
人物	老大，老二，老三
	小辣椒　老三的妻子，三十多岁，简称"辣椒"
	小玖　老三的儿子，十四五岁
	龟田　日军头目
	日军手下
	三个伙计

〔幕启　舞台上LED背景显示酒庄，舞台正中两把太师椅，椅子中间一个茶几，台口接近下场门的地方摆放一个算账用的柜台，上有算盘、账本等杂物

〔背景音乐起——《酒神曲》

"九月九酿新酒，好酒出自咱的手，好酒——"

〔比照《酒爷传奇》的开篇，老三和妻子小辣椒站在第一排，三个伙计和小玖位于第二排，六个人唱酒歌，拜酒神

老三　先祖有训，天有德，降甘霖润万物，（众人捧酒碗跪拜重复，"先祖有训，天有德，降甘霖润万物"）地有德，生五谷养众生，（众人重复，"地有德，生五谷养众生"）做酒如做人，不欺天地，去伪存真（众人重复，"做酒如做人，不欺天地，去伪存真"）后人谨记！（众人重复，"后人谨记！"）

老大　（下场门捧一碗酒上）老三，还是咱爹定的老规矩，新酒出来后，你尝第一口！

老三　（接过酒）大哥辛苦（喝一口，品味着酒一直没说话，众人看着他，五秒钟）！

辣椒　当家的，酒怎么样？

老大　是好是坏你倒是说句话呀！

〔《九儿》音乐弱起

老三　（余下的酒一饮而尽）大

哥，几十年了，咱们家这酒还跟当年爹在世的时候一个样，虽然爹已经走了十几年了，但我今天喝着这酒呀，就好像咱爹还在院子里坐着，我还能依稀听得见爹拉着二胡唱着小曲！伙计们，放心大胆地干吧！咱们源升号的酒是天底下最好的酒！

〔伙计们下

老大 老三，咱们家这酒是百年没变，可现在的世道变了，小鬼子欺负咱是变本加厉，粮食涨了几倍的价钱，伙计们也走了一半，咱源升号现在是举步维艰呢！

老三 大哥，您讲的这些困难都是暂时的，左权将军率领的八路军已经多战告捷，杀了不计其数的小鬼子，放心，咱大中华亡不了！咱们迟早有一天会把小鬼子赶出中国去！

辣椒 是呀大哥，咱们家酒的产量已经降到最低，但咱们家酒的品质却从没差过，放心吧大哥，兄弟同心，没有咱过不去的坎儿！

小玖 （急切地跑上）爹，娘，外面来了三个人，一个中国人，两个日本人，那个中国人让我管他叫伯伯，他们好不讲道理，已经闯进来了。

老大 三弟，难道是老二回来啦？

小玖 爹，怎么办呀？

老三 是福不是祸，是祸躲不过，大家先别慌，见机行事！

〔老三和老大坐到太师椅上，小辣椒站到老三身后，小玖站到老大身后

〔老二带着两个日本人上

老二 （抱拳拱手）大哥，三弟，别来无恙！

老三 （站起）托二哥的福，我们都好着呢。咱们源升号可以说生意兴隆，人丁兴旺。

老大 老二，你十几年离家在外，今日突然回来，不知有何贵干呢？

老二 大哥，三弟，我今天来是给咱们源升号带来了一笔大生意。

老三 现在兵荒马乱，还有大生意？不会又是像上次一样，骗我签假合同吧！

老二 往事不必再提，有请龟田先生！

〔龟田带手下走到舞台正中

龟田 幸会各位！（走到小辣椒跟前）哟西，幸会！（小辣椒瞪了他一眼没说话）本人素闻中华民族是礼仪之邦，酒文化博大精深，可是今天，我怎么没看出来呢？

老三　那就让你开开眼，上酒！

〔一个伙计跑上来，拿两个碗一个壶，倒酒给龟田和老三

老三　龟田先生，请！（一饮而尽）

龟田　（一饮而尽）好，好，好。

辣椒　好酒是吧？

龟田　好辣！

老大　辣就对了！

老三　小玖，倒酒！

小玖　是，爹（接过伙计手里的酒壶倒酒）。

老三　（对龟田）请！（一饮而尽）

龟田　这，好。（勉强喝了）

老大　龟田先生，第二碗感觉如何？

龟田　辣，感觉还是辣，不过回味起来却清香醇厚。

辣椒　辣就对了，咱们源升号的酒从未低于60度，清香醇厚更对，咱们百年酒庄，从来品质超群。龟田先生，再来一碗！（接过小玖的酒壶，给老三和龟田倒酒）

龟田　不不不，本人不胜酒力，一会儿还要回程。

老三　既来之，则安之，龟田先生，不是非回去不可吧？

龟田　（警觉地抽刀）你这话什么意思？

辣椒　中国人自古礼遇外宾，至少要三碗酒才能表达敬意！

龟田　好。（按下刀，一饮而尽）

老大　龟田先生，这第三碗感觉如何？

龟田　还是辣，辣过之后有点头重脚轻，请，请容我休息片刻。（被手下扶着坐到座位上）

老二　老三，酒也敬了三碗，该让我说说正经事了吧？

老三　说吧。

老二　大日本帝国近期要举办一个中日友好联谊会，龟田先生要在咱们源升号买一千斤老酒，（从怀里掏出银票）这是一百块大洋，应该足够了吧？

辣椒　（接过银票给老大看，老大摇头，又还给老二，老二揣好）

老大　一百块大洋就要来咱源升号买酒？老二，这三十多年你算是白活了。

老二　那要多少？

辣椒　我们不认银票，最少一百两黄金！

龟田　什么！太没诚意，你们通通死拉死拉地！

老二　龟田先生息怒，且待我与他们交涉。（转对老三）来来来，三弟，日本人喜欢喝清酒，清酒最高不超过20度，

你可以兑上两倍的凉水，这样你三百斤酒就能换来一百块大洋，咱们何乐而不为呢？

老三　酒里不能兑水，可不可以下毒？

老二　（出一根手指，示意小点声）可以是可以，但是祖宗的基业可就全都毁在你小子手上了！

老大　列祖列宗从开办酒庄那天起，酿酒就是给中国人喝的，既然国将不国，要这酒庄何用！小玖！

小玖　（背诵）先祖有训，天有德，降甘霖润万物，地有德，生五谷养众生，做酒如做人，不欺天地，去伪存真！

老大　想必二弟你都给忘了吧？

老二　忘是没忘，不过现在已经改朝换代了，咱爹那套不管用了。

老大　老二，看来你是要一意孤行了。

老二　（掏出手枪指着大哥）大哥是明白人，说得对，今天这酒你们是卖也得卖，不卖也得卖！

〔《九儿》音乐起

老大　好哇，老二，今天拿枪指着大哥了，小时候你的枪都是大哥用木头给你做的，咱们哥儿仨每天在院子里玩战斗游戏，哪怕是天黑透啦，娘不叫咱们吃饭咱们都不回去。

老二　大哥。

老大　老二呀，你跟着那个荷兰人一去十几年，今天一见面你就用枪指着大哥，有出息，咱爹真是没白养你这个儿子，（走到老二跟前）老二呀，昨天晚上我还真梦到爹了，他让我过去给他挠痒痒呢，爹想我了，我也惦记爹了，来吧，就让二弟送我一程！（扑过去抓住老二的枪抵在自己胸口，老三上前一拉老二的手腕，枪响了，打在老大胳膊上，老大捂住胳膊）

老二　大哥！

〔众齐：大哥！《九儿》音乐极强

〔鬼子的手下端着长枪冲过来，喊着"牙立给给"，被老二"砰砰砰"几枪打死

〔龟田抽出腰刀冲了过来，老二朝龟田开枪，枪没子弹了

老三　二哥，打得好！证明你心里还有这个家，还有兄弟们，看来你还是个中国人，小玖，去把你爷爷烧酒用的叉

子给我拿来！我要替你爷爷教训教训这帮小鬼子！

〔小玖跑下取来叉子给老三

〔《万里长城永不倒》音乐起

〔在音乐背景中，一段六十秒左右的，老三和龟田的打戏，最后龟田被老三叉死倒地

〔一伙计跑上

伙计 不好了，当家的，外面来了几十个日本兵，咱们被鬼子包围了！

老三 小玖，倒酒！

〔小玖给每个人倒酒

老三 给你二伯伯也倒上！

〔小玖给老二倒酒

老三 二哥，你失手打伤大哥我不怪你，不管怎么说，咱们哥儿仨今天算是聚齐了，干！

（所有人一饮而尽）

辣椒 二哥，希望你能明白一个道理，小鬼子永远不会跟我们讲诚信，你看看你怀里的银票，那是假的！

老二 是吗？（掏出银票，看了一下，然后撕得粉碎）果然是假的！

老三 小辣椒，放火！咱们宁可是把酒庄烧了，也不让小鬼子喝上咱中国人一滴酒！

〔《九儿》音乐继续，切光转场，灯复明，回到开篇

老三 先祖有训，天有德，降甘霖润万物（众人捧酒碗跪拜重复，"先祖有训，天有德，降甘霖润万物"），地有德，生五谷养众生（众人重复，"地有德，生五谷养众生"），做酒如做人，不欺天地，去伪存真（众人重复，"做酒如做人，不欺天地，去伪存真"）后人谨记！（众人重复，"后人谨记！"）

〔造型，切光，剧终

其实你不懂我的心

时间　厦门金砖会晤前夕的一天傍晚
地点　省电科院一间办公室
人物　丈夫　电科院电网技术中心主任，三十多岁
　　　妻子　电力系统内某企业的工会干事，三十多岁

〔幕启　舞台正中一张办公桌，桌侧桌后各一把椅子，桌上摆放一台座机电话、一些文件资料，还有一个水杯、一盆绿植。

夫　（站立着用座机打电话）厦门金砖会晤还有不到两个星期，是的，这是我们第一次在重大保电活动中设立前线指挥部，院长和书记亲自挂帅，建立了五个专家技术支撑组，从电网、设备、客户、信息和柔直五个方面全力支撑厦门"五个零"的保电目标，四十四位同志已整装待发，是，请领导放心，我们早就准备好了应急方案，可以应对任何突发事故，保证圆满完成任务！（放下电话，坐下来看资料）

妻　（上场门提着一个超市大方便袋上，对观众）大伙瞧瞧，（展示手腕上的手表）这都晚上9点了，我老公还在加班！太过分了，这是要制造家庭恐怖事件呢？别看我老公只是电科院一个小小的主任，可一天到晚比谁都忙！女性朋友们，这老公要是不看住后院就得起火呀！一会儿见面我肯定要狠狠地教育教育他，一教育他不守夫道，二教育他不按时回家，三教育他对夫妻生活不够重视，今天不给他点厉害瞧瞧，他就不知道咱中华妇女的英雄本色！（跺脚，推门进办公室）

夫　哟，老婆，你怎么来了？
妻　怎么，你们电科院我不能来？
夫　当然能，您是电科院的高级

家属，这里是你的第二故乡。
妻　（走进下场门，四下看）嗯。
夫　老婆，你找什么呐？
妻　看看有没有大姑娘小媳妇什么的。
夫　老婆，你这口才不说相声真是可惜了。
妻　前几天主席告诉我，说你们电科院能有啥重要工作，不就是在办公室里写写报告、看看材料嘛。如果老公每天加班，那可就要注意后院起火！
夫　主席？
妻　对呀，我们单位的工会主席。
夫　哎，你可吓死我了，老婆，咱们俩结婚八年了，其实你还是不懂我的心。大机小网、华东联网等电网关键发展阶段的安全稳定问题研究是我们的强项；特高压、柔直、核电、百万机组等首台、首次试验，我们冲在一线；前瞻性、引领性科技研发，我们呕心沥血；电网、设备、信息安全隐患和故障排查，离不开我们的专家团队；信息情报、企业运营、技术支撑哪里都有我们的身影……（摊手）这些还不足以说明我们的重要性？
妻　好好好，我说不过你，老公，我问你，你还记得今天是什么日子吗？
夫　我想想，咱们俩结婚纪念日？不对，那是在夏天，你生日？不对，上个月刚过了，你妈的生日？
妻　好难听，告诉你吧，今天是你向我求婚纪念日，来吧，跪下来再求一次，玫瑰花我都替你准备好了。
夫　（示意妻子）老婆，（暗示有观众）老婆，这里人多，给我留点面子吧。
妻　那就回家补上，看你认罪态度好，我既往不咎。（喜形于色）老公，看我都给你买什么了，（提过超市大袋子）这里有你最爱吃的猪脑、鸭脖、鸡胸、兔子腿。
夫　嗯，挺全呢。
妻　吃什么补什么，你天天加班，不补得全面些我怕你扛不住呀。
夫　老婆，我有点明白了，你是不是又想跟我生二胎呀？
妻　你不让我养狗，我就生二胎。
夫　狗是狗，人是人，想生二胎得事先准备好。
妻　好好好，老公，（放下东西，坐在桌边的椅子上，看表）现在是晚上九点钟,说吧,加班到什么时候,我陪着你。

夫　基本差不多了,我收拾一下,咱们马上就走。

妻　我帮你吧,收拾东西我在行。(妻子过来收拾,看到一页纸)

夫　老婆,这个你不能看,(抢过方案)这是秘密。

妻　什么秘密,是情书吧。

夫　不是。

妻　其实我已经看到了,厦门金砖保电,你们要上战场啦?

夫　是。

妻　一去就是半个月?

夫　嗯,是。

妻　我不同意。

夫　老婆,你听我说,其实你还是不懂我的心。

妻　我不听,如果你敢去我就跟你离婚,两年前在厦门柔直工程调试期间,你为了分析换流阀故障的原因,连续通宵熬夜,落个头疼病,哪天晚上我不给你按摩你能入睡?所以呀,这次你要敢擅自行动,我是一定要跟你离婚!

夫　老婆,你天天说跟我离婚,还不是跟我过了八年?

妻　这次是真的,你看,离婚协议我都写好了,(从随身小包里取出一张纸放到桌上)签字吧。

夫　老婆,这个字我不能签。

妻　那你打开看看。

　　〔音乐起

夫　我也不看,老婆,我知道,这些年委屈你了,我们电科院出差的任务多,特别是我,一年甚至还陪不了你半年,有好几次都是逢年过节抗台抢险,那可都是一家老小团聚的时候,谁愿意加班呀,可是为了能让设备尽快排除故障,电网尽快恢复供电,咱电科院不出兵谁来打胜仗呀?

妻　这个我不怪你。

夫　你生老大的时候剖宫产,我没在你身边,而是在漳州参加500KV卓然变及卓三线系统启动试验,那是我省电网形成500KV大环网的关键时刻。现在孩子都上小学二年级了,我没帮你接送过一次,连看着孩子做作业的次数掰手指头都数得过来。

妻　这个我也不怪你。

夫　去年咱儿子对我说:"爸爸,你怎么两个星期都没回家呀?"我说:"爸爸走的时候你还在睡觉,爸爸回家你已经睡着了。"

妻　骗子，儿子相信啦？

夫　他最崇拜我，我说的话他句句都信。其实，我是在做国家863科技项目研发工作。那是国内首个主动配电网的大规模示范工程，无论是技术应用还是运行规程，都没有可借鉴的经验。我们团队白天要穿梭在多个现场落实装置安装和示范工程进展等情况，晚上熬夜把关设计方案、技术参数和控制算法等，并逐字逐句编写、修改技术报告。

妻　这事我也不怪你。

夫　外面的人不理解，总觉得我们电科院不在生产流程中，没有啥急难险重的事，工作压力也不大。哪知道我们默默无闻地在幕后努力研究分析电网、设备、信息的安全隐患，及时排查各种潜在故障。一旦电网出现了任何技术问题，我们就第一时间奔赴现场排查解决。我们就是福建电力的把脉者、守护神、安全卫士和急诊医生，我们电科院就是福建电力的三甲医院。

妻　是呀，这我知道。

夫　老婆，我们院有××位国网专业领军人才，××位国网优秀专家人才。这些专家都是一步一个脚印，勤勤恳恳、兢兢业业工作，都是默默无闻地埋头苦干，为福建电力无私贡献自己的一分力量。

妻　老公。

夫　老婆，其实你比我优秀，可你为了支持我，全身心帮我照顾家，照顾孩子，照顾老人，你放弃了自己的事业。老婆，其实，你才是英雄！

妻　（站起身，拿过"离婚协议"）老公，你总是说我不懂你的心，可我的心你真的懂吗？你先别说了，看看这个。

夫　不，老婆，让我说吧，现在你要跟我离婚了，我说一次少一次了。

妻　老公，你快看看这个。

夫　不，老婆，（激动地）我现在就跟领导提前打招呼，厦门金砖保电一结束我就带你和孩子去上海迪士尼乐园玩，你们想住几天就住几天，我都陪着你们，老婆，让我补偿补偿你们吧！

妻　老公，你就看看这个吧，算我求你了。

夫　老婆，这个离婚协会我是不会看的，等我们从上海回来我就签字。

妻　看来你是真的不懂我的心，（佯装生气）老公，我的话你也敢不听了是不是？看一下！

夫　（犹疑一下打开看）检验报告，（抬头）老婆。

妻　再往下看。

夫　（再看，惊喜）老婆，你怀孕啦！

妻　（羞涩地低下头）嗯。

夫　我又要当爸爸啦？

〔音乐渐强

妻　嗯，现在我不用养小狗了，老公，其实从嫁给你的那天起我就已经做好心理准备了，我知道你们电科院的工作忙、工作累，经常出差。现在我更是知道你们电科院是干什么的了：你们就是我们电网的保健医生和急诊医生。你们的技术水平每高一分，故障恢复就更早一些，问题解决得更为彻底；你们多一分辛苦钻研，我们电网就多一分安全保障。没有你们的精湛技艺，就没有我们电网的健康发展，就没有千家万户的光明，这是多伟大的事业呀！为了让你们安心工作，我们作为家属的确付出了很多，但这种付出，我认为，值！老公，你还说我不懂你的心吗？

夫　老婆，我错怪你了，你懂我，真的懂，老婆，谢谢你。

妻　老公，放心吧，我一辈子都懂你，一辈子都不会跟你离婚。因为你是我的骄傲，我为有你这样的老公感到自豪，金砖保电你就安心地去吧，家里的孩子和老人我都会照顾得好好的，但我有一个请求。

夫　老婆，你说吧，什么我都答应你。

妻　（深情地）厦门保电回来后，你只要跟领导请两天假就行，我不用去上海，你就陪我逛逛商场，逛逛超市，给咱们即将出生的孩子买几套衣服，买几个奶瓶，再买个小推车，老公，作为你的女人，你让我也幸福幸福。

夫　老婆，我答应你。

妻　老公，你现在还说我不懂你的心吗？

〔《其实你不懂我的心》副歌起，渐强

怕自己不能负担对你的深情

所以不敢靠你太近

你说要远行暗地里伤心

不让你看到哭泣的眼睛——　　　　　　　〔剧终
〔夫妻二人紧紧地拥在一
起　切光　　　　　　　　　　　　（与陈海清、黄道珊合作）

一张全家福

时间　一天傍晚
地点　汽车电子车间生产线
人物　老班长，简称"老"
　　　小陈、雪儿（女）
　　　小黄、小廖（女）
　　　小林、小芳（女）
　　　小高（女，新班长）

〔幕启　LED天幕是车间生产线，生产线上没有工人。老班长着工作服挂相机从下场门上

老　（对观众）哟，兄弟们都来了，今天组织大家照张全家福，不知道是不是多此一举啦，说到底，就是跟老生产线感情太深了，五年了，老手工生产线要退休了，升级成了现在的自动生产线，大伙瞧瞧，（指背景）还是这新产线漂亮！不过呀，最留恋的还是这一帮子同甘共苦的好兄弟。

〔上场门穿西装戴眼镜捧一本书上

小陈　老班长，老班长！
老　小陈呢，你今天打扮得可真帅，有点像那个，那个寡妇城。
小陈　寡妇城？人那叫郭富城，（将下头发）对了老班长，听说您也要退休啦？
老　是呀，咱这条老产线退休了，我也到站了。
小陈　回家带孙子，好好享受天伦之乐！
老　说得好！说得对！小陈呢，你先去坐着，等人齐了咱就开拍！

〔小陈回身坐到长椅上看书，老班长看表，雪儿花枝招展地从上场门上

雪儿　（唱）"我的老班长，你现在过得怎么样？"
老　哟，雪儿呀，你能来可真好，你一来这就又是秧歌又是戏，瞧瞧，（对观众）人家这可是踩着潘长江的调门

儿来的！

雪儿　老班长，听说您老要跟产线一块退休？

老　对呀，船到码头车到站，不过，说实话，还是舍不得咱班组这些弟兄们呢，一条产线上干活，一张桌子上吃饭，每天在一起的时间比跟老婆都多。

雪儿　嘿嘿，所以您今天要组织大家跟老产线合个影，唉，天底下没有不散的宴席，老班长，说句心里话，刚到咱汽车电子生产线的时候没少让您操心，对不起啦！（害羞地低下头）

老　（回忆）刚来的时候你年轻气盛，让你盘起长头发你说什么也不同意。

雪儿　那是不理解咱汽车电子生产线的规矩。

老　而且你还老是请假去逛街，大家都知道你家庭条件好，不在乎扣那点工资，还有，你整天打扮得花枝招展、香气扑鼻，把自己整得就像个电影明星。

雪儿　嘿嘿，车间主任说要开除我，老班长，还是您力排众议留下了我。

老　知道我为什么留下你吗？

雪儿　想让我给您当儿媳妇？

老　哪儿呀，我是相中你手上的活计，班组里，没人比你手快，没人比你利落。看到你呀，我就想起了我年轻的时候，雪儿，其实当年车间主任要开除你也是在吓唬你，咱宏发汽车电子从来不轻易开除任何一个员工的！

雪儿　嘿嘿，老班长，那我也要谢谢您！您可是帮我说了不少好话。

老　也是你自己争气，很快就当了先进员工。

雪儿　您又夸我。

老　雪儿呀，其实咱们汽车电子生产线一直是关心员工的。我记得那好像是1986年的事，建厂初期，（回忆）那天晚上加班做线圈，我一不小心把手指头插到散热孔里，指甲被风叶切断了，血流不止，当天是郭总当班，他得到消息后立刻赶到，郭总二话没说骑上自行车把我带把湖里卫生所进行手术包扎。

雪儿　自行车？

老　雪儿，你年纪小，不知道，当时八几年，条件有限，又是夜间，要是等调到汽车我这手指头可能就保不住了！

雪儿　哦。

老　包扎好了，郭总又骑上自行

车把我送回家，嘱咐我要好好休息，过两天他又带了很多好吃的东西来看我。唉，这件事呀，过去二十多年了，可我一直忘不了，想想就好像在昨天。（电话响，雪儿去长椅等照相）喂，来了就快进来，大家都等着呢！

〔夫妻双职工上

小黄　老班长！

老　　真不愧是两口子，步调一致！

小廖　是呀，老班长调遣，那是一呼百应。

老　　抬举了，还得说咱班组的兄弟姐妹们心齐，感情有哇！

小黄　是呀，这不还出了我们一对模范夫妻嘛。

老　　对了，小模范也会打酱油了吧？

小廖　嗯，三岁了，在他姥姥家呐。

小黄　老班长，咱这条老生产线要退役了，您说我这心里怎么还怪不是滋味呢。

老　　这条老生产线就像咱们的亲人一样，没干过咱们这行的是不知道哇。

小廖　是呀，只有咱汽车电子人的体会才最深。当年我家小黄跟几个年轻人由于操作失误，导致两万件产品批量不良。

小黄　唉，老婆，那都是由于低级错误造成的，到现在我还后悔呢。

老　　是呀，关于要不要销毁，当时也争议过，虽然那两万件产品不能供货给高端客户，但满足几家低端客户还是没有问题的，我就这个方案也请示过总经理。

小黄　（音乐起）总经理坚决不同意，他说，（对观众）还记得咱宏发的目标吗？咱们宏发是要代表民族继电器在世界上争得一席之地！你们说的低端客户，他们也和我们一样要代表咱民族工业。

老　　（对观众）国内的企业，或许今天不高端，但明天我们要一起为祖国的荣誉而战！

小廖　（对观众）赚钱不是咱宏发的目标，这一批产品全部报废！

小黄　（痛惜地）于是，老班长您组织咱全班组的兄弟姐妹，站成一排，一个一个轮流把产品压碎！

小廖　看着自己亲手生产的产品，听着压碎零件的声音，好多工友流泪了，有的女工甚至哭出了声。那压碎的仅仅是一个产品吗，那压碎是错误、是草率、是颓废的思想！是咱汽车电子耻辱的过去！

小黄　老班长，咱总经理的话呀，我现在想起来就好像在昨天。

老　是呀，从那以后，咱们班组的成员都明白了一个道理，都在心里暗暗地较着一股子劲儿，咱们得好好干，咱要把过失给补回来！（音乐渐弱，回到戏内）你们小两口从那天起更是干劲十足，（对小黄）你之后再没让我操过心，我谢谢你们！

小廖、小黄　老班长，您这是说哪儿去了。

老　好，人也差不多到齐了，咱们待会儿跟这条老产线合个影！

〔夫妻去到长椅，小林大款打扮，夹着小皮包，讲着电话上

小林　（讲电话，提两瓶酒）哎哟，王总您这可是笑话我了，明天，对，明天晚上，吃喝玩乐一条龙，好啦！（收线，看到老班长）师父！师父大人在上，请受徒儿一拜！

老　唉，你可行了行了，三十岁的人了，别尽整那没用的。

小林　嘿嘿，师父，两瓶好酒，我没舍得喝，孝敬您。

老　好了好了，先放一边去，（小林把酒送到一边）小林子，你过来。

小林　来了师父。

老　离开咱们宏发有两年多了吧。

小林　嗯，两年多。

老　听说最近当上小老板了？

小林　哪里，看您说的，一日为师，终身为父，在您跟前我就是您儿子，您想打就打、想掐就掐！

老　嘿嘿，小林子，师父明天就退休了，在宏发一干就是四十年，带过的徒弟十几个，就你重感情，跟师父贴心。

小林　师父，您老又夸我。

老　过来，让师父看看，（爱抚小林肩膀）刚进厂的时候，你是又黑又瘦。

小林　师母心疼我，没少给我弄好吃的。

老　刚开始你贪玩、打架，不论是发型还是举止，你就是一个另类。

小林　是呀师父，那时候没人喜欢我。

老　你，你甚至还自己做了个班

长的袖标戴在胳膊上。

小林　师父，我让您操了不少的心。

老　那时候呀，没人想认你做徒弟。

小林　嘿嘿，还好有师父您不嫌弃我。

老　再后来呀，你也当了师父了。

小林　师父，有个秘密我一直没敢告诉您。

老　说吧。

小林　刚做您徒弟那会，我天天暗中观察您，希望能在您身上找出点毛病，可您不迟到，不早退，不偷懒，还尽是帮助别人。一晃两三个星期过去了，我不但没找到您的毛病，我还发现您很多优点。从那一刻起，我彻底服气了，也是从那一刻起，我从心里认您这个师父了。

老　所以你也很快，就把自己身上的毛病都改掉了！

小林　师父，我现在人虽然离开咱宏发了，但我的心是一天也没离开宏发，最近我还帮咱们宏发签了笔五千多万的大单呢！

老　好哇，好哇，小林子，师父当年就看出你是个人物。对了，林子，你跟小芳怎么样了？

小林　师父，我不瞒您，从上次我伤了她之后，小芳就再也不接我电话了，也许，也许我把小芳的心伤透啦！

老　浑小子，你的公司才多大呀？你就骄傲啦？你看咱宏发，三十年了，从一个几十人的小厂发展到今天，市值几个亿，咱宏发都没骄傲，你凭什么刚刚赚了几个钱就膨胀呀？你糊涂呀，一会儿，一会儿见到小芳你要好好给人道个歉。

小林　（惊喜）什么？师父，您是说小芳也会来？

老　你要心里还有小芳就拿出诚意，小芳可是咱们厂里难得的好姑娘！

小林　是，师父，我……我知道了，谢谢师父！

〔师父走出定点光区，小芳进入

小林　芳，你来了。

小芳　嗯。

小林　芳，对不起，上次的事全都怪我。

小芳　算了，别提了，都过去了。

小林　不行，我偏要提，芳，（音乐起）认识你的时候我们刚从农村来到城市，懵懵懂懂的，就凭着年轻人的一股子闯劲儿，我们在同一个工厂里辛辛苦苦地上班，每个月花两百块钱租民房住，我喝的是最差的土茶，抽最便宜的烟。

小芳　那时候，我们没有时间逛街，舍不得花钱去饭店，舍不得花钱看一场电影，过年了，我甚至舍不得花钱买一件像样的新衣服。

小林　是呀，为一个十块钱的发卡，我们俩犹豫了一个上午。（稍停）芳，你说过，你最快乐的记忆就是看着我下了夜班以后，狼吞虎咽地吃着你给我煮的手擀面，再美美地喝上二两丹凤高粱酒。你说，你是天底下最幸福的女人，我，我当时还笑你太幼稚。

小芳　其实，作为一个女人，能图什么呢，还不是早一点过上安稳日子，早一点有个自己的家吗？（怀想）家，不管那个家多大、多简陋，日子过得有多朴素。

小林　（焦急打断）芳，现在我有钱了，你要的我都可以给你。

小芳　钱，钱有什么用，钱能买来曾经的快乐时光吗？钱能让我们重新回到最初在一起的温馨日子吗？能让我们从二十岁开始，再重活一回吗？

小林　芳，再给我一次机会好不好？

小芳　那天师父去找我，师父说你知道错了，师父说他求我再给你一次机会，我看着师父如雪的白发就好像看到我远在家乡的父亲。

小林　芳，我再不会让你和师父伤心啦，芳，离开你之后我才知道你是天底下最好的女人！

小芳　唉，我们把青春献给了宏发，宏发让我们的青春留下最美好的记忆，所以，今天，我来了，也来跟老产线告个别，也跟自己的青春，说声，再见。

小林　芳！

〔芳走出定点光，师父进入

小林　师父，您说小芳她会原谅我吗？

老　会的，小芳这孩子就是太善良了，她已经答应我再给你一次机会，你可要好好表现呀！

小林　谢谢师父！

小高　（容光焕发地上）师父，您瞧，这新的自动产线漂亮吧？

老　漂亮，漂亮，产业升级换

代，这是好事！小高呀，师父学历低，没多少文化，新产线就靠你们这些有文化懂技能的年轻人了。

小高　师父，我一定好好干！

老　　小高呀，现在你是这新产线的班长了，把这个任务交给你，师父放心呀。但是师父也要给你提个醒，产线可以升级换代，但咱班组的优良作风要保留下来。

小高　是呀，师父您老说得对。

老　　小高呀，你这人哪都好，就是脾气太急躁，现在你是一个班组的当家人了，急脾气的毛病可一定要改掉。

小高　是，师父，我记住了。

老　　好了，同志们，（对观众，音乐起）现在咱班组的人差不多都到齐了，拍照之前我先说两句。承蒙各位，叫我老马一声班长，从明天开始我就跟这条老生产线一起退休了。时代在前进，光阴在流转，谁也挡不住发展的脚步，自动生产线代替了手工生产线，说明咱宏发的产业升级了，效率更高了，产量更大了，产品质量更过硬了，咱们企业有出息啦！我不想，也不会喊什么口号，就是为咱们宏发、为咱们国家感到高兴和自豪。来，咱们老班组的兄弟姐妹们，跟咱们即将开通的新的生产线，一起合个影！

〔台下四六八个工友持鲜花跑上"老班长，咱们班组的兄弟齐啦！"所有演员一起造型，场灯频闪比拟闪光灯

〔音乐极强

〔剧终

是真是假

时间　傍晚
地点　路边电话亭
人物　大妈　六十多岁
　　　阿莲　大妈的女儿，二十多岁
　　　小马　阿莲的男朋友，三十多岁

〔幕启　舞台上一长桌，上摆一桌牌，牌上写着"公用电话"几个字，牌子旁边放一个红色（意在醒目）的电话，桌子后面有一把椅子
〔小马风风火火地上

小马　（一边从兜里掏出手帕擦汗，一边看表，然后对观众）头一回去女朋友家就迟到，这……这事情还能成嘛！同志们呢，都说现在是效率时代，天上有飞机，海上有轮船，可这一到陆地怎么就什么也不灵了呢，怕堵车，提前了半小时上路，可还是要迟到，这……这到哪说理去呀！（向前面看）急也没有用，前面还有一百多辆车呢！（手机响，接听）喂，阿莲呀，是呀，现在还在路上，堵车呀，是呀，我提前了半小时，（手机没电了）喂，喂，喂！越急越添乱，手机还没电了，（对观众）过去呀一个单位才有一辆车、一部电话，可却什么事情也没有耽误过，现在一人一部车，一人一部电话，可却什么事情也办不成了，这……这叫什么事呀？（发现电话，喜形于色）得，还是先和女朋友解释清楚再说吧。（打电话）喂，喂，（看电话）不好使，怎么全都成心和我作对呀！

〔大妈上

大妈　主人没来它能好使吗？（取出钥匙给电话解了锁）这次你再试试。（小马欲接听筒，大妈又收回）咱可事先声明，长话短说，（指自己

手表）我今天要按时下班，家里可有重要的事情呢！

小马　行，行，大妈，就几句话，保证不占用您老的休息时间。（打电话）喂，阿莲呢，原谅我吧，今天迟到是肯定的了，可没办法呀，堵车呀，什么，（惊喜）你也堵车了？现在你也还没到家？太好了，这么说我不算迟到了？太好了，不不不，我不是那个意思，我是说呀——

大妈　（看表，不停地看表）喂，年轻人，快点行不行呀，我也快被你弄迟到了。

小马　好了，好了，不多说了，一会儿见！拜拜！（放下电话，转身欲走）

大妈　等等，年轻人，还没给钱呐！

小马　哎哟，真对不起，大妈，很久没用公用电话了，忘记了给钱这茬儿了，（掏出钱包，找钱）钱，钱，（抽出一张比较旧的一百元钞票，双手递给大妈）不好意思，大妈，没零钱，您老担待点儿吧。

大妈　（一看是个一百面值的）算了，算了，不要了，不要了，几角钱的小事，你也快忙去吧，我还有事要赶着下班回家呢。

小马　那可不行，大妈，您这是小本生意，再说您这么大年纪了，我怎么好意思占您的便宜呢，大热的天，您也怪不容易的。

大妈　看不出来，你还挺有心，（接过小马手中的钱）那我就收了。

小马　当然要收，尊老敬老也符合社会主义荣辱观嘛。

大妈　（仔细地看钱，疑惑地）年轻人，你这张百元钞票是哪里来的呀？

小马　当然是在银行里取出来的，难不成是昨天晚上我加班画出来的吧。

大妈　（严厉地）我看这就是你昨天晚上画出来的，这张钞票是伪钞。

小马　什么叫伪钞？

大妈　就是假币！

小马　大妈，您老说这话可是要负责任的，您凭什么说我的钱是假币？

大妈　（从上到下地打量小马）像，像，越看越像，（对观众）本来嘛，打电话的几角钱我都不想要了，可他偏偏要给，几角钱嘛，穷不了你也富不了我，一般的人早就走了，可他这人偏要较这个真，大伙说说，现在还有这样的人吗？这其中是不是有诈呀？我敢肯定，他就是想在我这儿把这一百元假币花出去，然后再赚我九十九元六角的真钱！

小马　（苦着脸，对观众）同志们，我冤呢，这可是昨天我在银行自动取款机里面取的钱呀，怎么会这样呀，一百元不要也罢了，可我心灵的创伤谁来抚平呀？！唉，大妈，咱做事可要凭良心呀，您为什么说我这是张假钞呀？

大妈　看看，看看，（指钱）这么旧，这么软，黑乎乎的，颜色也不鲜艳，这不是假的难道还是真的？

小马　（不屑地）大妈，您老就凭这？

大妈　我可告诉你，我开这个公用电话亭也不是一天两天了，遇上你这种人也不是一回两回了！（转对观众）同志们，大伙说，对付这种人应该怎么办？对，假币没收！人送派出所！

小马　大妈，您这么一说我还真就不知道这钱是真是假了，可这的的确确是我昨天在银行的自动取款机取的。大妈，您老至少也应该用验钞器验一下吧，对了，大妈，您有验钞器吗？

大妈　我呀，用不着那东西，我就是验钞器，什么钱到我手里都是真假立断！

小马　（看表）这下可真要迟到了，大妈，我有急事，这钱呢您老没收，我也不要了，我先走了。（转身欲走）

大妈　（一把拉住小马）坏事没干成想拍屁股走人呀，告诉你，没那么容易！说，像这样的假币你还有多少？

小马　大妈，就这一张，（一愣，发现着了大妈的道，改口）还有很多，昨天一次取了一千呢，（发现还是没有绕开假币）呸呸呸，唉，我今天怎么这么倒霉呀？（无助地坐到了地上）完了，完了，这下是跳进黄河也洗不清了。

大妈　（对观众）同志们，怎么样？到什么时候都是邪不压正！假的永远都真不了！走，跟我去派出所！（拉起坐在地上的小马）

小马　（胆怯地）大妈，让我再打个电话行吗？我今天可是第一次去丈母娘家呀。

大妈　第一次去丈母娘家？呸，我今晚还急着第一次相姑爷呢！打电话？是想给同伙报信吧？

〔阿莲着信贷所的工作服上，发现了相互拉扯的二人，她先看到了母亲

阿莲　妈！妈！这是怎么了呀！（又认出了小马）小马，怎么？（疑惑地）你们认识？这到底是怎么回事呀？

小马　（疑惑地）这是你妈？

大妈　闺女，你认识这个坏蛋？

阿莲　是呀，妈，本来是下班顺便来接您，可没想到——妈，他就是我男朋友小马！你们是不是早就认识呀？

小马　阿莲，堵车了，手机又没电，在大妈这里给你打了个电话，可大妈非说我这一百元钱是假的，非要把我送到派出所去，还说是人赃俱获，你要是再不来可能就要到派出所保释我了。

大妈　给，闺女，（递过那一百元钱）你是信贷员，鉴定人民币真伪你是权威，你给妈看看，看看妈到底冤枉他没有？

阿莲　（接过钱仔细看）妈，这钱旧是旧了点，颜色也不鲜艳，可这的的确确不是假币呀，鉴定人民币的真伪不能看新旧。

小马　（一听这话松了口气）冤枉啊！

大妈　难道是我看错了？

阿莲　妈，识别人民币的真伪有四种简易的方法，一是眼看，二是手摸，三是耳听，四是检测。

大妈　还有这么多说道呀？

小马　（笑）大妈，这也不能全怪你。

阿莲　（嗔怪）去！（转对妈）妈，你看，眼看就是要看水印、线条、图案、层次；手摸就是用手来感觉票面上的行名、盲文和国徽；耳听就是通过抖动使人民币发出清脆的声响；最后一种方法就是要借助工具了，比如用验钞器、放大镜或者磁性检测仪。还有，妈，没收假币也是要有个程序的，就算是发现了假币，也不是谁都有资格没收的！

小马　听君一席话，胜读十年书呀，长见识，长见识！

大妈　闺女，这么说呀妈真的是错怪了小马了呀。

小马　（立刻接上）大妈，没关系，没关系，今天我也长了不少知识不是？

阿莲 是呀，妈，明天我就给你买一个验钞机去，省得你呀，错怪好人！

小马 （指远处）阿莲，我们快走吧，车辆已经全部都疏通开了！

大妈 （一手拉小马，一手拉女儿）走，咱们一块回家包饺子去！

〔三人牵手谢幕

〔剧终

特殊服务

时间　一天下午
地点　浅深集团按摩大厅
人物　林经理　男，二十多岁，浅深集团当班经理，简称"经理"
　　　小雅　女，二十多岁，浅深集团按摩员
　　　陈老板　男，四十多岁，客人，简称"老板"

〔天幕是浅深集团按摩大厅实景，按摩椅（床）放置舞台中间偏下场门，沙发、茶几等休息家具（用品）置舞台中间偏上场门
〔浅深集团歌作为背景音乐弱起
〔小雅下场门上，着职业装，哼着歌，整理沙发、茶几上的物品

经理　小雅你好，最近到咱们浅深集团来上班还习惯吧？
小雅　林经理，您好，岗前培训一个月，上班一个月，已经全都习惯了。林经理您请坐。
经理　不坐了，刚好你这边暂时没有客人，跟你了解一下情况，小雅，厦门的气候和饮食也都习惯吧。
小雅　嗯，很好，现在老家四川也差不多这样的天气，经理，说真的，虽然汶川地震已经过去八年了，但咱们浅深集团当年的帮助，我一刻都不敢忘怀呀。
经理　当年汶川地震的时候咱们浅深集团捐助了五百万，虽然不是太多，但可以说这是咱们集团一贯秉承的"以人为本"的经营理念。
小雅　是呀，感谢咱们企业"以人为本"的经营方针，要不是当年受了咱们浅深集团的帮助，我现在可能还在贫苦线上挣扎呢。虽然，汶川地震中我失去了父母，但到浅深集团让我重新找到了家的感觉，林经理，您放心，我一

　　　　定好好干，尽自己一点微薄之力回报咱们浅深集团。对了，林经理，我还要争取得到咱们公司的季度个人奖呢。
经理　好好干是对的，但是，事情都过去这么久了，也别太放在心上。集团的慈善工作也是所用工作中的一项，当年祖国有难，伸出援助之手也是应该的。好了小雅，开始工作吧，有什么困难尽管开口。
小雅　谢谢，林经理再见！
　　　〔林经理下场门下，陈老板上场门上
老板　你好。
小雅　欢迎光临，很高兴为您服务。
老板　谢谢。
小雅　先生，您要先休息一下吗？
老板　好的，连日来在公司陪客户，还真是身心俱疲呀，今天到你们这里倒是可以好好放松一下。
小雅　嗯。
老板　（小雅帮老板挂好西装，老板坐下来取烟，小雅点火，推烟缸）谢谢，小姑娘，服务还挺到位的呀。
小雅　谢谢老板夸奖，我们企业的精神就是团结、敬业、忠诚、奉献，这奉献呢，是最重要的环节，您来得多了就知道了，老板，我可以开始工作了吗？
老板　不急，你们企业有精神还应该有作风是吧。
小雅　当然，我们企业的作风就是迅速、高效、严谨、务实！
老板　嘿嘿，小姑娘，不错嘛，看不出你挺聪明，我还真问不倒你。
小雅　那当然，老板，我们企业的道德是诚实、正直、礼貌、守信。
老板　好好好，说得好。
小雅　放心吧老板，我虽然还不是我们浅深集团最优秀的员工，但我一定会尽全力为您服务的。
老板　嗯，好好好。
小雅　老板，可以开始我们的服务了吗？
老板　不急不急，来，先帮我在沙发上按摩一下头吧，我的头快疼死了。
小雅　老板，您预订的服务中没有这一项，再说，头部按摩我也不专业。
老板　没关系嘛，这几天一直陪客户喝酒，得不到休息，头都快裂开了，你就帮随便按一下嘛。

小雅	这……
老板	怎么，（装生气）不听话，小心我投诉你，知道吗？客人就是上帝，客人的话就是圣旨！
小雅	对不起，我只是怕我没有经过专业的训练，按不好，要不，要不你试试？
老板	好好，试试试试。
小雅	（站到沙发后面为老板按摩头部）老板，您是第一次来吗？
老板	是呀，第一次，如果你服务得好，我以后会经常来，而且我还要介绍我客户来呢！
小雅	谢谢您呀老板，您真是个好人。老板，您的头现在舒服一些了吗？
老板	嗯，你还别说，经你这么一按还真是舒服多了。
小雅	老板，我是业余自学的头部按摩，让您见笑了。
老板	来，这是你的小费。（从钱包中取出一百元）
小雅	不，老板，我们公司有规定，不允许收客人小费的，所以，请您快把钱收起来。
老板	嫌少是不是，再来一张。
小雅	谢谢老板，再来十张也不能收。
老板	好吧。（失望地）
小雅	老板，我们可以正式开始了吗？
老板	不急不急，小姑娘，之前我也知道你们浅深集团的名气很大，今天得见，果然名不虚传，小姑娘，你们还有更好的服务吗？
小雅	老板，我们一定会争取做到尽善尽美，让您十分满意！
老板	不，我是说，还有没有更好服务，那、那方面的，就是可以让客人彻底放松的服务。
小雅	（取过服务单）老板，这上面的服务都有，哪方面的都可以让您彻底放松。
老板	别打岔，（推开）单子我不想看，也不用看，我再问你一次，单子上没有的，可以有吗？
小雅	老板，我们是正规企业，是全国沐浴按摩行业的领军企业。
老板	小姑娘，想跟我作对是吧？
小雅	老板，不正规的服务我们永远都不会有！
老板	（生气了）好，去把你们经理叫来，我要当面投诉你！
小雅	老板，如果我的服务不好，您可以随时投诉我，但请您也尊重我们的职业和规则。
老板	我就不相信，你们没有其他服务！你们就是欺负我不是

熟客，是吧？叫你们当班经理来！
小雅　老板，一定要叫经理吗？
老板　确定、一定以及肯定！
小雅　（手机或者对讲机）林经理，客人要见您，请您来一下。
〔林经理上
经理　先生，对不起，我是当班经理小林，我们的服务有什么不到位，请您立刻指出，我们马上整改。
老板　哈哈哈哈，吓到了吧！你们服务没有问题，我要的就是这样的服务。
经理　先生，我没明白。
老板　下个月我们大学同学聚会，我是班长，当然要负起责任，同学们来自全国各地，在厦门我是地主，我不但要组织，同时，我还想自费请所有同学休闲按摩，听说你们浅深集团的服务不错，我一直没有见识过。
小雅　（惊喜）所以您先来微服私访，看看我们到底是不是正规的企业？
老板　好聪明的小姑娘呀！
小雅　（微笑）老板，我们通过考验了吗？
老板　你们公司不但通过了我的考验，而且我还要给你个人加分！

经理　太好了！接下来需要我做什么您尽管吩咐！
老板　林经理，下个月5号晚上9点，我有五十位同学要到您这里消费，我先预订一下，其中有二十三位是女士，请你一定要安排好。
经理　放心，我一定把我们浅深最好的服务奉献给您！
老板　也请你放心，以后我自己不但要常来消费，我还要介绍朋友，介绍业务伙伴到你这里来消费！
小雅　谢谢老板，我们可以开始服务了吗？
老板　不，我还有事，刚才你不是已经知道了吗，我今天就是来微服私访的！等我下次来，一定事先预订你的服务，好，我先走了。
经理　老板。
老板　喔，下个月同学会的事情就交给你了，订金我马上让秘书送过来。
经理、小雅　谢谢！
〔老板下场门下
小雅　（发现沙发上的钱包和手机）老板，您的手机和钱包！
〔小雅和经理追下
〔幕落
〔剧终

美好的回忆

时间　三十多年前
地点　阿辉女友家
人物　阿辉　二十多岁
　　　小凤　阿辉女友，二十多岁
　　　伯母　小凤母亲，绰号"小脚椎"，五十多岁，单身
　　　大金牙　母亲的朋友为小凤介绍的男朋友，简称"金牙"

〔舞台上客厅摆设，中置老款（仿三十年前）沙发、茶几，茶几上有座机电话和一些生活用品
〔下场门上，风情万种地唱邓丽君《你怎么说》

伯母　"你说过两天来看我，一等就是一年多，三百六十五个日子不好过，你心里根本没有我，把我的爱情还给我——"（收拾茶几上的东西，电话响，接电话）哟，闺女呀，什么！给我带个男朋友？好呀，还马上就到！放心，妈什么时候不是把家里收拾得利利索索的呀！（放下电话，对观众）哟，大伙都来了，什么？不是！不是给我介绍对象，女儿不出嫁哪能轮到妈呀？是我女儿的对象，一会儿就到，啊？长得帅不？说实话，我也没见过，是广场舞伴帮我女儿介绍的，不过我可跟你说，那家伙，大老板，相当有钱了，出门都骑大摩托车，（动作）那用脚一踹，嗡嗡嗡，二里地，眨眼就到。

〔小凤和大金牙上场门上

小凤　妈！我回来了！
伯母　回就回呗，喊啥呀，惊天动地的！（与大金牙四目相对，马上变温柔。《上海滩》歌曲前奏起，渲染，二人转圈走着互相打量）大金牙！是你吗？
金牙　小脚椎，是你吗？

伯母　牙哥，自从中学毕业咱们都快四十年没见了，你……你还好吗？

金牙　（被突如其来的重逢弄傻了）我……我还好，还好。

伯母　快，快进屋，快请坐！来来，喝水。

金牙　（从衣兜里取出可乐）我……我一般都喝可乐。

伯母　那……那你抽烟？

金牙　我……我还是上学时的习惯（取出烟袋锅或者很粗的雪茄），我……我抽这个。

小凤　妈，妈，你们认识？

伯母　何止认识，我们俩上中学时还是同桌呢，这……这你得叫金牙叔叔。

金牙　这，不好吧？

伯母　（认为是女儿给自己介绍的对象）这有什么不好，你比我老公小两岁，不叫叔叔，还能叫大爷吗？

金牙　这……这……你老公呢？

伯母　啊，没好几年了，你……你老婆……也……

金牙　是，也没好几年了，要不也不能跟小凤认识。

伯母　啥也别说了，这，就是缘分，缘分到了，一切水到渠成！其实吧，上学的时候我就知道你偷偷喜欢我。

金牙　（尴尬地）是，那不是上学的时候嘛，还提那干什么。

伯母　当然得提了，没有青梅竹马，哪有今天的梅开二度呀！

金牙　这，小脚椎，啊不，淑云呢，你可能搞错了。

伯母　不能搞错，你还给我写过情书呢，你忘了我可没忘，要不是小凤他爸的疯狂追求，我，我说不定也答应你了。

小凤　妈，既然你们是老同学，就好好叙叙旧，我去做晚饭啦！

伯母　去吧，去吧，你看我这闺女，多懂事。

〔小凤下场门下

金牙　是，小凤是很懂事，我是相当满意。

伯母　你放心，我女儿相当开明，对咱俩的事她肯定没有意见，前几天还说要给我介绍对象呢，你看看，今天就把你给我领家里来了！

金牙　淑云，不，可是，现在吧，情况有点不太一样了。

伯母　不一样就对了，我一个人，你单身狗，这回什么阻力都没有，咱们也该来一场说走就走的旅行啦！

金牙　淑云，其实我今天来，是……

伯母　是什么呀，来了就来了，晚

	上就在我家里吃晚饭，咱们俩好好喝点！（起身）
金牙	淑云……
伯母	你就别客气了，我找酒去，今晚咱们老同学一来叙叙旧，二来加深一下感情。
金牙	（起身）淑云，其实，其实我今天来是作为你女儿的男朋友来的，我和小凤已经见过两次了，我不知道她对我有没有感觉，反正我对小凤已经是爱得死去活来了！
伯母	什么？你再说一遍！
金牙	我，我其实是你女儿小凤的对象！（伯母突然晕倒，被金牙抱住）淑云，淑云！
	〔女儿系围裙上
小凤	喂，干吗呢，干吗呢，都抱上了，这也发展得太快了吧！
伯母	（清醒）你……你……（指金牙）你给我滚！
金牙	这……（被推着往上场门）小凤，小凤，我是真心爱你的，咱们俩结婚的别墅我都装修好啦！
伯母	滚！
	〔金牙下
伯母	（被女儿扶坐下）闺女呀，这是什么情况呀？
小凤	妈，这就是你那个舞伴给我介绍的男朋友呀！他呀，可有钱了，喝可乐，抽雪茄，出门都骑大摩托车，（动作）那用脚一踹，嗡嗡嗡，二里地，眨眼就到。
伯母	可那介绍人说才三十多岁，四十不到，而且还显年轻呐。
小凤	这可是你中学同班同学，三十多岁，四十岁不到，骗谁呀？
伯母	当时不想说男人大点没关系，会疼人嘛，关键是经济条件好，大老板，有钱，妈不也是想让你过上幸福生活嘛！
小凤	上两层楼梯都齁喽气喘的，能幸福嘛，一激动蜜月都兴许过不去呀，妈，这介绍人也太不靠谱了吧，第一次见面我还以为我爷爷又活过来了呢！妈，这找对象是一辈子的事，女儿嫁的是相守一生的老公，不是钱！
伯母	闺女呀，是妈错了，你就原谅妈这一回吧。
小凤	好，这可是你说的，妈，我的婚姻我做主！
伯母	好，好，全听你的，对了，闺女，咱们家电视机坏了，你不是有个同学会修电器嘛，你把他找来咱看看。
小凤	楼下就有电器维修中心。

伯母	那维修中心都是骗钱的，再说那大电视咱也搬不动呀。女儿，听妈的话，找你同学来试试，妈去给你们做好吃的。	阿辉	小凤，相信我，我来万利达已经三年了，现在工资翻了两番，知道吗，政府里的处长都没我工资高，小凤，明年我就能买起房子了，到时候你妈一定会同意我们的婚事的。
小凤	好吧，我传他BB机，还不知道人家有空没有，人家在万利达上班，现在工作可忙了。（过去拿座机打传呼）	小凤	但愿吧，对了阿辉，我们家电视机坏了，你去看看能修好不。
伯母	这怎么还不回话呢，他有没有大哥大呀？	阿辉	小凤，我在万利达是技术总监，我要是修不好，还有人能修好吗？放心，分分钟的事，电视在哪儿呢？
	〔阿辉上，提着个袋子，敲门		
小凤	来了。	小凤	在里屋，妈！妈！你出来一下！
伯母	这效率，真高，喂，妈去煮饭了，让你同学在家吃晚饭啊！（下场门下）	伯母	（系围裙出）哟，这就是你同学阿辉是吧？
小凤	（开门）阿辉！（渲染音乐起，"没有你陪伴，我真的好孤单"，二人四目相对，转圈拉手）	阿辉	是我，伯母您好，电视在哪呀，我去给您看看。
阿辉	小凤，想死我了。对了，大金牙被你妈骂跑了吧？	伯母	在屋子里，你去吧，晚饭就在家里吃。
小凤	你怎么知道？		〔阿辉和女儿对视一笑，下门场
阿辉	我刚才来的路上遇到他了，他一个人蹲在路边哭呢！呜呜呜，老可怜，野狗都吓跑好几只。	小凤	妈，你看这阿辉还不错吧？
		伯母	人是不错，就是家境一般。
小凤	哼，看他还缠着我不，真是癞蛤蟆想吃天鹅肉。不过，我妈也是为我好，想让我找个有钱的，不想再让我受穷。	小凤	刚才那个大金牙还有别墅呢，你还想着他是吧？
		伯母	这死丫头片子，还揭老妈的短。
		小凤	妈，阿辉在万利达已经是技术总监了，工资比政府的处

长还高呢，妈，你就同意了吧。

伯母　不行，他家是农村的，在厦门没房子。

小凤　妈，阿辉是万利达的技术能手，工资高，明年就能买得起住房，对了，万利达现在效益那么好，光工人就有两万多，等阿辉的职务再升一级，说不定公司会奖励给他一套住房呢。

伯母　做梦，我不要房子，他要是能送给我一台万利达的VCD机，我就同意你们的婚事。

小凤　那还不简单，最好的VCD机也才一千多块，我拿出半年工资就够了，妈，我知道你最喜欢看京剧了，光盘你已经攒了几十张了，还是在借别人的机器看，妈，你放心，不就是一台万利达影碟机嘛，这事包在我身上了。

伯母　（冷冷地）我现在就要。

小凤　妈，你开什么玩笑，现在有钱都买不了，已经是晚上八点多了，什么商场都关门了呀！妈，要不，明天一早？

伯母　不行，就今天，过了午夜十二点，一切承诺全部作废！

小凤　妈，你，你这什么破妈呀！

阿辉　（上，用纸擦手）小凤，电视机修好了，没什么大问题，就是有个焊点虚连，我用焊锡加固了一下就好了，我保证，和新的一样，咱们万利达的电视质量那是杠杠的。

伯母　要是能配上一台万利达的影碟机那才叫般配呢！

阿辉　有，伯母，我听小凤说您没事爱看京剧，我就带了个我们公司自己生产的影碟机送给您。

〔小凤和伯母惊呆了，异口同声："什么！你现在就能变出来一台万利达的影碟机？"〕

阿辉　是呀，（从带来的包里取出机器）伯母，瞧，最新款，三碟连放！

〔小凤和伯母异口同声："怎么会这么巧呀！"〕

阿辉　我是年度标兵，公司奖励给我的！我一个人住宿舍留着也是生锈，刚好听说您用得着，我就给带来了。

小凤　妈，您刚才说的话还算数吗？

伯母　算数，算数，（感动地）这孩子是个福将呀，看来你们的姻缘是老天注定的，谁也拆不散呢！

〔音乐起，灯光渐暗

伯母　（在音乐中开始催泪独白）

伯母 闺女，其实，妈也是为你好，你父亲去世得早，那年妈还不到四十岁，我眼泪都哭干了，孤儿寡母，这日子可怎么过呀，你爸出殡那天，我追着灵车跑哇，哭啊，喊啊，（哭腔）"老公呀，你太狠心了，我还没跟你过够呢，你怎么就丢下我不管了呢，咱闺女才八岁呀，你可让我们娘俩今后怎么活呀！"

阿辉 （插科打诨，用以与伯母的悲伤作对比）好可怜呢。

伯母 可是呀，该走的人谁也留不住，咱们娘俩相依为命一晃就十几年了，咱们一直是从苦日子里摸爬滚打过来的。所以呀，妈就想让你过上好日子，嫁个有钱人，别再挨欺负，别再遭白眼，妈也知道不应该，瞧瞧刚才的大金牙，他还是我中学同学呢，不就是有两个臭钱了吗，就想娶我二十几岁大闺女，呸！

阿辉 呸！癞蛤蟆想吃天鹅肉！

伯母 说得对，孩子，妈明白了，钱能有多大用呀。哪能为了钱就牺牲女儿一生的幸福呢？你看阿辉，多好，在万利达工作，技术好，人品好。（对阿辉）孩子，万利达是个有前途的公司，相信我，以后长了多大能耐都别离开万利达，他们的总经理吴惠天也是我同学，那是个务实的好人呢，善良，勤奋，踏实，跟着他干，错不了。孩子，妈今天就把女儿交给你了，你在万利达好好上班，别看咱们现在不富裕，可这都是暂时的，跟着万利达，咱们家的好日子这就开始了！

〔女儿女婿齐："妈！"
〔音乐骤起，三人造型，谢幕
〔剧终

我从你的世界飞过

〔朗诵演员　丈夫　妻子　父亲
〔LED　静止图片　蓝天　白云　远山　大海　厦航飞机
〔音乐起　舞台后区灯亮　表演区定点光
〔丈夫从上场门着机长服装上

夫　小时候，我就有一个蓝色的梦想，
梦里，我是一只勇敢的雄鹰，
在天空中自由地翱翔。
烈日洗礼着我的翅膀，
暴风激荡着我的胸膛，
闪电淬炼我的双眼，
雷霆锻打着我的身躯，让我百炼成钢！
长大后，
我的梦想变成了现实。
千百次的体能检验。
一路过关斩将。
从观察员到副机长，
多少次训练，有老同事的批评和教导，
多少次实践，有领导信任和鼓励的目光，
终于，终于有一天我当上了厦门航空的机长。
我驾驭着厦航的雄鹰，
飞翔在祖国的蓝天上！
从此，天空成了我的第二故乡，
厦航，成了我实现梦想的天堂！

我无数次穿越白云，
感受浩瀚无垠的宽广。
我无数次面对霞光，
欣赏那宇宙中最美丽的夕阳。
我和我的机组，团结一心，
并肩携手。
一次次让远行的游子，
安全地抵达他乡和故乡。
一万个小时的安全飞行记录，
让我从初出茅庐的学员，
到今天一位有经验的机长。
明天，我将驾驶着我的雄鹰，
第一次跨过黄河，跃过长江，

飞向祖国的边疆!

〔妻子上场门上　着生活装　进入丈夫的定点光

妻　亲爱的，你真棒，
我为你骄傲，享受你带给我的光芒。
亲爱的，你真棒，
我为你自豪，你就是我和女儿的太阳!
知道你要远飞边疆，我心里既高兴，又感伤。
高兴的是你能力卓越，
得到了厦航的信任。
感伤的是，艰苦的航线就是艰苦的战场。
在付出更多汗水的同时，
还要让自己变得更加坚强!

刚认识你的时候，
有人劝我要慎重，说飞行员可不好当。
服从命令是天职，起飞和降落都不能自作主张。
要保持强大的内心，还要有百分之百的健康。
要顶住巨大的压力，要把个人的感受心里藏。
飞行员工作起来不分昼夜，
到了岗位就像上了战场。
只是没有硝烟，看不到火光。

不管有多少危险和困难都要主动去扛!
但是我不在乎，毅然决然地成了你——
一个飞行员的新娘，
因为我知道，每个人都有自己的梦想。
每个哨所都要有人站岗扛枪。
飞行员忠于自己的选择，
干一行就要爱一行。
只有付出和奉献才能让生命闪光!

也曾羡慕年轻人的花前月下，
也曾羡慕邻居家节日里其乐融融，笑声满堂，
也想让你多陪我和女儿看看电影。
也想让你和我一起买菜，一起下厨房。
但是，亲爱的，
这都不算什么，和机场正常运行、飞机安全降落相比，
这些都是小事。
我只希望你熟悉航线，
在艰苦的飞行条件下尽快成长，
保证飞机和乘客的安全。
因为你的每一次出发和降落，
都有妻子和女儿的祈祷，
都有家人在黑夜里，为你留下那一盏最明亮的灯光。

〔父亲着功勋机长装从下场门上　进入定点光

父亲　孩子，听说组织上调整了你的航线，
委派你去远飞祖国的边疆。
你接受了艰巨的任务，
即将变得更加勇敢、更加坚强。
作为一位功勋飞行员，爸爸为你感到骄傲，感到荣光。
经历风雨，才见彩虹，
淬了火的铁才能变成钢。
曾几何时，爸爸也为你成为一名飞行员，
感到后悔，感到迷茫。
爸爸作为有着三十年飞行经历的老飞行员，
深知你要面对的艰苦和经历的风霜，
你甚至有可能出现意外。
飞行员的命运和遭遇无法设想！
但是，为了祖国的民航事业，
为了人类航空文明的发展，
为了你自己的选择和自己的梦，
爸爸还是坚定地支持你，在蓝天飞翔。

孩子，你即将走上更加艰苦的岗位，
作为功勋飞行员，爸爸的几句叮咛你要记在心上。
你是机长，工作时一定不要胡思乱想，
你要放下所有的情绪和包袱，保证平和的心态，
特殊情况时记住让你的飞机保持向上，
因为没有人和天空相撞。
你要忘记身后的跑道，
要忘记刚刚过去的哪怕一秒时光，
因为一个飞行员无法回头，只能勇敢地面向前方！
孩子，去吧，去大胆地飞吧！
飞越群山，飞越海洋，张开梦想的翅膀；
穿越风雨，迎着朝阳，
你要以前所未有的气魄，丈量祖国蓝天的宽广；
你要以励志图新的壮志，为厦门航空领航。
你身负重任，代表的是厦门航空的形象。
你从厦门起飞，要安全降落在世界的每一个地方！

孩子，去吧，去大胆地飞吧！
你要用博大的胸襟和钢铁般

的翅膀,
架起祖国与世界的桥梁。
厦门航空要通过你的银鹰,

连接四海,贯通五洲,奏响
祖国最嘹亮的乐章!

新食堂

时间　一天傍晚
地点　机关大院某局办公室
人物　丈夫　四十多岁，公务员，简称"夫"
　　　妻子　三十多岁，简称"妻"
　　　食堂服务员　女，二十多岁，简称"服"
　　　服务员领班　女，二十多岁，简称"领"

〔舞台正中一方桌，桌后和桌边各有一椅，桌上一台电脑、一部红色电话和一个大香蕉

夫　（腋夹一打报纸，哼着小曲从下场门上，走到桌边放下报纸，看表，拿起电话，拨号）喂，老婆呀，加班，晚回去一会儿，吃饭就不用等我了，好，拜拜。（转对观众）三中全会要落实，今天我主动加班一小时，（摸肚子）嗨，人是铁，饭是钢，一顿不吃饿得慌。（拿起电话，重新拨号）喂，你好，是机关食堂吧，请帮忙给大楼1810房间送餐，对，一份就好，谢谢！（对观众）最近咱机关食堂可真是有了很大的改善，环境好了，菜式多了，盘子大了，服务也上档次了，对，中午还有免费水果呢，（拿起香蕉）瞧见没，咱这个香蕉个头不小吧！嘿嘿，只可惜我没那口福，（对观众）为什么呢？血糖太高！

〔食堂服务员提饭盒从上场门上

服　您好，请问刚才是您打电话叫餐吗？
夫　啊，对对，请进请进！（对观众）够快的，这服务水平，强！
服　（把饭放到桌子上）您请慢用。（转身欲走）
夫　等等！
服　（被吓了一跳）您，您还有

什么事情吗？

夫 （拿过香蕉）这个，送给你，食堂免费赠送的，你是食堂的服务员，替我吃了，这也叫取之于民用之于民！

服 对不起，谢谢，（摆手不要）我不能要。

夫 （热情地往服务员手里放）香蕉这东西我受用不了，还是送给你，放到这里明天坏掉了也怪可惜的。

服 对不起，我真的不能要，管理局有规定，服务员是不可以随便要客人东西的。

夫 嗨，你这孩子，怎么不听话，一个香蕉而已，这不能算行贿受贿。

〔两个人正在拉拉扯扯，妻子从上场门暗上

妻 哟，干什么呢，干什么呢，孤男寡女，拉拉扯扯的，成了什么样子嘛。

夫 哟，老婆，不，领导，这是什么风把您给吹来了。

妻 多亏我来得及时呀，（对观众）同志们，瞧见没有，知道艳照门是怎么产生的了吧！

夫 老婆，你误会了，听我说。

妻 （打断）别解释，容易越描越黑。

夫 老婆，你相信我吧。

妻 闭嘴，说多了都是故事，（走到服务员跟前）哟，这小模样长得不错呀，乍一看还真有点像张柏芝呢。

夫 老婆，你看你，像谁也不能像张柏芝呀，你可别添乱了。

妻 （绕着圈看夫）我说最近怎么总是加班呢，（对观众）女性朋友们呢，这老公可要看住呀，特别是加班的时候，必须定期查岗，不定期暗访，这年头，加班，加班，都容易加出下一代来呀！

服 阿姨。

妻 （厉声道）别叫阿姨，我有那么老吗？！

服 没有，大姐，我只是个食堂送餐的服务员，真的，您误会了。

夫 老婆，她真的是食堂的一个服务员，你看，这桌上的饭菜就是她刚刚送来的！

妻 可我来的时候你们俩正在那拉拉扯扯呢，你有什么证据证明这饭菜是她送来的？再说了，食堂的服务员有这么年轻的吗，有穿得这么漂亮的吗？

服 大姐，我们都是管理局从旅游学校招来的学生，刚刚参

加工作，和我一起被招聘到管理局的还有十几个小姐妹呢，我穿的衣服就是食堂统一发的制服，看看，这还有胸牌呢！（指牌）

夫　老婆，你看看你，冤枉好人了吧。

服　大姐，我可以走了吗？（看表）我还有其他工作要做呢。

妻　等等，你现在还是不能走。

服　为什么？

妻　（从衣兜里取出机关出入证，也是在食堂时刷的E通卡）这个你们都认识吗？

夫　机关大院的出入证，E通卡，吃饭乘车全靠它，老婆，我不是让你帮忙给充值的吗？怎么了，这卡有什么问题吗？

妻　当然有问题。

夫　什么问题？

妻　现在是月底，为什么卡内的余额多出了十块钱。

夫　不会吧，老婆，是不是你看错了，我知道自己血糖高，每餐都是按照您的规定，只吃一个肉菜、三个青菜，这样的饮食习惯已经坚持了一年多了，这怎么会多出十块呢？

妻　是呀，这就是我今天来查岗

的目的，不过呀，现在我可全都明白了。

夫　你明白什么了？

妻　你，在食堂吃饭，她（指服务员）在食堂卖饭，她一次给你少刷五角钱，这卡里不就有余额了吗？（对观众）大伙都看见了吧！刚才还拉拉扯扯的呢，关系绝对不一般，是不是呀？（抱起胳膊，走到了一边）

〔丈夫和服务员都愣住了

夫　（抓头，对服务员，用手指）我在食堂吃饭，你在食堂卖饭，（服务员点头）我在食堂打饭，你在食堂刷卡，每次你都给我少刷五角钱，这个月我在食堂吃了二十次饭，所以到了月底我卡内的余额就多了十块钱！（问服务员）是这么回事吗？

〔二人齐："这不可能呀！"

妻　怎么样，无法自圆其说了吧！那你们俩就给我抓紧时间交代！（对观众）有可能出现新的艳照门呀！

夫　（抓头思考，对服务员）只有一种可能，就是咱们食堂的饭菜降价了！

服　哟，好像真的听说有这么回事，不过……不过……

夫　不过什么，你快说呀！

服　我刚来上班没几天，还在实习阶段呢，这……这……这我还真的说不太清楚！

夫　老婆，食堂的饭菜降价了，只有这种可能了，相信我吧！

妻　（摸老公的额头）得了"非典"还是禽流感呢，发烧烧糊涂了吧？挺能编呢，最近我还真在你身上发现了诗人和作家的潜质呢！

服　大姐，我刚上班没多久，食堂的情况还了解得不是太多，不过我真的听说咱们食堂的菜降价了呢！

妻　一寸照片你就别弄景了，二两猪肉你就别扯皮了，（对观众）大伙说说，最近这CPI一直高位震荡，降价？！不涨价已经不错了，做梦吧你！

丈　这下完了，跳进黄河也洗不清了！

〔领班上

领　小林，你怎么还在这里呀，到处找你呢。

服　（暗指妻子）她，她不让我走。

领　大姐，我是食堂服务员的领班，请问您有什么事吗？

妻　太好了，领导来了，这回可有人给我做主了，大妹子，我老公血糖高，医生开的食谱让他每餐只吃一个肉菜、三个青菜，已经坚持了一年多了，今天我给老公的E通卡充值，发现他卡内的余额多出了十块钱，所以呀，我怀疑他和你们食堂刷卡的服务员串通好了作弊！

领　大姐，您多虑了，其实答案很简单，食堂的肉菜本月起价格下调了五角钱，本月二十个工作日，到了月底，可不就多出了十块吗？

夫　真的是这么回事吗？我怎么不知道？

领　新价格从改动之日起就已经贴到食堂大厅的墙壁上了，只是大家都没有注意罢了！

妻　真的有这么回事？

服　那还能有假，刚才我不是跟你说了吗？

妻　这，这，（对服务员）妹妹呀，真是对不起呀，大姐刚才说的话有点过头，你可别太认真呀！

服　没关系，事情说开其实也没什么了！再说，你的出发点也是好的！

夫　老婆，你这脾气可真是要改一改了，哪能不分青红皂白地就乱扣帽子呀，这样的作风可是要不得的呀！

妻　是呀是呀，都怪我。

领　快别说了，大姐呀，看来您对我们了解得太少了，咱们机关食堂最近的变化可大了，菜式多了，环境也好了。

夫　是呀，那环境比肯德基都好。

领　为了维护公务员的利益，菜价也降了。

夫　是呀，一个月省下十块钱，虽然不多，可这也体现了咱们管理局的服务宗旨呀！

妻　就是就是。

服　饭菜更卫生了，服务更到位了，您的满意就是我们的追求呀！

领　有机会您也可以到我们那里参观参观呀。

夫　好呀好呀。

服　为了更好地服务，近两年我们还在财经大厦、劳动力大厦、建设大厦、公安局开办了新食堂。

领　风格统一，标准统一，由于服务范围扩大了，最近我们还要新招聘一批服务员呢。

妻　真的？到时候我也来应聘！

领　那我们热烈欢迎！

夫　哈哈哈哈！您的满意就是我们的追求嘛！

〔四人谢幕　剧终

银庄正传

时间　宋代
地点　工商银庄
人物　银庄老板，老板娘（简称"板娘"），小姐，男助理小六，税官

〔幕启　舞台正中置简单的木制的一桌两椅，旁边一个立式易拉宝。易拉宝两层，上面一层写着"工商银庄"，下面一层隐着"厦门工商银行"。
〔《铁血丹心》音乐起，老板和老板娘着古装分别从舞台两侧舞上
〔依稀往梦似曾见
心内波澜现
抛开世事断仇怨
相伴到天边——

板娘　靖哥哥，自从咱们家开了这个工商银庄，你最近都不爱理我了！

老板　蓉儿，这不是生意太忙了嘛！

板娘　再忙也不能忽略老婆呀，欧巴，隔壁刚开了韩流时装店，你陪我去买件韩版时装吧！

老板　好好好，这就去！
〔二人欲下，小姐拿宝盒、小六持文件袋上

小姐　等等，这一盒是本小姐的嫁妆，值一千两黄金，抵押给你，暂借一百两纹银，（沮丧地）您看可以吗？

老板　小姐做生意需要钱是吧？

小姐　（盒子放在桌上）是呀，走遍全城，大小银庄，都没办法，基本绝望！

小六　唉，可怜我们小姐，全城最有名望的商人，最诚实守信的纳税大户，竟然无法融到一笔小小的资金。

老板　小姐，您是本县的纳税大户？

小姐　是呀，但最近资金周转不开，找了很多钱庄都解决不了问题，他们不是门槛太

	高，要房产抵押，就是利息高得离谱，没办法偿还呢！
小六	所以，所以小姐一着急就把嫁妆都搬出来了！老板，您能不能帮帮我们呀？
	〔明星出场音效
老板	工商银庄开启最新服务模式：税务贷！一定可以帮你圆满解决问题！
小姐	税务贷？难道跟纳税有关？
老板	是的，等我打个电话，（拿出手机拨号）喂，是宋帮办吗？
	〔税官宋帮办上
税官	（持手机）及时雨，宋波，来啦！
板娘	税官大人真不愧是及时雨，这位小姐的资金遇到困难了，快来看我们能不能一起帮她做一单"税务贷"。
小姐	"税务贷"，还真的是第一次听说。
老板	全称"小微企业纳税信用贷款"，简称"税务贷"。税务贷是政府和银监部门为支持小微企业发展，共同推出的，目的也是鼓励全社会诚信纳税。
税官	只要你公司经营稳定、诚信纳税、发展前景良好，我们就可以为您发放小额信用方式贷款。来，纳税记录给我看一下。
小六	请税官过目！（呈文件）
税官	（看文件）按照贵公司近两年的年均增值税三倍与所得税五倍之和，我们工商银庄决定为您发放贷款五百万元。
小六	还能再多吗？
税官	单户限额最高不超过五百万元。
小六	如何还款呀？
老板	税务贷可运用网络循环方式，在网络上随借随还！
小六	太方便、太快捷了。
小姐	没想到，走遍了全城，最后还是工商银庄帮了我的大忙呀，老板，谢谢呀！（扑向老板）
板娘	（急忙拦住）小姐，请当心！
	〔喊麦音乐起，五人边舞边说：
	税务贷，强强强。
	小微企业帮大忙。
	更便捷，更智能。
	三百六十行。
	小微金融在工行！
	在——工——行！
	〔小六扯掉"工商银庄"，举起"厦门工商银行"易拉宝
	〔众谢幕
	〔剧终

军旅

第十次承诺

时间　一天傍晚
地点　刑警老陈家内外
人物　老陈　刑警，四十多岁
　　　小林　刑警，老陈同事，三十多岁
　　　陈妻　三十多岁

〔幕启　舞台上客厅摆设：偏左有一三人沙发，沙发左侧有个简易衣架，右侧有一折叠桌，桌上有花瓶，瓶中有鲜花，鲜花旁边有一瓶葡萄酒和两只高脚杯，高脚杯后面有一对红烛，红烛边有一个大大的冷水杯，杯中装着冷水，桌边两把椅子

陈妻　（穿一件漂亮的连衣裙，脖子上挂一手机，哼着《好日子》，自己左瞧右看从下场门美滋滋地舞上）嘿，大家伙看我这件衣服漂不漂亮？为庆祝结婚纪念日买的，花了我六百多块呢，什么？贵了？老太太看地图，这才哪儿到哪儿呀，您没听人家宋丹丹说嘛，女人对自己下手就应该狠一点！唉，结婚十年了，可没和老公在一起过上一个结婚纪念日，当了个扔到人堆里就找不到的普通刑警，整天人影都见不到，今天是我们结婚十周年纪念日，说好了6点钟准时回家来陪我，这可是他给我的第十次承诺了，（看手机上的时间）5点59分，再过一分钟他要是还不进来，你们大伙看我怎么收拾他！（对手机数数）十、九、八、七、六、五、四、三、二、一！

老陈　（穿一身警服应声而上，敲门）老婆，开门呢，我回来了！

陈妻　（对观众）算他命好，敢晚一秒钟我就对他实施家庭暴力！（开门，对老公）老公，今天挺准时呀，我还以为你又要违约呢！

老陈　（笑）老婆呀，过去违约也是人在江湖，身不由己呀，哪个老公不想在结婚纪念日陪老婆呀？（搂过老婆肩膀往屋里走）哪个老公愿意让自己的老婆失望呢？

陈妻　（得意地笑）你呀，就是那夜壶镶金边。

老陈　怎么讲？

陈妻　唯独一个嘴好！（嗔怪地推了老公的胸部一把）

老陈　哟，（咧一下嘴）好大的劲儿呀！

陈妻　别装了，别装了，平时我打你的劲儿不知道比这大多少倍，你都没吭过一声，今天却说我劲儿大！来，把外套脱掉。

老陈　别别别，老婆，还是别脱了，我冷！（边说边坐到沙发上）

陈妻　瞎说，现在屋里屋外都是二十七八度，怎么会冷？你呀，就是一天到晚离不了你这身破警服！（接过老公的帽子挂在衣架上）

老陈　是呀是呀，还是老婆理解我。

陈妻　对了老公，你没发现我有什么变化吗？

老陈　（惊讶地）没有呀，什么变化，没什么变化呀，（试探地）你，你瘦了？

陈妻　不对，那是上个月的事，你再好看看。（在老公面前转圈，展示自己的连衣裙）

老陈　那，那你胖了？

陈妻　什么，你敢说我胖了？（嗔怪地欲打老公，老公举手招架）（娇嗔又羞涩）人家身上的连衣裙你没看到呀！

老陈　哟，可不是嘛，真漂亮，在哪里买呀，多少钱呀？

陈妻　不知道，情人送的。

老陈　太好了，有人替我照顾你了，这回我可真要好好地谢谢人家，对了，改天我请他坐一坐，也顺便送他点东西。

陈妻　你这个坏蛋，老公呀，今天可是我们结婚十周年纪念日呀，你想怎么过呀？

老陈　全听夫人安排。

陈妻　（坐到老公身边）老公呀，我是这样安排的，第一个环节，点红烛。

老陈　（无精打采）嗯。

陈妻　第二个环节，喝红酒，（老公应）第三个环节，跳舞，第四个环节，拥抱，第五个环节，嗯，（羞涩地）暂时保密，（发现老公睡着了）喂！领导讲话你睡觉，你还想不想进步了！

老陈　（惊醒，一跃而起）什么，窃贼入户了！

陈妻　（哭笑不得）我是说你还想不想进步了！

老陈　（重新坐回沙发上）喔，怪我，怪我，老婆呀，对不起，你一说话我怎么就犯困呢，（对观众）比安眠药都好使。

陈妻　（指老公鼻子）我警告你，下次不许再犯啦！来，进行纪念日第一个环节，点红烛！

老陈　点吧点吧，老婆，这个环节由你一个人完成，谁不知道你是煽风点火的高手呀。

陈妻　（把红烛燃起）进行第二个环节，喝红酒！（倒酒，然后拿一杯给老公）

老陈　（推开）老婆呀，我们局长不让喝！

陈妻　工作时间听局长的，业余时间听老婆的！来老公，咱们干一杯，共同祝愿我们身体健康，白头到老！

〔老婆一口干掉，老公只喝了一小口就被呛得咳嗽，老婆给老公捶背

陈妻　这是怎么了？大年初二你和我爸一人喝一瓶也没这样呀。

老陈　（边咳嗽边摆手）没事没事，喝急了，老婆呀，今天我实在是太累了，我看那余下来的几个环节就临时取消了吧，我想。

陈妻　（一脸的坏笑）你想直接进入最后一个环节是不是？

老陈　不是不是，老婆，我想先睡一会儿，就一小会儿，你看行吗？

陈妻　什么，（怒）你，你是回家来睡觉的呀！你早说呀！

老陈　（哀求地）老婆呀，我今天真的是太累了。

陈妻　今天从你一进屋我就感觉不对劲，做什么你都打不精神来，你，你说，是不是外面有了人了？

老陈　老婆呀，你看你想到哪里去了，你一个人现在就够我对付的了，我还敢有人？那，那除非我这脑袋进了水了，思维混乱了。

陈妻　（坐到老公身边，回忆，灯渐暗）结婚的当天晚上你就把我一个人扔在了家里。

老陈　我那不是去云南抓毒贩子嘛。

陈妻　（语速很慢，伤感地）第一个结婚纪念日你到乡下去抓小偷，第二个结婚纪念日你到火车上去抓人贩子，第三个结婚纪念日你到码头平械

斗，第四个结婚纪念日，（听到了老公的鼾声，看了老公一眼，继续说）唉，我也知道你忙，你累，（站起身对观众）可你亏欠妻子儿女也太多了，每次到了周六周日，别人家都是一家三口高高兴兴地去公园呀，逛街呀，吃肯德基呀麦当劳呀，可……可咱们家，唉，哪天晚上你要是能陪我在湖边散散步，那对我简直都是一种福利呀，老公，你知道吗？

老陈 （闭着眼，含糊地）知道。

陈妻 你给我醒醒！

老陈 （一跃而起）什么，出警！

陈妻 出什么警，我是让你醒醒！你可气死我了！（老公伏在沙发上继续睡）

〔小林着警服急上，敲门，灯渐亮

小林 （陈妻开门，小林几乎是闯进屋）嫂子，老陈在吗？

陈妻 在呀。

小林 他没事吧？

陈妻 （惊讶地）没，没事呀，就是太累了，刚刚睡着了。

小林 没事就好，没事就好，（看到桌上的冷水杯，端起就灌，弄了自己一身水也不在意）可吓死我了。

陈妻 （等小林喝完水，惊讶地）怎么了，小林，你这是让疯狗追了吧？

小林 什么疯狗追的呀，老陈受伤的事你知道了吧？

陈妻 什么？他受伤了？！

小林 你不知道？

陈妻 老陈他也没说呀！

小林 嗨！（对观众）下午老陈在步行街和一名歹徒搏斗时受了刀伤，在医院里无论如何也不让通知家属，一个点滴都没打完就急着要回家。最后是局长下令让我们几个同事轮流看着他，可是轮到我……唉，我……我打了个盹儿，一睁眼，发现就老陈不见了，打他手机关机，我就找到家里来了。

陈妻 老陈他伤到哪儿了，严重不？

小林 伤到了胸口，不严重，只一点皮外伤，（笑）哈哈，老陈的身手你还不知道，警校的散打冠军，要是换了我们可能就没命了！唉，也不知道为什么，非急着要回家，谁也挡不住！（走过去看睡觉的老陈）

陈妻 唉，都怪我，今天是我们结婚纪念日，是我让他6点钟准时回家。

小林 老陈这是不想让你失望呀！

| 老陈 | （迷迷糊糊地，连眼睛也没睁开）什么？有情况，什么情况？
| 陈妻 | （对小林用一根手指挡在嘴前）嘘，（转对老陈）没……没什么情况，你睡吧，有情况我叫你。
| 小林 | 嫂子，老陈的点滴还没打完，这样就出院，医生是不会同意的，你看，是不是我来叫醒他，让他和我一起回去医院继续打点滴呀？
| 陈妻 | 是呀，是呀，可是现在就这样叫醒他，老陈他会不会太没有面子呀。
| 小林 | 嫂子，看来你还是理解我们当警察的呀，（对观众）当警察的把面子看得比命都重要呀。
| 陈妻 | 是呀，是呀，当警察的最怕家里人每天提心吊胆地跟着担心，最怕自己受了伤让亲人难过呀，这些我怎么会不知道呀，小林，你到门外去重新敲门叫醒他！
| 小林 | 好！（走出门去，敲门，高声地）老陈！老陈！老陈在家吗？
| 老陈 | （一跃而起，听）老婆，好像是小林，快去开门，肯定又有任务了！（自己赶快从衣架上摘了帽子戴上，整理好衣服）
| 陈妻 | （开门）哟，是小林呀，今天怎么这么有空到我家里来做客呀？
| 老陈 | （装作什么事情也没发生）小林呀，出什么事啦，和你们年轻人说过多少次了，遇事要镇定，（边说还边朝小林使眼色）你看你，这么慌里慌张的怎么行呀！
| 小林 | 老陈呀，有个复杂的案子，你不去我们破不了呀，打你手机关机，可能是没电了吧，这不，局长就让我到家里来找你了。
| 老陈 | （掏出手机）这破电话，总是没电，（转对妻子）跟你说了多少回了，去给我买个新的，你就是不听话，看看，误了事了吧？
| 陈妻 | 是呀，是呀，老公，对不起，明天我一定把这事办好。
| 老陈 | 老婆呀，又有新任务了，我作为刑警队的领头羊不去不行呀，我也知道，（苏芮《牵手》弱起）这些年我亏欠你和家庭的太多了，也希望你能理解。可老百姓更需要咱警察呀，咱只能舍小家顾大家了呀，（拍老婆肩膀）老婆，等我回来！小

　　　　林，走！　　　　　　　　　〔音乐最强

陈妻　（音乐渐强，朝老公的背　　〔切光
　　　　影，声嘶力竭地）老公，保　〔谢幕
　　　　重呀老公，下辈子我还要嫁　〔剧终
　　　　警察，还要嫁给你！

老来乐

时间　端午节傍晚
地点　老马家内外
人物　老马　男，六十多岁，刚刚退休的民警，简称"马"
　　　马妻　六十多岁，简称"妻"

〔幕启　舞台上客厅摆设，衣架，一桌两椅，桌上有花瓶，花瓶旁边有一个小闹钟，小闹钟旁边有一部电话，电话旁边有个稍大些的药瓶

〔马妻戴围裙，端一盘粽子从上场门上，粽子放桌上，用围裙擦手，然后拿起小闹钟

妻　嘿，这都快7点了，老头子还没来，今天可是端午节呀，当了一辈子的警察，退休之后怎么反而一点组织性纪律都没有了呢，这不是要公开挑战家庭暴力吗？有人说过，打出来的老公，揉出来的面，得，废话少说，看我一会儿怎么收拾他！

马　（高兴地唱着京戏上）今日同饮庆功酒，壮志未酬誓不休，来日方长显身手，甘洒热血写春秋！哈哈哈！老婆，开门呢，我回来了！

妻　（四平八稳地坐到了椅子上）请问，您找谁呀？

马　老婆子，别闹了，快点开门，我都快饿死了！我还要吃你给我包的肉馅大粽子呢，开门开门，真饿了。

妻　你当警察的时候执行任务不是经常一整天不吃饭吗，怎么人一退休就不中用了？坦白从宽，抗拒从严，说，这几天你都在外面干什么了？怎么天天回来这么晚呀？

马　哈哈，老婆，你听我说，是这么回事，我在咱们社区文化活动中心学跳交谊舞呢，不信你开开门，我跳给你看，三四五六七八步，我都会，探戈、伦巴、迪斯科，咱样样通！

妻　说，跟哪个老太太搭伙了

呀？

马　就是那个……那个……啊，6号楼小宝他奶奶，她长得够丑吧？（对观众）提这样人安全！

妻　你可别骗我了，6号楼小宝他奶奶上个月就得了脑血栓了，她生活都不能自理了，还能和你跳舞？你蒙谁呀你。

马　（一拍脑门儿）啊，刚才说错了，说错了，我要说的是7号楼小胖他外婆，嗯，小胖他外婆，（对观众）那叫一个胖，二百多斤，提这样的更安全。

妻　那就更不对了，小胖他外婆春节前就得了急病去世了，你跟她？当警察你退休了，算命通灵又上岗了是不？（对观众）能耐大了！

马　（打了自己两个嘴巴）一辈子也没说过几次谎，怎么这么背呀！老婆，先开开门再说行不？

妻　在外面饿着吧，什么时候反省过来再说！

马　老伴呀，你看看你，哪有你这样的家属啊！啊！你看我们单位老侯，啊，人家那老婆！

妻　他老婆怎么了？

马　老侯亲口跟我说的，他一回家，他老婆对他那个热情啊，"咣当"就跪地上了，"当当当"磕仨头，然后洗脚，按摩，那多体贴啊！你看看你。

妻　你可算了吧，别蒙人了，我听老侯他老婆说老侯一回家就围着她转，边转还边在她腿上蹭呢。

马　那是老侯吗？

妻　那是他们家的狗。

马　我和你没法沟通，（装和人打招呼）哟，王阿姨呀，出去散步呀，啊，我……我在外面凉快凉快，你先走吧。（对屋里）老婆，开门呀，让邻居看着多不好，一把年纪了还把老公关门外，你不怕难堪呀。

妻　没事，我不怕难堪。

马　（又装和人打招呼）哟，大妹子，还在妇联上班呢，我呀，啊，被老婆关外面了，不让我进屋，还实施家庭暴力呢，我正想找你们妇联反映反映呢，你们可要为我们男同胞做主呀。

妻　（一听，相信了，有点怕，赶快开了门，老马趁机蹿进了屋）喂，喂，谁让你进来的，谁批准你进来的！

马 （窃喜）跟我斗，我当警察时可是反扒大队长呀！

妻 （接过老公脱下的衣服挂在衣架上，转了脸色）老伴呀，当了几十年警察，累了一身的病呀，退休了，就好好在家休息休息吧，别整天在外面折腾了，啊。

马 老伴呀，嫁给我几十年了，你还不了解我吗，我是那闲得住的人吗？

妻 闲不住你也要闲呀，你还想去当警察呀，六十多岁了，谁要你呀，你还能打枪呀，还能上房呀，还能一夜一夜地蹲点抓坏蛋呀？

马 老伴呀，那些事我是做不了了，可我还没老到不能动吧，我这老胳膊老腿还行！（做动作）

妻 好了好了，来，先吃药，然后尝尝我给你包的肉粽子！（取过药瓶）

马 老伴，别动那药瓶，早上我吃过药了，来，先吃个粽子再说。

妻 （旋开药瓶）咦，老头子，上个星期给你买的心脑胶囊，怎么到今天还没开封呀，老头子，你有心脏病，不吃药怎么行呀，你搞的这是什么名堂呀？

马 老伴呀，我那不是心脏病，我那是退休警察综合征，刚刚从岗位上退下来的时候呀，天天郁闷，心里不受用，可现在我又找到自己的岗位了，我的心脏病呢，也就跟着全好了，就不用吃药了！

妻 老头子，坦白交代，你找到什么岗位了？

马 刚才不是和你说了吗，在文化活动中心跳交谊舞！

妻 你还敢胡说是不是？

马 （从裤兜里取出一个双节棍）我说的交谊舞是武术的武，（舞几下双节棍）怎么样？周杰伦是我老师，（学周杰伦）快使用双节棍，嘿嘿哈嘿，快使用双节棍，仁者无敌！

妻 嘿，老头子，真看不出来，你还有这一手！

马 说起来也很无奈呀老伴，那把跟了我二十多年的"六四"上缴了，现如今我也只能玩玩这个了！（收了棍，无限怀念地摇摇头）

妻 老头子，快别说了。

马 不说了不说了，老伴，来，吃粽子！（开吃）
〔电话响，妻接

妻 找马队长，哈哈，老侯呀，老马他现在已经不是队长了，他退休三个多月了！以后就别再叫他马队长了！他容易膨胀，把他这种人弄骄傲了不好办，什么什么，老警察社区服务队队长？（惊异地把电话交给老马）

马　（接过电话）好呀，干得好，终于把这个偷车贼给逮到了，好，先送派出所，我马上到！哈哈，老侯呀，这几天的点咱们总算没有白蹲呀，明天晚上到我家喝酒庆功！（去穿衣服）

妻　（愣愣地）马队长，你这又是当的什么队长呀？

马　老伴呀，我们这些退休了的老警察闲不住呀，自愿组成了老警察社区服务队，每天到社区服务中心上班，配合片警维护小区治安。看，我们还没老吧，这不，刚才老侯来电话说，那个偷了咱们小区十几辆自行车的贼终于被我们给逮住啦！

妻　老头子，那你怎么不和我实话实说呢？

马　想过一段时间再告诉你，唉，还不是怕你担心嘛。

妻　当了大半辈子警察，退休了也退不了岗呀！

马　老伴。

妻　你上班的时候就盼着早一天退休，好能天天陪着我。可这退了休，还是闲不住。

马　我们当警察的呀，就是劳碌命，一闲下来就什么病都来了，这一干起工作呀……

妻　就什么病好了！对了，老头子，你们那儿还需要人手不？

马　当然需要了。

妻　老头子，明天我就加入你们的行列，帮你们做诱饵，抓小偷。

马　我们举双手欢迎呀，我们正愁没有老太太参与呢。

妻　好，就这么说定了，可不许反悔呀。

马　老伴，我去帮忙做个笔录就回来。

妻　等等，带上两个粽子和老侯吃。（取粽子给老伴）

马　（接过）没想到，老侯还挺有口福的。（转身走）

妻　等等。

马　又怎么了？

妻　（取过桌子上的双节棍）这个拿上，万一再遇上个偷车贼好用这个抓他呀！

马　（接过，二人击掌）耶！
〔定格，切光
〔剧终

逆行的风采

时间　危难时刻
地点　用影片虚拟的大火、洪水、地震现场
人物　三位男消防战士，一位战士身边的不确定身份的女性

〔幕启背景图片亮，舞台灯渐亮，舞台上不设道具，用背景图片提示事件发生地

男一　（上场门急上）报告！漳州古雷腾龙芳烃公司发生猛烈爆炸，方圆六公里内的玻璃全部被震得粉碎！

男二　（下场门急上）报告！三个一万立方米的油罐熊熊燃烧，装置区烈焰直插云霄，映红了整个古雷半岛！

女　（上场门急上）那是2015年4月6日的18时56分，我记得很清楚，因为那天是我爱人的生日，他当然没有回家，他是第一个带队到达现场的指挥员！

男三　面对熊熊烈火，面对令人窒息的浓烟，面对随时可能倒塌的装置，我无法犹豫，也没有时间犹豫，因为我是指挥员！（看左右的同事）同志们，救援方案已经形成，行动！

〔音乐起

女　当祖国和人民的利益受到威胁的时候，我们不能退却，因为我们是消防官兵，我们要迎难而上！

男一　当熊熊烈火向我们扑来的时候，我们不能转身，而是要选择生命中最壮美的逆行！

男二　有时候，人的血肉之躯在灾难面前是何等的脆弱和渺小，面对福建历史上规模最大，全国都没有扑救经验的石化爆炸事故。

男三　我的战友们依然意志坚定，从容不迫，按照救援方案，他们有序地疾驰向事故核心区。

女　那一天，我们义无反顾地进

　　　　入常降站带电灭火，保住了厂区绝大部分的供电。
男一　那一天，我们默默登上两万立方米常渣油罐灭火，防止沸溢喷溅。
男二　所有的弟兄们都知道油罐爆炸的后果，但没有一个人诉说。
男三　（对男一）涂烨，你带领一分队进入四个油罐的中心，架设移动炮！
男一　是！队长，流淌火在你身后，快躲开。
男二　分不清白天和黑夜，滚烫的污水泡烂了双脚。
男三　（苦笑）没关系，咱有办法，包上塑料袋，继续战斗。
　女　盒饭供应不及时，因为现场有两千多人。
男一　（苦笑）没关系，咱肚子里有烟有火，不饿，过一会儿再吃也来得及。
男二　渴了就用牙咬开一瓶水，一次全部喝光。
男三　累了，就靠在车边、墙角休整片刻，然后立刻重返火场。
　女　我们就这样凭着担当和勇敢，凭着当年入伍时的誓言和信念，奋战了五十六个小时，创造了成功扑救大型油库火灾的世界纪录！

男一　曾刚，前段时间咱们的副队长林老虎也退伍了。
男二　是，我知道，对，还有孙小茄，他也退伍了，那小子当新兵的时候还尿过床。
男三　（回忆地）是呀，还有一些战友的名字我们都已经忘记了，但他们在大灾大难面前勇敢逆行的身影，我们却永远都无法忘记。
　女　那一次次逆行的风采，彰显了共和国的脊梁！
　　〔音乐渐收，影片换成洪水救灾场景
男一　我叫涂烨，经历了2010年6月南平市百年不遇的特大暴雨洪水。
男二　记得那天是2010年的6月18日，福建南纺股份公司的厂区一片汪洋，一千六百多名师生被山洪围困。
　女　齐胸的洪水汹涌奔流，我们的救援难度可以说是前所未有！
男三　十五米的生死距离，如果是平时训练，我用不了两秒！
男一　但是洪水中的十五米，我们一次却要跋涉五分钟。
男二　战友们一次次艰难地往返救人，体力消耗很大。
男三　当我把最后一位老师背到安全地带的时候，大概用了十分钟。

女 是呀,放下最后救出的那位女老师,你躺在地上,说什么也不肯起来。

男一 不是不肯起来,是双腿已经不听使唤,没办法起来。

男二 大雨一直在下,山洪有增无减。

男三 6月20日,上午11点07分,建阳市消防大队接到一个比救火还急的报警。

男一 一产妇产后大出血,孩子的脐带还没消毒,房子四周全部是洪水,医生进不来,她们出不去!

男二 我们仅用了七分钟就到达现场。

男三 为了确保产妇安全,我和战友们把担架举过头顶,在洪水里一步一步地挪动。

〔音乐弱起

女 救护车的鸣笛,是的,我听到了,近了,更近了。

男一 兄弟们,把担架抓稳啦!

男二 兄弟们,再加把劲儿!

男三 兄弟们,我们马上就走出洪水了!

女 这一切,担架上的我都知道,唉,都怪我,非把孩子生在这个时候,但是我太虚弱了,说不出话,也张不开口,我只能攥着拳头,在心里默默地说,谢谢,谢谢啦,谢谢你们啦。这一刻,我已经为儿子取好了名字,蒋兴洪,孩子,是消防官兵给了你第二次生命,你一辈子都不要忘记,妈妈最大的心愿就是你长大了也当一名消防战士,保家卫国!

〔音乐渐收

〔剧终

女片警的一天

时间　一天傍晚
地点　女片警家内外
人物　女片警　三十多岁，简称"妻"
　　　女片警夫　三十多岁，简称"夫"
　　　小林　一辖区内男居民，二十多岁

〔幕启　舞台上客厅摆设，一桌两椅，桌上放着水杯，杯边是没有织好的毛衣，上面还带着织针
〔丈夫着工作装，戴眼镜，夹包，从上场门上

夫　（兴冲冲看手表）刚好6点30分，老婆在家呀肯定把饭菜全部都做好了，（想）嗯，有我爱吃的煎膏蟹、黄翅鱼、白灼虾，肯定还有一瓶干红葡萄酒，对！桌子上呀，还有一大束雪白雪白的百合花！（对观众）什么？不可能？我敢跟你打赌，我赌，我赌，我和你赌一辆奔驰五百！（向家门口走两步，又转对观众）嘿嘿，今天我赢定了！为什么？今天我过生日！（唱着歌，兴冲冲地取下腰间的钥匙开门，进屋后高喊）老婆！老婆！我回来了！（没人应）咦？不会呀，今天早上说得好好的呀！（笑对观众）嘿嘿，肯定是老婆跟我捉迷藏呐！（在屋子里四下找）真的不在家里呀，老婆！老婆！（失望地摔包）唉，肯定是又加班了，当个片警就忙成这样，要是让她当个公安局长她怕要夜不归宿呢，这是过的什么日子呀，（狠狠地顿了一下椅子，坐下，然后拿起桌上未织完的毛衣织起来）真要是过不下去呀，就散！

〔女片警两手都拎着菜，急匆匆上，到家门口，站定

妻　（对观众，看表）糟了糟了，

都快7点钟了，今天可是我老公生日呀，可你看我，唉，（将手中菜示意给观众）还什么都没下锅呢，这，这门可让我怎么进呀！？（急得都快哭了）对，化化妆吧，争取能给个宽大处理。（取出化妆盒很快地抹了一下口红，然后很嗲地）老公，老公，我回来了！快来给我门呀！

夫　自己用钥匙开！

妻　（摇头，放下手中的菜）唉，也怪不得人家，谁让咱回家晚了呢，（取出钥匙开门，进屋，换上笑脸，甜甜地扑过去）老公！老公！

夫　（躲到一边）行了行了，酸不酸呀你，一会儿我的牙都让你酸掉了，（对观众）知道的是我老婆，不知道还以为晚上到了红灯区呢！

妻　老公呀，我知道错了，你看这菜我不是也买了吗？有你最爱吃的红膏蟹、大对虾，还有黄翅鱼，对！还有一大瓶干红葡萄酒呢！

夫　菜买了有什么用，你看看现在几点了？

妻　（看表，惭愧地）快7点了，老公。

夫　我现在就要吃！我都快饿死了！

妻　老公呀，理解理解吧，当片警难，当个女片警更难呀。

夫　当女片警的家属是难上加难！比登天还难！

妻　是呀，老公，哪个民警的家里不都有个贤内助呀。（撒娇地摇老公的胳膊）

夫　去去去，别老拿糖衣炮弹轰我，告诉你，我现在刀枪不入，这次我说什么也不能轻易放过你！（站起对观众）大伙说，今天我应不应该放过她？

〔因为是在公安系统演出，观众肯定会说"应该"

夫　什么？应该？！原来这些人都是你们家亲戚呀！

妻　老公呀，放过我吧，你看大家都在替我求情呢！（对观众作揖）谢谢了，谢谢了，改天一定请大伙坐一坐。

夫　（坐）那好，我暂时放过你，你说，这么晚才回来，你，你做什么去了？

妻　老公，（小声地）加班，而且还遇到点情况。

夫　加的什么班？遇到的是什么情况？

妻　这不是嘛，单位最近轮岗，我被分到了一个更大的片区当片警。

夫　有多大？
妻　（看丈夫脸色有所缓和就调皮起来）很大很大，（学宋丹丹）那是相当大。
夫　严肃点，到现在为止还没有完全解除对你的武力制裁。
妻　（胆怯地抻衣角）是……是……不过……
夫　不过什么？
妻　（撒娇地）你要是敢用武力制裁我，我……我就告你袭警。
夫　废话少说，继续交代。
妻　老公呀，我问你，片警到一个新的片区要做的第一件事是什么呀？
夫　当然是要挨家挨户地上门去填写警民联系卡呀。
妻　（对观众）看看，我老公对我的业务多了解呀。
夫　你可以利用上班时间去呀。
妻　你上班人家不上班呀？
夫　嗯，那倒也是。
妻　所以呀，我也只能利用下班后的一点时间去挨家挨户地走访啊。
夫　可今天是你老公我过生日呀，你用得着这么急嘛！
妻　错！一定要急，（对观众）我要争取在两周内把我片区内的警民联系卡全部填完。
夫　为什么？

妻　时间拖久了不行呀，老公，万一出现什么紧急情况，小区里的居民不是就找不到片警了嘛。老公呀，我刚刚还把一位在小区里跌倒的老大娘搀回了家呢！那个老大娘都七十多岁了，跌倒在了小区的花园里，天都已经黑透了，你说我不管谁管呀？
夫　哼，你就不怕人家赖上你？
妻　老公，哪里会像你说的那样呀，现在还是好人多！
夫　好了，好了，我说不过你，老婆呀，我也知道你作为一个女片警不容易呀，算了，算了，好饭不怕晚，咱们现在就一起下厨房吧。
妻　是，老公，现在在家里我归你领导，唯你马首是瞻！
〔二人刚要拿菜进厨房，一男青年抱一束白色百合花上，敲门
小林　请问家里有人吗？
夫　来了来了。（开门）
小林　请问这里是片警陈慧茹家吗？
夫　是呀，这花？
小林　当然是陈小姐的啦。
妻　是小林呀，快，快请屋里坐。
夫　哟，看不出来，还有人给你送花呢。
小林　哪里，哪里。
妻　这花呀是送给你的。

夫　你可别逗苦恼人笑了，我在家就是送给我的，我不在那不就是送给你的吗？哼，（对观众）骗谁呀！

妻　老公，你听我说。

夫　（打量男青年）小伙子挺帅呀，个头比我猛，年纪比我少，模样比我俏，对了，收入也比我高吧？

小林　大哥，你看你想哪儿去了。

妻　老公，你看你，怎么不问个青红皂白就乱扣帽子呢？

小林　就是，就是。

夫　好呀，你们俩这是合起伙来攻击我呀，本来我今天就已经生了一肚子的气，好好好，这个家我不要了，我走还不行吗，（起身往门外走）这个家我让给你们了。（妻很委屈地坐到椅子上低头不说话了）

小林　（一着急，厉声道）站住！（出门去把丈夫一把推了回来）你给我回去！

夫　（有点害怕了）干什么？你……你想打人呀，我可告诉你，我老婆可是……是警察！还……还是武警呢！

小林　你还知道你老婆是警察呀！

夫　这是我们家的事，不用你管！

小林　大哥，其实你误会了，这束百合真的是送给你的，这是刚才大姐送我母亲时遗落到我们家的。

夫　（接过花）真的？

妻　（站起）老公，是真的，刚才在小林家里走得太匆忙了，只记得拎上了菜，就忘了拿上花了。

小林　（对观众）我听大姐说您今天过生日，怕误了你们的事，就按照警民联系卡上留的地址把花给您送来了，可没想到……

夫　没想到还引起了我的误会，兄弟，我……

小林　大哥，什么也别说了，现在我明白了，（对观众）人民警察为了老百姓的财产和安全付出了很多，可警察家属付出得更多呀！（握丈夫的手）

夫　（不好意思地笑）哪里，哪里。

小林　（转对妻子）大姐，我那老母亲呀七十多岁了，前段时间我把她从乡下接到了城里，可她在这几十层的高楼上待不住呀，每天都要去小区的花园里和那些老姐妹聊天，嗨，看看，今天不就出事了，跌倒在了小区的花园。

夫　哟，后来怎么样？

| 小林 | 多亏大姐了，是她把我老母亲搀到了楼上。
| 妻 | 老人家还好吧？
| 小林 | 放心，医生上门检查过了，什么事都没有。
| 夫 | 那就好，那就好呀。
| 小林 | （从兜里取出一个红包，对妻子）大姐，太感谢你了，刚才要是没有你，我……我……这钱不多，您一定收下，这是我们家的一点心意呀。
| 妻 | 心意我领了，但这钱我不能要，我是一名人民警察，为人民服务是我的光荣职责呀。
| 小林 | 不，您一定要收下！
| 妻 | （笑）你这是想让大姐犯错误呀，我们公安局的廉政工作可是常抓不懈的呀！
| 夫 | 是呀，是呀，兄弟，这红包呀我们不能要，当警察为人民是天经地义的，我们作为群众、作为警察的家属都要信任警察、理解警察呀！
| 妻 | 老公，（握老公手）你说得太好了，其实作为警察家属，你付出得更多呀，你才是真正的英雄呀！
| 小林 | 通过今天这件事，我明白了许多，对人民警察的认识呀，又提升到一个新高度，好，这红包我拿回去，可有一样东西我还是要送给你们。

〔夫妻齐："什么东西？"

| 小林 | 那我就是我作为一名普通市民的祝愿，我祝愿你们的感情像这盛开的百合一样纯洁、永久，也祝愿我们警民之间的情谊地久天长！

〔女片警对观众敬军礼
〔丈夫对观众敬军礼
〔小林对观众鞠躬
〔剧终

神奇的二维码

时间　现在
地点　小萍家内外
人物　小萍　女主人，三十多岁
　　　舅舅　外来务工人员，三十多岁
　　　小李　女民警，三十多岁

〔舞台上客厅摆设，一桌两椅，桌上有一些茶具和水果
〔幕启　灯亮，舅舅从下场门拿份报纸唱着上

舅舅　（唱）三分天注定，七分靠打拼，爱拼才会赢，（坐，读报）大桥要通车，隧道要开挖，撸起袖子加油干，全市人民笑哈哈。
小萍　（背包上）老舅！你什么时候回来的呀？
舅舅　早上的火车，下午就到了，咱石狮的人口流动量真大。
小萍　有多大？
舅舅　多大？刚才在火车站差点没把我挤成相片，再用点力都能挂墙上。
小萍　（笑）老舅，你不说相声真是可惜了。
舅舅　对了小萍，猜猜老舅给你带什么好吃的了！
小萍　笋干？
舅舅　不对。
小萍　米酒？
舅舅　不对，是竹老鼠，又大又肥。
小萍　（惊喜）谢谢老舅，我最喜欢吃竹老鼠啦。
舅舅　一会儿我亲自下厨，咱来他个全鼠宴！
小萍　谢谢老舅，对了老舅，你们工地什么时候开工呀？
舅舅　后天就开工。
小萍　那明天我带你在咱石狮转转吧。
舅舅　好，这几年咱们石狮发展得太快了，我呀，正要好好看看呢。
小萍　对了老舅，你办居住证了吗？
舅舅　居住证，没听说过，舅舅有暂住证，去年就过期了，等几天我再去重新办就是了。

小萍　坏了坏了，你要被派出所抓起来了！

舅舅　什么！我一没偷，二没抢，凭什么抓我呀，再说了，前几天我还在路边义务修理了好几辆共享单车呢，我可是地地道道的良民呀。

小萍　老舅，这你就不知道了，现在咱们石狮的派出所推行二维码工程。

舅舅　二维码？这个老舅知道，在路边买小海鲜，那老太太都整个牌子，乱七八糟的乌黑一片，手机一扫就能收钱，想省点零头都没办法。

小萍　我说的不是那个二维码，是安装在门牌上的。

舅舅　没太注意。

小萍　现在咱们每家每户的大门上都有一个二维码，用手机一扫，就知道这家人的信息和位置，特别是外来务工的亲戚和朋友，凡是住在这里的人都要上报信息。

舅舅　报那干吗？

小萍　这样便于管理，确保居民安全。

舅舅　嘿，这还真是挺先进哈。

小萍　所以呀，无论是探亲访友还是来亲戚家旅游，只要是外来人口到咱石狮住宿的，都要马上登记！

舅舅　哎，我当什么事呢，舅舅有暂住证。

小萍　你那不是过期了吗？

舅舅　唉，行了行了，别说了，我得去杀竹老鼠去了！

〔小李上，公务人员打扮，持文件、表格、公文包

小李　有人在家吗？

舅舅　（接前面的生气情绪）有！

小萍　没预约就上门的，应该是民警。

舅舅　（吓到）不会那么巧吧？！

小萍　（扒门镜上看）是个女的，（对门外）你是谁呀？

小李　我是属地民警，来进行人口信息采集的！（对门镜出示证件）

舅舅　（学女声）我们家不需要苹果鸭梨！

小李　信息采集，不是苹果鸭梨！

舅舅　（一直学女声）我们家没有人，所以不能开门！

小李　那，那您是？

舅舅　我是他们家养的鹦鹉，最近刚学会说话。

小萍　老舅，咱可不能妨碍公务。

小李　（哭笑不得）您好，我们是人口信息采集员，永宁镇派出所的，请您配合一下好吗？

舅舅　我现在正忙着呢，没时间呀。

小李　只耽误您5分钟就好，谢谢您了！

舅舅　5分钟太久了！锅里的竹老鼠会烧焦的！

小萍　老舅，咱这样不好吧。

舅舅　舅舅小时候偷过西瓜，一见到民警就浑身发抖，对了，你也不想舅舅这么快就被带走吧？我要是被带走，这一锅竹老鼠谁吃！

小李　您好，这是我的证件，请您仔细看一下，（对门镜出示）上面有我的二维码，您用手机扫一下，就能获取我的身份信息。

舅舅　我的是老人机，没有扫码功能。

小李　那您仔细核对我本人和身份证上的相片。

舅舅　我视力不好，近一点，近一点，（已经快到眼睛上了）李小华，挺漂亮的，（又喊）可我还是看不清呀！

小萍　（拉扯舅舅）舅舅，还是开开门吧，再这样下去你真快被抓走了，（对外）您等一下，我马上给您开门！

舅舅　等等，小萍，要不我躲起来吧？

小萍　不行，咱们家房子这么小，除了卫生间，哪有地方躲呀，再说人家刚才已经听见两个人的声音了！

舅舅　（哭腔）要不我跪下求她吧？

小萍　没那么严重吧，你大错没有，小错也是初犯，不就是暂住证过期了嘛。

舅舅　实话告诉你吧，过期的证也让我弄丢了呀。

小李　您好，可以开门了吗？

小萍　马上就来呀！

舅舅　你去开门吧，（飞快地下场门跑下）老舅自有办法。

小萍　（望背影）唉！

小李　您好，可以开门了吗？

小萍　来了来了，（虚拟开门，太紧张）鸭梨您好，不，阿姨您好。

小李　咱们年纪差不多，别这么客气，叫我小李就行，我们是来进行人口信息采集的，这是我的工作证，就你一个人在家吗？

小萍　不……是。

小李　听说还有一只鹦鹉。

小萍　啊，他去卫生间了。

小李　（将信将疑，环视四周）户口簿在家吗？

小萍　（倒水）警官，您喝水。

小李　谢谢，户口簿在家吗？

小萍　在，我马上去找。

〔小萍刚站起，舅舅戴女人的假发，穿件花衣服，戴个

大口罩，持拖把边擦地边上，差点擦到小李的脚，小李跳起来躲过

小李　（观察，对小萍）这是你们家鹦鹉？

小萍　（面有难色）这……

舅舅　我是来他们家收拾卫生的阿姨，我住在隔壁的小区，您昨天已经到我家登记过了，我认识你。

小李　您认识我？

舅舅　你，（想，因为刚才在门镜看过胸卡）你叫李小华。

小李　（笑）对对对，我是叫李小华。

小萍　瞧瞧，都是邻居，邻居。

舅舅　（拼命擦地，还擦到了小李的鞋子上）嘿嘿，撸起袖子加油干呢！嘿嘿，只有爱拼才会赢呀！

小李　（对小萍）你确定是阿姨吗？他的声音好粗呀，个子好大，他……他不会是个坏人吧？

小萍　不是不是，他是好人，他还义务修过共享单车呐。

小李　我看他擦地不太专业，不像个阿姨呀，喂你好，（对老舅）能把口罩摘下来吗？

舅舅　我得了禽流感，摘下口罩怕传染！怎么，不相信我是不是，孩子，来，大妈跟你聊，你家几口人呀？

小李　三口。

舅舅　孩子多大了？

小李　小学一年级。

舅舅　准备生老二了吗？

小李　工作太忙，不想生了。

舅舅　什么，听大妈的话，生老二也是咱们的基本国策，你看大妈我，就因为只有一个孩子，现在都这么老了，还得出来打工赚钱，不容易呀。

小李　是不容易。

舅舅　现在我们已经进入老龄化社会，你这么年轻，又这么漂亮，不再生一个二宝实在太可惜了。

小李　是，大妈，我知道，您关注点还不少呀。

舅舅　点关注，不迷路，主播带你上高速。

小萍　（快速从包里找出个红包）阿姨，你快走吧，快走吧，擦地有功，这是赏你的红包。

小李　回来，不许走，（扯掉假发，大声地）快摘下口罩，否则我报警了！

舅舅　别报警，别报警，我摘还不行嘛！（摘下口罩）

小李　这个人你认识吗？

小萍　不认识，啊，认识认识，啊不……不认识。

小李　（掏电话）那我打110报警。
小萍　等等，我认识。
小李　他是谁？
小萍　他是我老舅——妈。
小李　（围着舅舅转）我怎么看他都像个男的，你到底是谁？我要报警了。
小萍　别别，李警官，他……他是，（害怕地）他是我老舅。
舅舅　（摘下假发坐下，一副死猪不怕开水烫的样子）我就是我，不一样的烟火。
小萍　（弱弱地）李警官，对不起，是这样的，我舅舅没办居住证，暂住证也过期了，他怕信息采集时被罚款，所以就……
小李　所以就想以假乱真，瞒天过海，蒙混过关？
舅舅　没想到您是火眼金睛看得清。
小李　哦，原来是这么回事呀，其实，我们是不会轻易抓人了。
小萍　老舅，你可以放心了，你不会被抓走了。
小李　但瞒报、拒报等行为会被处以三千元以下的罚款，为了让居民在社区有安全感，外来人要进行登记。
舅舅　好，我登记，我登记，我是来石狮务工的外地人，经常住在我外甥女这里，我也办了暂住证，但去年年底过期了。
小李　现在叫居住证，办理手续很简单，微信都能办。
舅舅　好，我保证，明天一早就去办。
小萍　（从桌子底下取出户口簿）这是户口簿，李警官，您今天要来采集什么信息呀？
小李　很简单，家里住的人的姓名、身份证号码、联系方式，对，外来客人登记一下到达和离开时间就行了，我会统一录入二维码里。为了方便老百姓，咱们石狮还开发了一键通，牵挂你，都很简便，安装个APP，或者点个关注就行了。
舅舅　对对对，点关注，不迷路，主播带你上高速。
小萍　行了老舅。
小李　这些是表格和资料，你看一下，照办就好，（看手表）五分钟已到，我要去隔壁了，再见。
小萍　（简单看了一下）确实不复杂，李警官，再见。
舅舅　再见！谢谢啊。
〔小李上场门下
小萍　（佯装怒目而视）以后我再

　　　　也不叫你老舅了。
舅舅　那叫我什么？
小萍　（生气地拿起假发）老—
姨！
舅舅　嗨！

〔剧终

实话实说

时间　夏日傍晚
地点　军区大院
人物　指导员　男，四十多岁，简称"指导"
　　　小刘　男，炊事班战士，三十多岁
　　　姑娘　二十多岁

〔幕启　舞台正中置双人长椅，炊事班战士小刘穿军装、系白围裙、头戴厨师帽，手拿炒勺上

小刘　（对观众，念）家穷人丑，一米四九，小学文化，农村户口，房无一间，地无一垄，凉锅冷灶，老婆没有，三十二岁，诚征女友，军旅生涯，并肩携手，不管你高矮，无论你胖瘦，只要你未婚，不管你美丑，只要你愿意，我啥话都没有……

〔指导员捧一束鲜花，穿军装上，打断

指导　停，停，停，说啥呢，听你那意思，只要是女的就行呀？

小刘　（苦着脸）指导员，你就可怜可怜我吧。

指导　作为一名中华人民共和国的解放军战士，你丢不丢人呢，早就和你说过，这找对象呀，要慢慢来。

小刘　指导员，慢慢来不行，现在是效率时代，做什么都得讲跨越，"神十"都上天了，还慢慢来呀。

指导　"神十"和找对象有啥关系，找对象是人生大事，既要积极又要稳妥，不能太着急。

小刘　指导员，不是我急，是我妈急，我妈说我都三十多岁的人了，再找不着对象都耽误下一代了。

指导　那你也得悠着点呀，你瞅瞅你刚才整那两句嗑，也太实惠了吧，大庭广众的，注意点军人形象！

小刘　（不好意思地用手挠头，指台下）我看今天漂亮女生来得挺多，就……

指导　就现场征婚呢？

小刘　（不好意思地低头）嗯，也想搞点跨越发展。

指导　没出息！（把手中的鲜花一下子塞到了小刘的手上）拿着。

小刘　指导员，今天又不是情人节，你送的哪门子花呀？

指导　傻小子，情人节能把花送给你吗？

小刘　是，那是？

指导　告诉你吧，我给你介绍了个对象，（看表）人马上就到，你送她一束鲜花，感情立刻升温。

小刘　能不能？

指导　咋的？

小刘　（不好意思地）立刻投入我的怀抱呀。

指导　（笑）能！

小刘　（惊喜的）真的！

指导　美出你的鼻涕泡！

小刘　（看着手里的鲜花）指导员，你想得可真周到。

指导　这就叫与时俱进！（对小刘）过来，过来。

小刘　干啥呀指导员？

指导　把围裙脱了，（给小刘解下围裙）把大勺给我。（一把抢下大勺）

小刘　（欲夺回）哎，指导员，我是炊事班战士，这大勺可是我的武器呀。

指导　武器我暂时替你保管，记住，等会儿姑娘来了，你可千万别说自己是个做饭的兵！

小刘　可我就是个炊事兵呀，不实话实说那不是骗人嘛。

指导　知道狗熊咋死的吗？

小刘　知道，笨死的。

指导　你还不如狗熊呢，我是说呀，人家姑娘要是不问你，你就别主动交代。

小刘　那人家姑娘要是问我呢？

指导　那你就转移话题，在看对象这个问题上，你的身份可误了不少事呀。

小刘　是呀，是呀，谢谢指导员误导。

指导　啥？

小刘　啊，教导，教导！

指导　（看表）吉时已到。

小刘　要入洞房呀，这也太快了吧，一点精神准备都没有。

指导　入洞房是以后的事。

小刘　你不是说吉时已到吗？

指导　姑娘马上就要来了，我先撤，你一定要顶住呀，千万不要暴露身份！

小刘　放心吧，指导员，哪怕去登

指导　也不能拖太久。
小刘　（笑嘻嘻地）我知道，等生米煮成熟饭时再告诉她对不？
指导　（欲言又止，看表）你可气死我了。

〔指导员从下场门下，姑娘从上场门上，发现了手捧鲜花的小刘

姑娘　（对小刘）阁下莫非就是玉树临风，英俊潇洒，才高八斗，貌若潘安，人称一朵梨花压海棠，绰号上天入地无所不能的玉面飞龙刘德华吗？
小刘　正是，正是，过奖，过奖，浪得虚名而已。（送上手中鲜花）
姑娘　（接过）谢谢，（嗅花）真香呀，（转对小刘）我叫张柏芝，今年二十七，家住厦门市，专业搞纺织，身高一米六，模样比花枝，虽不敢说沉鱼落雁、倾国倾城，可也能算得上美女堆里的一代宗师。
小刘　是，那是，看出来了，坐，坐，请坐。（二人并排坐到长椅上）
姑娘　从小我就羡慕咱当兵的人，就喜爱咱军营的绿色气息，就崇拜咱军人的气质，（站起身）身穿绿军装，肩上扛杆枪，走路腰板直，潇洒又大方。
小刘　那你怎么没去当兵呢？
姑娘　近视眼，体检没合格。
小刘　你看看，这都是眼睛惹的祸呀。
姑娘　这辈子没当上兵，找对象一定要找个当兵的，平衡平衡。（重新坐回椅子上）
小刘　难得，难得，难得姑娘这么看重咱解放军。
姑娘　对了，说了半天，我还没问你在部队是做什么的呢？
小刘　（站起身对观众）完了，完了，一般情况下，只要一谈到身份就基本结束了，撒个谎？不行，那不是咱子弟兵的作风呀，得，豁出去了，这一次还是实话实说。
姑娘　喂，干吗呢？（站起身）
小刘　（转对姑娘）你问我做什么工作，这么说吧，三尺锅台是我的战场，炒菜的大勺是的钢枪，一天三场战斗，烟熏火燎贼忙，我，就干这个，明白了吗？
姑娘　不太明白。
小刘　先告诉我你的择偶标准是什么。

姑娘 首先，他得是个军人。

小刘 这条我符合，其次呢？

姑娘 其次，他得身体好。

小刘 这条我也符合，（拍胸脯）就我这身体，乌龟都不一定能活过我，最后呢？

姑娘 最后一条，也是关键的一条，他要会炒菜做饭。

小刘 这一条……

姑娘 这一条你不行了吧？

小刘 这一条……（激动得有些不能自已）

姑娘 没关系，你先别紧张，不会煮饭烧菜可以慢慢学。

小刘 这一条，这一条撞到我枪口上了！煮饭烧菜是我的专业呀。

姑娘 什么，你的专业？

小刘 （激动地）对呀，参军八年整，工作在炊事班，一天三顿饭，全靠大勺颠。刚才我不是和你说了吗，锅台是我的战场，大勺是我的钢枪，一天三场战斗，烟熏火燎贼忙。

姑娘 （惊喜地）真的？

小刘 那还有假，最近我还新创了两道菜呢。

姑娘 什么菜，说来听听，我最爱吃好吃的了。

小刘 一道菜叫爆炒土鸡诺，一道菜叫干贝炖进三。

姑娘 这两道菜是怎么做的？

小刘 其实菜本身很简单，爆炒土鸡诺就是小鸡炖蘑菇。

姑娘 那干贝炖进三呢？

小刘 就是萝卜缨子、土豆芽子、白菜帮子一锅炖。

姑娘 这，这能好吃吗？

小刘 好不好吃不重要，重要的是代表了咱解放军的心情呀！

姑娘 好，太好了，今天认识了你，我要重新认识咱解放军，现在我是越来越崇拜咱解放军了！

〔指导员上

指导 （把小刘拉到一边）没暴露身份吧？

小刘 指导员，你怎么来了呀？

指导 不放心，怕你弄砸锅，过来帮帮你。（转对姑娘）小张呀，这就是小刘同志。

姑娘 是呀，我们早就认识了。

小刘 对，我们认识半天了，（把指导拉到一边）这没你什么事，你就哪儿凉快哪儿待着去吧。

指导 （推开小刘，转对姑娘）小刘同志呀参军八年了。

姑娘 我知道，是个炊事兵。

指导 （佯装没有听见）平时注重理论学习，工作上埋头苦干。

姑娘 指导员，他是个炊事兵吗？

指导 （继续说）实践科技练兵，年年都有立功表现。

姑娘 （有些急了）指导员，我现在只关心他到底是不是炊事兵！

小刘 （着急地）指导员，我是炊事兵，你快点告诉她呀。

指导 （对姑娘）小张同志呀，是不是炊事兵并不重要，作为共和国的卫士，在哪个岗位上不都是为人民服务嘛。

小刘 指导员你快告诉她呀，实话实说！

指导 （小声对小刘）实话实说咱们就没戏了。

小刘 不，指导员，再不说实话就真的没戏了。

姑娘 指导员，你还没回答我的问题呐，他到底是不是炊事兵呀？

小刘 我是炊事兵，指导员你快告诉她呀。

指导 （悲壮地）看来，瞒是瞒不过去了，（转对小刘，双手握小刘的手）兄弟，命苦呀，（转对姑娘，垂头丧气地）他是咱炊事班的战士，当了八年兵，做了八年饭，人品没得说，勤快又能干，你要相不中，我也没法办。（说完苦着脸蹲到一旁）完了，完了，又白忙活了。

姑娘 指导员，你这是怎么了？

小刘 指导员，你误会了，她就喜欢咱炊事兵，就喜欢我这样会烧菜煮饭的，家务活啥都会干的，你把精神全都领会错了。

指导 （吃惊地站起身）真的？（转对姑娘）是这么回事吗？

姑娘 （羞涩地点点头）指导员，是真的，炊事兵就是我心中偶像，炊事兵就是我梦中情人！

指导 （惊愕地）真的？

小刘 真的！

〔姑娘从一束鲜花中抽出一枝，递给指导员

姑娘 送你一枝紫罗兰，愿你一生没麻烦；（再抽出一枝递给指导员）送你一枝康乃馨，祝你生活更顺心；送你一枝黄玫瑰，愿你开心又富贵。

〔小刘等不及了，一把夺过姑娘手中的花，全部塞到指导员怀里

小刘 送你一把狗尾巴花，愿你天天有钱花！（说完一把拉过姑娘，二人并肩下，又转对指导）拜拜！

指导 （木然地）拜拜，（又转对观众）看到没有，还没等入洞房，这媒人就先靠墙了。

〔三人谢幕

〔剧终

为了谁

时间　"莫兰蒂"台风第三天
地点　医院内外
人物　丈夫小陈　消防大队队长，三十多岁，简称"夫"
　　　妻子小美　三十多岁，简称"妻"
　　　小林　男消防队员，二十多岁
　　　女护士　二十多岁，简称"护士"

〔幕启　舞台正中放置一条三人长椅，天幕背景是医院的门诊大楼，显示此地为医院的小花园，是患者和家属的休息区

夫　（一手提着装着衣物和洗脸盆的大袋子，另一只手打电话，从上场门边讲话边上）老婆，你可千万别来，这次你得听我的，我到医院看看小林马上归队，我们还有重要任务呢，再说你肚子里还有咱们家的二宝，你就别瞎折腾啦。

妻　（一只手提着水果袋子，另一只手打电话，从上场门快速走上，但与丈夫的目光并未对上，两人都没有发现对方）老公，刚才你从家里走得急，我给小林准备好的水果你都忘记带上了。

夫　水果你就留着吃吧，我了解小林，他除了鸡屁股、猪脚、鸭脖子什么都不吃，你现在怀二宝两个月，正需要补充能量，听话，在家好好待着，我下个礼拜肯定回家。

妻　我已经到医院了。

夫　唉，可是我……我看完了小林已经离开医院啦！

妻　（转身看到了丈夫，二人四目相对）你可真是说谎不脸红，你看你手里的东西都还在呢，就说已经看过小林啦？

夫　（不好意思地讪笑）老婆，你这速度，是外星人用飞碟送你来的吧，我刚才在家里

都跟你说了,我们消防队什么任务没接到过,多大的火灾我们没见过?一个小小的台风算不了什么,小林他呀也只是手臂被树枝划了个口子,没什么大不了。

妻　还说没什么大不了,这次的"莫兰蒂"是百年不遇的特大台风,前天晚上你不在家我吓得一夜都没睡。(哭腔)

夫　老婆,(搂过老婆)你害怕了吧?

妻　老公,(哭腔)我不怕,台风来的那一刻,我真恨自己是个女人,不能和你一起并肩战斗。我就担心你和你的战友被树枝和玻璃砸伤,老公,这么多年,你身上的伤还少吗?

夫　是呀,老婆,我们消防员不容易,很多人永远都不会知道,即便是酷热难耐的三伏天,我们消防员也必须穿着厚厚的战斗服,一次长时间的出警过后,衣服里能拧出来水,战斗靴里能倒出水。

妻　很多人永远也不会知道,即便是寒气逼人的三九天,咱们消防员也可能用水枪浇湿彼此的战斗服,因为火场的温度实在太高,因为他们也是血肉之躯。

夫　老婆,"莫兰蒂"再牛也干不过咱消防队,才两天,看看,在志愿者和战友们的共同努力下,这不,所有道路,全部畅通无阻了,老婆,相信我,快回家吧。

妻　不行,我来都来了,我也要跟你去病房看看小林。

夫　那小林有什么好看的,他哪有我帅呀,他个子没我高,身材也没我好,说话急了还有点结巴。

小林　(下场门上)队……队长,你……你怎么还不到病房去呀,哟,嫂子也来了。

妻　小林,你没事吧?快坐下休息,抗击台风累坏了吧?

小林　我不累,队……队长才累呢。

妻　你的伤好些了吧?

小林　我那是小伤,皮里肉外的,队……队长……才……

夫　(打断小林的话)小林呀,你不在病床上好好待着,跑这干吗来啦?

小林　队长,我这不是在四处找你吗?刚才护士都生气了。

夫　你看看你,是不是又晕针了?

小林　队……队长,护士找不到你,都发脾气了。

夫　(打断小林的话)你老是晕

	针护士能不发脾气吗，老婆，这个小林呀，灭火抢险、捅马蜂窝都是把好手。
小林	是摘……摘马蜂窝。
夫	他就是怕打针，你知道吗，上次体检抽血好几个战友都按不住，后来我来了，我就这样抱着他，（搂住小林）护士才完成抽血。
小林	队……队长，（挣脱）你上次就这样，差点没把我弄断气了。
夫	断气是小事，（小声地，恶狠狠地）你再敢胡说我弄死你。
小林	队……队长。
夫	（把小林按到椅子上）坐下，服从命令！（给小林按摩肩膀）从现在开始没我命令你不许说话！老婆，听话，快回家吧，这小子我能摆平他。
妻	（拿出水果）小林，这个大的是你的，这个小的是队长的，这个桃子是你的，这个杧果是队长的，这个苹果是你的，这个梨，你看看我，怎么还买梨呀，多不吉利，好，这个梨我带回去。
夫	老婆，这个梨你吃吧，你刚怀了二宝，也要照顾好自己呀，我们消防队员在岗位上的时候
	多，陪家人的时候少，对不起了。
妻	是呀，从嫁给你那天起我就知道，你们不光要灭火，还要做社会救助，要捅马蜂窝。
小林	不是捅，是……是……是摘。
妻	对，你们还要开锁，取钥匙。
小林	我们可不是小偷啊。
妻	你们还要救猫救狗救人。
小林	对，救那些想不开的人，嫂子，说到人我想起一件事，你上次说给我介绍那个女朋友呢？
妻	喔，过几天姑娘就回厦门了，到时候我给你们约。
夫	约什么约，你这几天要在医院里住着，老婆，你下个月再给他们约吧。
小林	（急切地）嫂子。
夫	（怒目逼视）嗯？（小林把后话咽了回去）
妻	小林呢，（深情地）你别急，嫂子答应你的肯定会兑现，你们消防员不容易，为了咱老百姓，哪里有危险你们就得往哪儿冲。
夫	谁让我们是军人呢。
妻	但是做你们的家属更不容易，整天提心吊胆的，就是晚上做梦也常常惊醒，就怕你们在岗位上受伤，出事，受了伤还有养好的一天，可……

夫　老婆，别说了，国家有难，老百姓受苦，咱们子弟兵不上谁上，其实我们也是老百姓，我们流血牺牲保卫的也是我们自己的家园呀！老婆，听话，快回家吧，你肚子里还有二宝贝呢，快回去休息吧。

妻　好，小林我也看到了，我这就回家。

小林　嫂子，你的梨。

妻　小林呢，这个梨嫂子不吃了，你替我消灭它，消灭它就没有"离"了。

护士　（下场门上）陈队长，你们怎么还有心在这里开会，点滴的时间已经过了5分钟了，快走，马上跟我去病房！

小林　是，是，护士小姐，我马上就去，我这次肯定不会晕针了。

护士　不是你，是他！

夫　谢谢你，护士，我马上就回病房。

护士　"那……那你们可快点呀。"
〔护士下场门下

夫　对不起，老婆，我刚才骗了你，其实受伤住院的人是我。

妻　唉，我知道你是怕我担心，老公，我不怪你，其实小林一来我就知道了，我没那么傻。

小林　队……队长，都怪我……我……我演技太差。

夫　人生如戏，全靠演技，你太让我失望了！

妻　老公，谢谢你骗我，因为你心里有我，今天我觉得我是这个世界上最幸福的女人！

〔《为了谁》音乐起
〔音乐声中是一段无声戏，护士上来拿着病号服，她和妻子一起小心地帮助丈夫脱下消防军装，丈夫露出了缠满纱布的胸部和肩膀，大家一起帮队长穿上病号服，丈夫自己又把军装套在病号服的外面

〔然后音乐急强，把整场情绪渲染到高潮

泥巴裹满裤腿

汗水湿透衣背

我不知道你是谁

我却知道你为了谁

为了谁为了秋的收获

为了春回大雁归

满腔热血唱出青春无悔

望穿天涯不知战友何时回

你是谁

为了谁

我的战友你何时回

你是谁为了谁

我的兄弟姐妹不流泪

谁最美谁最累

我的乡亲我的战友

我的兄弟姐妹

〔队长和小林面向观众敬军礼

妻　（深情地，声嘶力竭地）老公，你可要好好的，下辈子我还要嫁给你！

〔音乐渐弱，三人谢幕

〔切光，剧终

社会

爱心永恒

时间　傍晚
地点　客厅内外
人物　丈夫　三十多岁，简称"夫"
　　　妻子　二十多岁，简称"妻"
　　　小女孩　十多岁，简称"小"

〔幕启　舞台正中置双人沙发，沙发旁边置衣架，沙发后置屏风，妻子隐于屏风之后，丈夫上

夫　（夹包，醉酒，对观众）人要不喝酒，白来世上走，三天不喝酒，胡子都打绺，要想生活有乐趣儿，喘气就得带点酒糟味儿，喝完酒要不闹事儿，那纯属酒没劲儿。诗人都说了，人生得意须尽欢，莫使金樽空对月，可是光有酒还不行，更重要的是得有钱，同志们呀，人都是为钱生，为钱死，为钱辛苦一辈子呀，现在这年头，有钱一日千里，没钱寸步难行，（到了自家门前，敲门）帅哥回来了，开门呢！

妻　（从屏风后走出，听敲门声）谁呀？

夫　谁呀，周润发能找你来嘛！（继续敲门，三声长，两声短）

妻　（竖耳细听）三长两短，是我老公回来了。（开门）

夫　（坐到沙发上）看茶！

妻　（倒水，递给丈夫）咱家小狗有消息吗？

夫　暂时还没有，不过就快有消息了，老婆，你放心，这点小事是难不住我的，咱家小狗肯定能找到，只是时间长短的问题，咱有的是钱，没有咱办不成的事。

妻　你天天说让我相信你，天天说不会让我失望，可咱家的小狗都丢了三四天了，现在是一点儿下落都没有，是生是死都不知道，你说我能不急嘛，你一天到晚就是喝酒，说，今天这又是跟谁

呀，喝成了这样。

夫 老婆，你看你，不问个青红皂白就埋怨人，你猜我今天和谁喝的酒？

妻 我哪里知道，给驴戴个帽子都是你的酒友。

夫 什么呀，我今天请的是报社的编辑。

妻 他答应给咱们的寻狗启事登在头版头条了？

夫 妇人之见，一个寻狗启事怎么可能登在头版头条呢，你以为报社是咱家办的？

妻 你给他钱呀，咱不是穷得就剩下钱了吗？你不是说钱是万能的吗？

夫 是，钱肯定是要花的，但头条不行，头版还是被我争取到了。

妻 哦，那也不错呀，看来钱的作用还是蛮大的。

夫 那当然了。

妻 唉，你这套理论从前我还真是怀疑过，现在看来要转变观念啦。

夫 那是当然。

妻 对了，老公，你刚才请编辑在哪儿吃的饭呀？

夫 在一家狗肉馆。

妻 啊，你可真狠心呀，咱家的小狗生死未卜，你还去吃狗肉，也太过分了吧，你长心了没有呀？

夫 可那位编辑今天也不知道是冲着啥了，除了狗肉什么也不吃，我有什么办法，只好恭敬不如从命了。

妻 （哭）也不知道你们吃的是不是我们家的小狗。

夫 老婆呀，你就别瞎操心了，怎么会呢，我们的小狗是吉狗自有天相，你就别担心了，啊，对了，电视台打过了招呼没有？

妻 电视台说什么都不肯通融，无论如何不肯在黄金时间里播我们的寻狗启事。

夫 什么，会有这种事？我来搞定他。（掏出手机，打电话）喂，主任呀，怎么这么不给面子呢，那个小狗就是我们两口子的命呀，不找到它我们家的天就塌了，什么，忙着给孩子办喜事？好，好，到时我给你弄个几十辆车捧捧场，好，那我的事呢，什么？那么晚，7点播不行吗？哦，要转《新闻联播》，那把《新闻联播》往后推几分钟不行嘛，不行，那就在《新闻联播》前5分钟，好好，就这么定了。（关电话）

妻 老公，你又吹牛，你上哪儿

搞几十辆车给人家呀？

夫　唉，咱不是有钱嘛。

妻　行了，行了，不吹牛你会死呀。

夫　什么叫吹牛，对了，我让你在咱们社区里贴点寻狗启事你贴了没有？

妻　贴了，贴了很多张呢。

夫　写上奖金一千元没有？

妻　写了。

夫　明天一早你去把那句话改过来。

妻　怎么了，后悔了，咱家的小狗还不值一千嘛？

夫　不是，我是说再加一千，把一千改成两千，这样才有力度，只有这样才能加快咱找狗的进程。

妻　好，听你的。

夫　不，你把一千改成五千，我就不信。

妻　也是呀，重赏之下必有勇夫，就这么定了。

〔小女孩背书包，戴红领巾，抱着狗上
〔敲门

夫　听，有人敲门，肯定是咱们的小狗有下落了。（欲开门）

妻　等等，先别开门（趴在门镜上向外看），今天抱狗的来了一百多人了，（看后大惊）哇，真的是我们家的小狗耶。

〔丈夫开门，二人惊呼，妻子从小女孩手里一把夺过小狗，爱抚着，两人把小女孩晾在了一边

妻　宝贝，你瘦了，离开妈妈这几天受了什么委屈没有呀，有没有什么不开心呀？

夫　行了，行了，别肉麻了。

小　叔叔，阿姨，这是你们的小狗吗？

〔二人齐声说："是呀！"

小　三天前我在咱们社区里的花坛边上玩球，它也在，天黑后我回到家，发现它也跟着我来了，刚才在社区里看到了你们贴的寻狗启事，我就按照地址给您送来了。

妻　好孩子，真的是要好好地谢谢你。

夫　（从包里取出一沓钱）来，孩子，给你，这是你的奖金。

小　不，叔叔，我不能要。

妻　什么，不要，怎么会？！（转对丈夫）老公，她刚才说什么，我好像听她说她不要，我听错了吗？

夫　没有，没听错，她是这么说的。

妻　那怎么行？我在寻狗启事上

明明白白地写着，谁找到我们的狗就奖他一千块的，你不要，我怎么办，开玩笑。

小　叔叔阿姨，我没开玩笑，我真的不能要你们的钱。

夫　孩子，你肯定是嫌少，那我再给你加一千，我们的宠物你给我们送回来了，你就是我们的恩人，也要给个机会让我们表示一下对不？

妻　老公，再给这小姑娘一千，（小声对丈夫）咱也不赔，她要是明天送来，咱就得给她五千了，你说是不？

夫　那是那是，再给她一千我们还省了三千呢。（从包里往外取钱）

小　叔叔阿姨，你们就别忙活了，我是不会要你们的钱的，这只小狗本来就是你们的，我现在把它给你们送回来也是理所当然的，你们真的用不着这样。

妻　（伸手在小女孩的头上摸了摸）这个小孩子是不是病了，不是，也不热呀，挺正常呀。

夫　你再好好摸摸，别感觉错了，现在还有给钱不要的人我还真没见过，这事可大了，太棘手了，这叫我怎么办呢？

妻　（左右端详了半天）咦，这小孩怎么这么眼熟，这不是咱们社区里王奶奶的小孙女吗？

夫　是，是呀，你的爸爸妈妈都不要你了，你是和奶奶生活在一起的，对吗？

〔小女孩沉重地点了点头，要哭了

妻　（埋怨丈夫）你看你，怎么哪壶不开提哪壶，知道就行了呗，非要说出来干吗。

夫　（后悔地打自己一个嘴巴）该死。

小　叔叔阿姨，我走了。

妻　你不能就这样走！

夫　对，你不能走。

小　（惊恐地看着两个人）为什么？我没有欺负你们的小狗，我把我自己都没有舍得吃的好东西都给它吃了。

妻　（从丈夫手里夺过钱，使劲地塞到了小女孩的手中）这个你必须拿着。

夫　你现在需要钱，这对你很重要。

妻　是呀，你奶奶七十多岁，身体不好，走路都困难，她为了供你上学，天天在马路边捡矿泉水瓶，每当我看见寒风吹起她的白发，我这心里就不好受呀。

夫　孩子，拿着吧，这点钱对我们来说不算什么，我们也是真心地想帮帮你们。

小　叔叔阿姨，我知道你们是好心，我也知道这点钱对你们来说不算什么，但这不能作为我拿钱的理由，叔叔阿姨，你们知道吗，（苏芮《牵手》弱起，渐强）我们家确实没有钱，我们也确实需要钱，我也想快快长大，早点挣到钱，在冬天里给奶奶买一件厚些的衣服，再给奶奶买点好吃的，但这世界上还有比钱更重要的东西呢，奶奶告诉我，穷人更要活得有尊严，叔叔阿姨，我已经能够为自己的家出点力了，我利用自己玩的时间也和奶奶一起去捡矿泉水瓶，我还把我赚到的钱捐给了咱们社区里面比我困难的孩子呢，我知道，咱们社区里还有比我更需要帮助的人呢！

妻　孩子，你说得太好了，阿姨今天才真正活明白了呀！

夫　孩子，过去叔叔一直以为钱是万能的，有了钱就什么都能做得到，但今天我才彻彻底底地知道，人世间还有比钱更重要的东西呀。

妻　那就是人与人之间的信任、尊重和爱呀！

夫　孩子，我们现在就带上我们的爱心，把它献给我们社区里更需要帮助的人！

〔歌曲《牵手》渐强

小　走！叔叔阿姨，我们一起去！

〔三人谢幕

〔切光

〔剧终

冰雪情

时间　2008年春节将近的一天
地点　厦门安置的一户三峡移民家内外
人物　三峡移民小两口

〔幕启　舞台上客厅摆设：一桌两椅，桌上有水杯、花瓶、鲜花

妻　（从下场门急上）嘿哟，闹鬼了，闹鬼了，真的闹鬼了！（对观众）最近呀全国普降大雪，咱们厦门的气温也是急转直下，可偏偏我新买的一件花棉袄怎么也找不到了，大伙说这不是大白天的出了鬼还能是什么？（抱肩膀，打喷嚏）啊嚏，不感冒就怪了。（一转念）咦，不会是出了家贼了吧？这几天我老公总是神神秘秘的，电话响铃他抢着接，说起话来也是吞吞吐吐、遮遮掩掩的，嗯，我那件花棉袄十有八九是他偷偷拿去孝敬给小情人啦！好家伙，这不是要公开挑战家庭暴力吗，有人说过，打出来的老公，揉出来的面，哼，今天不给我交代清楚，我就不让他进这个门！

夫　（兴高采烈地上）老婆，老婆，开门呢，我回来了！

妻　本小姐正生气呢，你自己开吧！

夫　（摸衣兜）出门走得急，忘记带钥匙了，这大冷的天，你就不怕把我给冻感冒了！快开门，别胡闹！

妻　（抱肩膀）我这可是不跟你胡闹呀，我这是在拯救你！

夫　嗨，老婆，我知道我很傻、很天真，可你也不能天天拿暴力拯救我呀！你看看咱隔壁老朱，人家一进屋，老婆首先给他脱衣摘帽，其次给他烧菜、斟酒，最后……

妻　最后怎么了，说呀！

夫　最后洗脚按摩，那是一整套

妻　那你怎么不说咱隔壁老马呢，人家一进屋立刻帮助老婆洗衣刷碗、扫地擦桌，伺候舒服了还在他老婆的腿上来回地蹭！

夫　那是老马吗，那是他们家的狗！开门开门！

妻　开门可以，但你要先回答我一个问题！

夫　什么问题？

妻　最近你是不是有什么事情瞒着我呀！

夫　老婆，结婚这么多年了，你还不了解我，在你面前我永远是一只沉默的羔羊，我跟你斗法那不是相当于老鼠给猫踩背，活腻味了吗！老婆，有什么话你就直说吧！

妻　我问你，我新买的那件花棉袄是不是你偷出去孝敬给小情人啦？

夫　（哭笑不得）老婆，这偷呢，是我偷的，不，这拿呢，是我拿的，可是我没送给小情人呀。

妻　那送给老相好了？

夫　嗨，也没送给老相好。

妻　那你送给谁了？

夫　老婆，你先开门，听我进屋慢慢跟你说。

妻　在问题没有查清楚之前你别想进屋！

夫　（急得跺脚，想办法）哟，大妹子，还在妇联上班呢？（然后学女声）是呀，大哥，你怎么不进屋呀？（复原）屋里太热，这里多凉快呀！大妹子，问你点事，家庭暴力你们妇联管不管呀，（学女声）当然要管了，大哥，谁欺负你了，妹子给你做主，啊！

妻　（一直听，有点怕，开门，丈夫顺势进屋，妻子四下张望后知道被骗）好哇，学会骗人了是不是？

夫　老婆，你听我说，是这么回事。（欲倒水喝，被老婆抢下杯子）

妻　先交代，后喝水。

夫　（坐在椅子上）老婆，最近好几个省都遭遇了大雪灾你不会不知道吧？

妻　废话，天天看电视，我知道的比你都多，（对观众）现在灾情最严重的就是湖南、湖北和贵州，特别是湖南的郴州，那是先下雪后结冰，路没法走，电也没法通，救灾食品运不进去，灾民朋友们是一口雪，一口冰，国家总理都亲自去看望了灾区人民，这么大的事情我能不知道？

夫　老婆，知道就好，知道就好，那你说咱们应不应该帮帮灾区人民的忙呀？

妻　当然应该，一方有难，八方支援，这是咱们中华民族的传统美德呀！

夫　老婆，你那件花棉袄说不定现在就已经穿在了灾区人民的身上了！

妻　什么？你是说你把我那件花棉袄捐给灾区了！

夫　是呀，老婆，我已经替你奉献了！帮助你完成心愿了，你还不高兴吗？

妻　可，可你总应该和我说一声吧。

夫　村里组织捐款、捐物时你不是没在家吗？

妻　老公呀，你肯定是怕我觉悟低，不同意，今天我告诉你吧，我的觉悟比你高多了！

夫　太好了，老婆，这下我明天就可以放心地深入闽北灾区一线了！

妻　（大惊）什么？你还要深入冰雪一线抗灾？

夫　是呀，老婆，咱们福建北部的几个城市也遭受了不同程度的雪灾呀！

妻　这我知道，龙岩、宁德和三明这几个城市，灾情也很严重！

夫　冰雪路滑，那里的很多车辆都坏在了路上，我现在还是预备役，当兵时我就会修理汽车，这不是刚好可以去为灾区贡献力量吗？！

妻　老公，你不是开玩笑吧，就这小体格，（拍老公，对观众）大伙瞧瞧，你有生还的把握吗？

夫　生还是没问题的。

妻　我看你考虑问题之前应该先吃点脑白金。

夫　脑白金，为什么？

妻　那灾区生活多艰苦你知道不？

夫　知道呀。

妻　在灾区工作和生活很危险你知道不？

夫　知道呀。

妻　知道就好，现在我郑重通知你，我不允许你去！

夫　老婆，我会注意安全的，相信我能照顾好自己，前几天我就已经和村里的几个年轻人说好了，明天一早出发，我们自愿去闽北一线救灾！

妻　（抓住老公的胳膊）老公，你就是再捐十件、一百件棉袄我也同意，可你要去灾区一线救灾，我绝对不能答应，还有几天就过年了，这可是一家人团聚的时候呀，老公，听我一句吧，咱们就别去一线救灾了！

夫　老婆，还有三天就过年了，这我知道，去闽北抗灾很艰苦、很危险我也知道，可你忘了吗，福建人民帮助过咱们呢，他们对我们的大恩大德我们永远都不应该忘记呀。

妻　老公，我怎么会忘记呢，咱们是三峡移民，当年为了三峡建设，远走他乡，是福建接纳了我们，是厦门收留了我们，刚到这里时我们举目无亲，一无所有。

夫　是厦门人民给我们盖房子，给我们划土地，让我们的孩子能上学，让我们的老人能就医，帮我们解决了一切后顾之忧，是厦门的党和政府想尽一切办法让我们在这山清水秀的地方安了家呀！

妻　（音乐起，渐强）老公，你说的这些我永远都不能忘记。

夫　记得那一年，你不幸遭遇车祸，急需输血，可医院里却怎么也找不到和你相配的血型，当时情况万分紧急，消息在广播里刚刚播出，就有许许多多的厦门人民涌到医院里为你献血，你得救了，老婆，你身上流淌着厦门人民的血呀！

妻　是呀，老公，你别说了，阻止你去闽北一线，主要是担心你的安危，确实有点自私，不过现在我可是全都明白了，福建人民帮助过我们，我们不能忘记，现在福建人民有难了，我们同样不能坐视不管！老公，你去吧，放心地去吧，到闽北受灾一线去，别担心家里，后方的一切有我呢！

夫　老婆，谢谢你的理解，1998年的洪水不能打垮咱们，2003年的"非典"不能打垮咱们，2008年的大雪也同样不能打垮咱们，为什么？就因为在咱们团结友爱的祖国大家庭里，一方有难，八方支援，只要咱们中国人永远都手挽着手，心贴着心，就没有咱们扛不住的风风雨雨，就没有咱们过不去的坎坎坷坷！

〔夫妻俩的双手紧紧地握在了一起，深情地注视后对观众

〔谢幕

〔剧终

拆迁喜剧

时间　母亲生日当天
地点　湖里区五缘湾某村一普通农家内外
人物　母亲　五十多岁
　　　女儿　三十多岁
　　　女婿　三十多岁

〔幕启　舞台正中客厅摆设：一桌两椅，桌上有热水瓶、大号酒杯、酒瓶及几样小菜，母亲哼着小曲从下场门端一碟菜上，菜放桌上

母亲　（对观众）哟，各位都来了，您问我为什么做这么多好吃的？嗨，今天我过生日，一会儿呀，我那宝贝女儿和女婿都要来给我祝寿呢！（电锯声响，捂耳朵，然后对观众）听见没，邻居家为了多骗点拆迁补偿款正在抢建自家的阁楼呢，不过要说到这骗取拆迁补偿呀，我们家的优越性那可是谁也比不了，（对观众）为什么？嘿嘿，实话和您说了吧，我那宝贝女婿是拆迁工作组的纪检干部！一会儿等他来了，我也要让他好好地帮我出点主意啦！

〔女儿上

女儿　妈，做了什么好吃的啦，二里路以外我都闻到香味了。

母亲　小馋猫，你那鼻子呀，比狗鼻子都灵，哪天我推荐你去边境缉毒算了！

女儿　（撒娇地用手拿了一块盘子里的肉放在嘴里）嗯，好吃好吃！

〔此时电锯响，母亲急忙去捂女儿的耳朵

女儿　妈，这是什么声音呀，吵死了！我要告他扰民！

母亲　（神秘地）闺女呀，你先别怕吵，明天呀，咱们家的音量就会超过他们一百倍！

女儿　什么意思？不明白！（摇头）

母亲　唉，最近不是要征地拆迁

女儿　吗。
女儿　地球人都知道呀。
母亲　拆迁补偿款是按照损失东西的多少确定的，所以呀，最近咱们的左邻右舍都在抢建、扩建房子，都在搞假装修，明白了吗？
女儿　就为了多骗些拆迁的补偿款？
母亲　是呀。
女儿　可大家要是都这么做的话，那国家要吃多少亏呀？
母亲　闺女呀，听说是十赔九不足呀，所以才有人想出这样的办法来。
女儿　妈，你那只是道听途说，怎么会十赔九不足呀，这没有根据。
母亲　有根据的你说来听听。
女儿　我听说这次咱们五缘湾的拆迁政策呀是相当地顺应民意，政府替老百姓想得那是相当地周到，是肯定不会让咱老百姓吃亏的！
母亲　傻孩子，你那也只是道听途说，不可全信呀，反正我女婿是拆迁工作组的纪检干部，我呀，也不管那么多了，从明天起我就挖井。
女儿　挖井？
母亲　对呀，我一天挖它个十口八口井。
女儿　天呀，就你一个人一天挖个十口八口井，我的妈呀，你是奥特曼呀还是超人呀？
母亲　傻孩子，我挖那井也就是意思意思，有个井的形状就行，目的是让你老公配合我多骗点拆迁补偿款，要是挖井挖到出水，那还不把你妈累吐血了呀！
女儿　妈，这能行吗？我看这么做不太好吧，再说……
母亲　再说什么？
女儿　我是担心你女婿那人，他……
母亲　他什么他？
女儿　他是拆迁工作组里的纪检干部，平时一贯奉公守法，他可能不会配合你呀。
母亲　这回呀，可得咱们娘俩说了算，他配合也得配合，不配合也得配合。
女儿　可是……
母亲　可是什么可是，在我的字典里就没有"可是，但是，但可是，可但是"，知道吗，我养了二十多年的大活人都嫁给他了，今天他要是敢不听我的，你看我怎么收拾他！
女儿　妈，这……这能行吗？
母亲　好言好语他要是行不通的话，咱们还有第二套方案。

女儿　什么方案？
母亲　今天不是妈过生日吗？
女儿　是呀。
母亲　咱们俩就在这饭桌上轮番用酒轰炸他。
女儿　你女婿你还不知道，他那点酒量，在酒厂附近路过脸都会红。
母亲　我呀，就是要利用他这个弱点，让他在半梦半醒之间迷迷糊糊地答应我！
女儿　可他清醒后要是想反悔呢？
母亲　（从兜里取出一个录音笔）看看，我有这个！
女儿　录音笔！妈，你怎么连这样的主意都想得出来？
母亲　闺女，你可一定要帮妈呀！
女儿　（对观众，旁白）唉，没办法，老妈过生日，先假意顺着她吧，待会儿老公回来呀，我再配合我老公用具体的拆迁政策说服她！

〔女婿夹公文包，提一个大号生日蛋糕上

女婿　（直接进屋，蛋糕放在桌子上）妈，祝您老福如东海，寿比南山，年年有今日，岁岁有今朝，生日快乐！生日快乐！
女儿　（接老公手里的包，对观众笑）看见没，我老公说得比唱得都好听。
母亲　（对观众）好马出在腿上，好人出在嘴上，你看看我女婿这口才！

〔电锯响

女婿　（听，一惊，坐在椅子上）妈，是不是邻居家也在抢建扩建呀？
女儿　（气愤地）咱们村有好几家都这么干呢！
母亲　你是拆迁办的，这事能瞒得了你吗？
女儿　就是，就是。（给老公倒水）
母亲　儿呀，该出手时就出手，你也要帮妈多做点工作呀！

〔女婿一口水喷了出去

女婿　妈，妈，（妻子去捶背）这工作咱可不能做呀！抢建、扩建现在一律不赔！您没听说吗，邻村陈伯伯家就在这上面吃了大亏了！
母亲　哼，和我来这套，（对女儿使眼色）进行第二套方案！倒酒！（女儿还在发愣）快倒呀！
女儿　（把老公面前的水一泼，倒酒，双手擎着递给老公）老公呀，借咱妈过生日的酒，我敬你一杯。
女婿　（一愣）老婆呀，你可是百里挑一的贤内助，这酒我喝。（一口把酒干掉）

母亲　（倒酒，双手递女婿）儿呀，这些年妈对你也不薄呀。

女婿　（一愣）没话说，不是亲妈，胜似亲妈，这酒我也喝。（一口把酒干掉）

母亲　（给女儿使眼色，暗对女儿）该你了！

女儿　（不情愿地倒酒，递老公）今天妈过生日，你可别喝多了呀！

女婿　（推酒，对老婆）妈！（发现叫错了回头对岳母）老婆！（还是错，母女二人都十分尴尬地背身、捂脸，女婿无奈地又一口把酒干了）

母亲　儿呀，这些年妈求过你什么事没有？

女婿　没有。

女儿　咱们家也是五缘湾建设的拆迁户你知道吗？

女婿　知道。

母亲　不能再等了，咱们家也要抓紧时间行动了，听说现在是十赔九不足呀。

女婿　（站起身，在酒精的作用下晃了一下）妈，那是不可能的事，您说错了！

母亲　什么？你敢说我错了，小子，翅膀硬了是不？

女儿　（不好意思地拉母亲）妈，他不是那个意思。

母亲　（步步紧逼）在你们面前，你妈我永远是对的！（气呼呼地坐下）

女婿　（倒水，双用捧递于岳母）妈，您老人家还不知情呀？

女儿　快说给咱妈听听。

女婿　（对观众）咱五缘湾的改造可是咱湖里区金包金的大工程呀，政府为咱老百姓想得那是相当周到，把咱们今后的出路全部都设计好了。

母亲　哼！

女婿　不但兴建"钟宅新家园"解决咱们住的问题，还筹建了一大批商场、超市呢。

母亲　这和咱老百姓有什么关系？

女婿　当然有关系，咱拆迁户有优先租用权呢、有廉价使用权呀，咱农民失去土地了，但可以经商做生意呀，妈，政府有这样的优惠政策咱农民还能不富吗？（岳母半信半疑地微微点头）妈，还有土地换社保。

女儿　什么，咱农民也有社保了？

女婿　是呀，政府为解决咱失地农民的后顾之忧让咱农民也有权利参加社保了，咱湖里区已经有很多失地农民开始享受社保了！

女儿　妈，这些都是好事呀。（被母亲推开）

女婿　是呀，是好事，这些都是功在当代、利在千秋的大好事呀！

母亲　（态度有所缓和）你说这些当然是好事，可……可我听说拆迁中的黑幕还有很多呀，比如说拆迁干部的吃拿卡要问题，这你怎么解释？

女婿　妈，您老人家那也只是听说，现在咱们湖里区拆迁工作人员都要和拆迁单位签订廉洁协议书呀，那可是具有法律效力的呀，为此咱湖里区还专门下了文件呢！

母亲　这……这都是真的？

女婿　那还有假？文件都在我的公文包里呢！

女儿　老公呀，听你这么一说呀，我和妈也放心了，可惜……

女婿　可惜什么？

母亲　唉，可惜咱这住了上百年的古厝，这是咱祖上留下来的住了几代人的古厝呀，也就这样说拆就拆了？（掩面而泣）

女婿　妈。

母亲　（对观众）咱这古厝风水好，依山傍水，占的是龙脉呀，清朝时期咱们家还出过秀才呢，儿呀，这些年咱们家又出了多少大学生，出了多少人才呀，咱们家人丁兴旺，四季平安都是托了这古厝的福呀，拆了这古厝妈打心眼里舍不得呀！妈这辈子可能再也看不到咱这漂亮的燕尾楼啦！（掩面而泣）

女婿　妈，这您老就更用不着担心了，就因为咱家的古厝修建得精美，有历史，而且在建筑风格上堪称咱闽南建筑文化的典范，所以呀，政府已经把咱们家，连同咱村里漂亮的十几座古厝当作文物保护起来了，还要修缮一新呢！

女儿　老公，那咱们五缘湾可真的是要越变越美了呀！

女婿　那还用说，咱五缘湾建设，单单湿地公园一项的投资就好几个亿呀！政府这次可是下了大力气了！

〔母女二人："真的？"

女婿　当然是真的，（遥望远处）几年后的五缘湾就是我们厦门第二个筼（念"云"）筜湖了，就是我们厦门的高级会客厅了！就是我们厦门岛第二颗璀璨的明珠了！

母亲　这么说妈也有贡献？

女儿　妈，那还用说吗，您老的贡献可大了！

女婿　这里即将拆迁的每家每户都光荣着呢，都是咱五缘湾乃至厦门的功臣呀!

母亲 儿呀,听你这么一说,妈彻底想通了!政府为咱失地农民也算是用心良苦了。

女婿 想通了就好,妈,咱湖里区对按时拆迁的农户还有奖励呢!

女儿 什么奖励?

女婿 只要在规定的日期前迁出就有两万元的拆迁奖励金!

母亲 拆迁除了补偿还有奖励?

女婿 是呀。

母亲 (转对女儿)闺女呀,这两万元咱拿定了,明天咱就开始搬家!

女儿 (笑)妈,明天您不是要挖井吗?

母亲 死丫头,还敢揭你妈的短!(转对女婿)儿呀,咱们家一定要成为拆迁工作中的光荣之家!(取出录音笔)我要把这好消息告诉左邻右舍,告诉咱村里所有的人!

女儿 (接过录音笔,看)妈,您还没开机呢!

〔三人大笑,谢幕

〔剧终

找亲人

时间　6月28日
地点　晚会现场
人物　一位来自四川灾区、亲历"5·12"地震的六十多岁老奶奶（简称"奶奶"）和她十多岁的小孙女（简称"孙女"）
　　　晚会节目主持人，简称"主持"

主持　观众同志们，接下来请欣赏——
奶奶　（衣着朴素，从观众席里拉着小孙女的手，打断主持人，跑上台）孩子，孩子，等等，等等，大妈有话要说！
主持　哟，大妈，这里是我们《至爱至善》晚会的现场，您有什么事能不能明天再说？
奶奶　（哭腔）孩子，大妈求你了，你就让大妈在这里说几句话吧，这里人多，大妈要找个人呢！
主持　找个人？您明天行不？我们，这可是晚会的现场呀。
奶奶　（打断）孩子，明天不行，明天大妈就要离开厦门了，我们是地震灾区来厦门治伤的，现在伤治好了，明天一大早我就要和我的小孙女回四川老家去了。
孙女　叔叔，我求您了，您就让我奶奶在这里说几句话吧。
奶奶　是呀，孩子，大妈求你了。
主持　那……那这要问问咱们现场的观众朋友们同意不。
奶奶　（对观众，哭腔）厦门的父老乡亲们呐，我们祖孙二人在这儿给您行礼了！
〔主持人下
奶奶　（和小孙女走到台中，回忆地）那天是5月12日，农历的四月初八，我记得很清楚，因为那天呀，是我小孙女的生日，一大早这天气就闷热闷热的，让人喘不过气来。到了中午，天阴了，还下了一阵毛毛雨，两点多钟的时候我起身上街去买菜，打算做点好吃的等孙女回家给她过生日。可是我刚一出门，就觉得这脚下没了根，整个人都开始摇晃了起来，刚开始还以为是自己老了，腿脚不中用了。可是没几秒钟我就看到房子里的人都跑了出来，还有的人大喊大叫着"地震了，地震了！"我这才明白过来，是真的地震了，个别老旧的楼房开始整栋整栋地往下倒，还有一些楼房从底层往下堆，原本七层的楼房瞬间就变成了五层，原本五层的楼房，瞬间就变成了三层。这时候大街上都是人了，哭声、喊声、楼房倒塌声还有地震的轰鸣声交织在一起，霎时间，天空中尘土飞扬，乌烟瘴气。稍一定神，我想起了还在学校的小孙女，我发了疯似的往学校跑，菜篮子扔掉了，鞋子跑丢了。到了小孙女的学校，我傻了眼，学校的楼房变成了一片废墟，我眼前一黑，晕了过去。

孙女 当时我们正在上课，只几秒钟的工夫，老师和同学们都还没有明白是怎么回事，教室就倒塌了，只有一楼的几个同学跑到了操场，多数人都被永远地压在了教室的下面。（低下头，再抬起）有的同学手里还攥着钢笔，有的老师手里还拿着教鞭，他们就这样走了，永远地走了，离开了美丽的校园，离开了亲人和朋友。

奶奶 当我醒过来的时候是在一个帐篷医院里，天已经黑了，这时的雨越下越大，余震还在继续，几秒钟一次小震，几分钟一次大震，我不顾医生和护士的阻拦，疯了一般地再次跑到学校。我要找到我的孙女，我相信她还活着，我要救她，到了学校我才知道，已经有许多学生和老师被救援的队伍救出来了，但更多的还是被埋在废墟里。我哭喊着孙女的名字，一次次扑倒在废墟上。

孙女 和许许多多的老师同学相比，我是幸运的。虽然一块楼板压伤了我的腿，但一张课桌却为我撑起了一小块空间，教室虽然倒了，可我还活着。刚开始的时候我还能听到一些同学的哭喊声，但随着时间的推移，我的周围渐渐安静下来了。（音乐弱起）我知道，有的同学累了，有的同学睡了，有的同学支撑不住，永远地走了，他们有的还没来得及叫一声妈妈，还没来得及叫一声，妈妈来救我！红领巾还戴在脖子上，书包就在身旁，铅笔还在手中。早操的时候大家还在一起追逐、游戏，一起大声地说笑，但是现在，他们走了。那一刻之前，他们有的在朗读课文，有的在演算数学，有的在唱着歌，有的在认真地画着图画。还不知道什么是地震，地震就夺去了他们的生命；还不知道什么是死亡，死亡就突然降临！（音乐渐强）只有几十秒钟吧，甚至还不明白发生了什么事情，我敬爱的老师、我亲爱的同学就这样走了，永远地走了。天堂里的天使呀，你们来了吗？你们要带走我的老师和同学吗？请洗去他们身上的尘土吧，因为他们都是圣洁的，不要告诉他们发生了什么，不要告诉他们有人会为他们流泪，不要告诉他们，他们的亲人和妈妈不在身边！天堂里的时间呀，停一停，慢一慢，让我和我的老师挥挥手，让我和我的同学道个别，永别了，我敬爱的老师！永别了，我亲爱的同学！你们那么善良、那么可爱，天堂的路上，你们一路走好呀！（下跪，被奶奶拉起，泣不成声）

奶奶 （音乐渐弱到无）不幸的孩子们走了，幸运的被救了出来。危难之时，子弟兵总是冲在最前头，是他们帮助我救出了我的小孙女，在救人的过程中，一位小战士的手臂被砾石扎得鲜血直流，他是为了救我孙女受的伤呀！小战士的手臂在流血，我的心也跟着在流血。护士为他包扎伤口的时候我去问他的姓名，可他就是不告诉我，我问他的年纪，他说他十九岁了。十九岁，那还是个孩子呀，我问他的家乡，他说他来自厦门。厦门，多美的城市呀，明天……明天我就要离开这里了，我真想再看那位小战士一眼，真想当面和他说声谢谢，不知道那位小战士最近回到家乡了没有，不知道他现在在台下坐着没有，不知道这现场有没有他的父母，有没有他的亲人和朋友，如果有，请代我向他问声好,再说一声谢谢。亲人呀,孩子呀,我相信,咱中华民族有了你们,就没有跨不过去的坎儿,就没有蹚不过去的河!再见了,厦门的父老乡亲!

孙女 谢谢了,厦门的兄弟姐妹、叔叔阿姨!谢谢你们对灾区的帮助,灾区人民永远都不会忘记你们!

〔谢幕

〔剧终

二孩大战

时间　一天下午
地点　小家庭的客厅内外
人物　夫妻，丈夫的女同学翠花，三人都是四十多岁

〔幕启　舞台上客厅摆设：沙发、茶几等
〔妻子从下场门上。

妻　（打电话）陈医生呀，谢谢你，那就这么说定了，明天上午去找你。（对观众）唉，女人这辈子最不容易，一不小心就得挨一刀，什么病？没什么病，意外怀孕，你说……你说这都一把年纪了，多丢人呢！

夫　（拎了一个大方便袋）小凤呀，我回来了。

妻　出去，出去！

夫　喔，忘记了，（出去）亲爱的，亲爱的老婆大人，我回来啦！我可以进来吗？

妻　进来吧！

夫　（进屋，对观众）什么？我怕老婆，怕老婆说明大局观念强，怕老婆是在维护社会稳定，怕老婆是在移风易俗。怕老婆都是当官的料，没钱抽烟没钱喝酒，也不敢打牌K歌，一个大男人干吗呢？干家务啊，老婆高兴，家庭和睦啊！

妻　好了，别贫嘴了，明天请假跟我去医院。

夫　亲爱的，你怎么了？

妻　都怪你，我意外怀孕啦！

夫　什么？（要晕倒）

妻　（悲壮地）人在江湖飘，哪能不挨刀。老公，你要挺住呀。

夫　不，老婆，这幸福来得太突然了，你再说一遍。

妻　（怯生生）老公，我意外怀孕啦。

夫　真的？

妻　真的。

夫　天哪！

妻　老公。

夫　这是老天在帮我呀！

妻　老公，你疯了吗？

夫　老婆，不，亲爱的，你知道我盼这个孩子盼了多久了吗？

妻　盼了多久也不能生呀。

夫　主席说了，该生不生，后悔一生！

妻　哪个主席说的？

夫　我们单位工会主席，对了，主席还说了，当前国家鼓励生二孩，就是要把"421阵型"变成"422阵型"。

妻　什么叫"421阵型"？

夫　四个老人，咱们俩，一个孩子。

妻　怎么变成"422"？

夫　唉，就是四个老人，咱们俩，两个孩子呀。

妻　上有老，下有小，咱们中场球员可要累趴下了！我看这阵型还是不要换的好。

夫　主席说了，二孩放开后，作为工会委员，我必须要带头生，因为我老婆还年轻。

妻　你可算了吧，我年轻，我是60后，今年都45岁了，我还年轻？你们单位工会主席脑瓜有病吧！

夫　老婆，反正我还想要个孩子，老婆，过几年，咱们家老大就考上大学远走高飞了，你也不想做空巢老人，是吧？

妻　空巢老人怎么了，正好有时间重温我的旧梦，正好有时间整理一下我那放浪不羁的感情。

夫　老婆，我保证，从今以后，家务活我全包了。

妻　说得比唱得还好听，你每天回到家里就像个木偶，拿着个破手机摁呀，刷呀刷的。

夫　我不玩手机我干吗呢，我洗碗你说我洗不干净，上厕所你说我冲不干净，叠衣服说我叠不齐整，我站着嘛，你又说晃你的眼睛！这回我想好了，我就让你生个二宝陪我玩！

妻　老公呀，生容易，养不易。

夫　可是老婆，你现在……现在不是怀上了嘛。

妻　那怪谁呀，要怪也得怪你呀，反正我不生！医生也约好了，我明天上午就去医院！

夫　老婆，我们主席还说了，怀上来！生出来！养起来！就是不能打下来！

妻　那让你们主席生吧，老公，你看我们都奔五的人了，再生个二宝，到底算个儿子还是孙子呀？多让人笑话呀。

夫　老婆，你多虑了，到时候像咱们家这种情况多了，就没人笑话了，我们单位有个50后的酒鬼都开始封山育林了。

妻　生生生，我问你，咱儿子同意吗？你没看网上那个小男孩说的吗？（学小男孩，哭腔）反正我把话撂这儿，你们要敢生，我就敢死！

夫　我就知道你有这手，咱儿子的工作我早做通了，瞧，（从衣兜里取出一张纸，念）保证书：亲爱的妈妈爸爸，你们辛苦受累啦，十五年前你们胆子很大，排除万难把我生下，今天你们又要二宝，心里依然把我牵挂，让我写保证书，我也有点害怕，但是为了咱们的家，我保证好好听话，不管你们生个弟弟妹妹，我都淡定收下！儿子，王小跨。

妻　嘿，好哇，你们爷俩串通好了欺负我！

夫　亲爱的，关于生二宝这个问题，咱们家已经是二比一了，不对，是三比一。

妻　那个是谁？

夫　（指老婆肚子）小宝宝肯定也想顺利来到人间呀？

妻　我不管几比几，反正我是王八吃秤砣——铁了心了，谁爱生谁生，我就是不生。

夫　当真不生？

妻　当真不生！

夫　肯定不生？

妻　确定、一定以及肯定！

夫　实行第二套方案！

妻　哟，你还有第二套方案，你自己折腾去吧，我得休息了，明天还得去医院呢。

〔妻子起身从下场门下

夫　（对观众）如果和老婆闹矛盾，记住千万莫吵，很伤感情的！但是，不是没有办法呀，夜深人静的时候，等老婆睡着了以后，狠狠地给她一个大嘴巴子。在她突然醒来惊恐地望着你的时候，你一定要温柔地对老婆说："亲爱的，又做噩梦了？别怕别怕，有我在呀。乖，你接着睡吧。"（拿出手机打电话）翠花！快过来，实施第二套方案，什么，你到我家门口啦！好，那就进来吧！

翠花　（上场门进，戴太阳镜，一甩手帕）来了！

夫　（打喷嚏）哎呀我的妈呀，你可没轻整呀。

翠花　也没整啥，就是化化妆。

夫　你咋不整整容呢！

妻　（下场门上）谁呀，怎么这么吵呀？

夫　啊，我的一个朋友！

翠花　（走到妻子面前，一甩手帕）您是哪位呀？

妻　（打喷嚏）问他！（打喷嚏）小姐，您离我远点好吗？

翠花　为什么？

妻　（摸肚子）我怕你的劣质香水对我的胎儿不好。

翠花　大姐，那有什么关系，反正你也不想生下来。

妻　嘿，你怎么知道我不想生下来呀？现在有政策了，政府允许要二孩。

夫　对，对，为了应对人口老龄化，政府提倡生二孩。嘿嘿，老婆，这么说，你同意生二宝啦？

妻　不同意！（转身欲下）

翠花　你不同意我同意！

妻　嘿，我看明白了，你是他包养的二奶吧？

夫　老婆，别说得那么难听，大家都是朋友嘛。

妻　（扯丈夫耳朵）行呀你，还要包二奶生二宝，翅膀硬了是不是？出人头地了是不是？谁会把你当个数字呀！

夫　老婆，你。

妻　在我面前，你就是个二百五！只怪当年脑袋瓜短了路，嫁给了你个窝囊废。

夫　是是。

妻　更可恨的是我这样一个如花似玉的美女嫁给了你这么个糟老头子，把你从出水深火热之中拯救了出来！

夫　是是。

妻　你说你哪里好，也不撒泡尿照照，如今你为了要二宝，还包上了二奶！

夫　老婆，你别生气。

妻　我不生气才怪，明明是狐狸，你还装忍者神龟，我都快被你气死了！

夫　老婆，先别发怒，别动了胎气。

翠花　别管她，反正她也不想生，再说她年纪大了。

妻　谁说我不想生，谁说我不想生，我今天还非要生出来给你们看看。

夫　老婆，这么说你同意生二宝啦？

妻　我不同意能行吗，你包的二奶又年轻又漂亮，我不同意咱们家不就散啦！（哭腔）可怜我的儿呀，你爸就要给你找后妈了！

夫　老婆，你醒醒吧，都是在跟你开玩笑呢，你看看她是谁？

翠花　（摘太阳镜）老同学，是我

呀。
妻　你是？
翠花　我是你小学同学翠花！今天特地来看你了。
妻　咱们都十来年没见了，你们是怎么认识的呀？
翠花　那天姐夫去街道咨询二孩政策。
夫　刚好翠花就在街道工作。
妻　就这样认识上了？
翠花　对呀，老同学。
夫　翠花耐心地向我宣传了咱们金山街道提供的一系列惠民措施。
翠花　是的，咱们金山街道现在有免费的孕前优生检测，湖里区妇幼也特别开设了高龄产妇门诊。
妻　这可真是好事呀。
翠花　咱们金山街道就为了解决广大大龄妈妈的后顾之忧。
妻　老同学，不瞒你说呀，我们这么大年纪再要个二宝还真是下不了决心。
夫　老婆，有什么下不了决心的，咱们现在不是怀上了嘛。
翠花　老同学，你放心，你年纪不算大，身体又这么好，我记得咱们当年上学的时候你还是体育委员呢！
夫　对呀老婆，咱们俩一直都坚持锻炼，你就放心吧。
翠花　还有，现在医学这么发达，什么问题都能迎刃而解，你们母子的健康问题包在我身上。
妻　那，这么说，咱们三人就一块生？

〔三人合："生！"

〔剧终

巧治心病

时间　现代
地点　市郊一户人家内外
人物　丈夫　四十多岁
　　　妻子　四十多岁
　　　小张　街道干部，三十多岁

〔幕启　舞台上客厅摆设：一个双人沙发旁边放两个单人沙发，双人沙发前有一个矮小的茶几，茶几上有一部红色电话，电话旁边有一包香烟，香烟盒上有一盒火柴，旁边有一个铁茶盘，茶盘里有茶盅等器皿
〔丈夫垂头丧气地从下场门上，坐到沙发上点烟，划火柴，没着火，扔掉，再划，再扔，再划，再扔，但因为心里又气又急，所以火柴总是点不燃，他生气地把烟撅断，摔在茶几上，然后走到台前，对观众

夫　这人要是时运不济呀，喝口凉水都塞牙，打个喷嚏都能把腰闪了，得，啥也别说了，说多了都是故事，说不出来的都是眼泪！（反身坐回到沙发上，双手抱头生气）

妻　（哼着歌，手拎一个旅行包从上场门兴高采烈上，敲门）老公，开门呀，我回来了！

夫　自己用钥匙开！

妻　（对观众）咦？这是怎么了？（从衣兜里掏出钥匙，开门，进屋）老公，我回来了！（放下旅行包，扑向沙发上的老公）

夫　（躲开）去去去，知道的说你是我老婆，不知道的还以为到了红灯区了呢！

妻　老公呀，你这是怎么了，我出差才两天，你怎么像换了个人似的呀？手机欠费了？爱情崩溃了？还是昨晚老鼠咬你后背了？

夫　还不是你出那个馊主意！

妻　（惊异地）你是说咱们家在房顶上建的那个小阁楼？

夫　对呀，（站起身）前天你出差一走，我连夜动手，（对观众）从外形设计到主体完工我只用了不到24小时！

妻　效率还蛮高的呀！（转对老公）面积有多大？

夫　差不多30平方米。

妻　啊？30平方米，你把咱家楼顶都用了呀？老公，你水平真高呀！

夫　废话，我不但水平高，学历还高呢，小学我就念了七八年，我小学本科！

妻　老公，快领我到楼上看看，（欣喜地）这回我老爸老妈到咱家来可就有地方住了！

夫　唉，（抱头坐回到沙发上）你要是早回来两个小时还许能看得到。

妻　什么？

夫　街道干部来了，硬是逼着我把咱们家的阁楼给拆掉了！

妻　什么？拆了？

夫　说我那是违章建筑，出了问题是要负法律责任的。

妻　（惊讶）还要负法律责任？（转对老公）老公呀，拆就拆了吧，你也别生气了，只要咱们全家人能在一起平平安安地过日子就好，咱们心有多大，房子就有多大呀，你说是不？

夫　哼，花了大半辈子的积蓄才弄了个30平方米的一房一厅，全家几代人挤在一起，挤得一点儿尊严都没有！

〔电话骤响

妻　（接电话）喂，什么，让我们家户主马上到街道办事处去一趟？啊，我们不去，你们就来？（放下电话，看丈夫）

夫　太欺负人了，你告诉他们，户主坚决不去！

妻　老公，不去能行吗，毕竟是咱们有错在先呢！

夫　杀人不过头点地，我费了九牛二虎之力建起的阁楼他们说让我拆，我就拆了，这……这还想怎么样呀，一上午都打了三四遍电话了！

妻　打了三四遍电话了？

夫　我就接了一个，其余的我都没接。

妻　看来这事儿不小呀，对了，你刚才不是说还要负什么法律责任吗？

夫　我一没倒卖毒品，二没贩运火箭，我大错没有，小错也是初犯，派出所不敢管，法院没法判，我就不去，我得了脑血栓，我浑身都打战！

夫　老婆，把我十年前穿过的那件病号服找出来！

妻　这……这能行吗？

夫　他们不是要到家里来吗，我就在家里等着，知道吗，死刑犯还可以申请保外就医呢，谅他们也不敢把我一个病人怎么样，去呀！把我那件病号服拿来！

妻　唉，真没有办法。（到沙发旁边的那个小柜子里取出一件病号服，同时也拿出一大盒子铁观音茶）

夫　（对观众）人在江湖走，哪有不失手。

妻　（对观众）人在江湖飘，怎能不挨刀！

夫　（对观众）漫漫人生路，谁不错几步！没办法，这就是人生呀！（老婆帮忙穿上病号服，突然发现老婆拿出来的那盒茶）喂，那盒茶可是要孝敬我那岳父大人的呀！你……你把它拿出来干什么？

〔小张夹公文包匆匆上，敲门

小张　（急切地）老陈在家吗？

妻　来得还真挺快！

夫　黄鼠狼给鸡拜年，那还有不快的？

小张　（继续敲门）老陈在家吗？

妻　哎，来了来了！（欲开门，被丈夫挡住）

夫　等等，我来！（做得了脑血栓状，开门）你……你——谁——呀？

小张　老陈，你这是？

妻　哟，张主任来了，快请进，快请进！

小张　（和老陈都坐到了沙发上，对老陈）老陈，才几个小时不见，你怎么就变成这样了？

妻　还不是因为房子太小，折腾个阁楼嘛，连夜建，又连夜拆，唉，累出了脑血栓了！

夫　对，我得了脑血栓了，你看我。（站起身学脑血栓病人走路）

小张　（也看出了点破绽，笑）听你说话还是蛮利落的嘛！

夫　（一愣）啊，对呀，脑血栓发展成半身不遂，我是下半身，肚脐眼往上，啊，没问题，（对观众）留点余地，到关键时刻我可以咬他！

妻　小张呀，你们做街道工作不容易呀，那是磨破了嘴，跑断了腿，身板差点没累垮呀！（狠狠地拍了小张一下）

夫　是呀，小张，街道工作很劳累，忙得你身心很疲惫。

小张　无所谓。

妻　你这是牺牲自己为社会呀！

小张　我哪有你们说的那样优秀呀！我也是人，不是神！

妻　（拿出茶叶）来，小张，这点茶叶你先喝着，改日我再给你弄两只王八！

小张　（吓得跳了起来）使不得，使不得，你们这不是让我腐败吗？

夫　小张兄弟呀，大海里面全是水，地狱里面全是鬼，要不趁早弄点利，退休那天准后悔呀！

小张　喂，你们两口子今天是什么意思嘛！

妻　（暗对丈夫）软的不吃咱就来硬的，（对小张）其实也没什么意思。

夫　我不就是在自己家的楼顶上盖了一间阁楼嘛，耗子娶媳妇——多大个事儿呀！

妻　就是，干吗一遍一遍打电话让我去你们那里呀？

夫　不就是想对我进行思想教育，然后理论联系实际嘛。

妻　对，必要时搬出法律，再用政策把我们弄到五体投地。

小张　（大笑）你们两口子这是想到哪里去了。

夫　别和我玩阴的了，不是我吹，不是我狂，我曾经也是北方一匹狼！

妻　对，你别和我瞒，也别和我装，逼急了我也会让你受点皮外伤！（伸出双手，叉开五指做抓人状）

小张　今天从我一进屋，你们两口子就跟我装疯卖傻的，你们是不是以为我还要揪着你们那违章建筑的小尾巴不放呢？

夫　对呀，那一上午打好几遍电话让我到街道办去是什么意思呀？

妻　还逼得那么紧，这……这能不让人怀疑吗？

小张　唉，这也不能全怪你们，看来我们街道办干部和老百姓的沟通还是太少呀，我们街道办工作做得还不够细呀！

夫　就是，还有太多的不和谐！

妻　对。

小张　老陈呀，我今天就是来解决你们实际困难的。

夫　我们家的实际困难就是房子太小，你先捐给我五十万吧，什么问题都解决了。

小张　（从公文包里取出了两张表格）政府知道老百姓的住房有实际困难，首期就建设了两万套保障性住房。

夫　保障性住房？多少钱一平方米？

小张　这你放心，肯定让咱老百姓买得起！

妻　你是说这样的房子我们也有资格申请了？

小张　那当然，政府下一步还要建成八万套这样的保障性住房，也就是说呀，政府在动手拆你那违章建筑的时候，早就想好了解决问题的办法了！

夫　这是真的？

小张　那还有假，文件在这儿，你自己看！

妻　（接过文件看）这可是老百姓的福音呀！

小张　街道办的领导知道你们家里的住房困难，这不，申请表一到就赶快通知你们家，可哪承想……

夫　（不好意思地）唉，哪承想我们还把精神给领会错了。

妻　（看完了文件）老公，咱们再也不用为房子小而发愁了。

夫　（一蹦老高）老婆，我再也不用设计什么楼中楼了！

小张　喂，老陈，你不是得了脑血栓了吗，怎么这么快就好了？

妻　他呀，得的是心病！

夫　（握小张的手）小张，太谢谢你了，你就大海里的航标塔，你就是黑夜里的北斗星，你永远活在我们心中！
（欲拥抱）

小张　别别，要谢就谢咱们心里装着百姓的市委、市政府吧！

〔三人"哈哈"大笑

〔谢幕

〔剧终

回 家

时间 春节前夕
地点 火车站附近
人物 阿贵 男,三十多岁,农民工,简称"贵"
　　 阿贵妻 三十多岁,农民工,简称"妻"
　　 铁路警察 男,三十多岁,简称"警"

〔幕启 舞台正中一长条靠背椅,旁边立一个牌子,上写"火车站候车室"
〔阿贵妻穿羽绒服、拎大编织袋从下场门上

妻 （焦急地看手表）哎哟,这火车就要开了,可……可我老公到现在连个人影也没见着呐,（急得直跺脚）老家郴州这会正遭着雪灾呢,报纸上说那里现在是又没水又没电呀!（坐到长椅上看表,然后又焦急地站起,向上场门的方向张望,转对观众）还有三天就过年了,好不容易盼到通车,（从衣兜里取出车票,展示给观众）今天要是不走呀,就只能在厦门过春节了!（打电话,无人接听）这个死阿贵,不接电话,（对观众）看我一会儿怎么收拾他!

贵 （焦急地跑上,气喘吁吁）老婆,老婆,大事不好了。

妻 看你跑成这熊样,怎么了,让狗啃了?

贵 哪来的什么狗呀!

妻 我打电话你怎么不接呢?

贵 我这不是为了省两角钱嘛!

妻 就为了省两角钱电话费你至于吗?

贵 两角钱怎么了,两角钱怎么了,一分钱你会画呀?再说了,咱农民工打工赚钱容易嘛,能省就省吧!

妻 废话少说,赶快跟我排队上车!

贵 老婆呀,这老家怕是又回不去了。

妻　老公，这种玩笑你可开不得呀，咱们来厦门打工都三年了，可还一次都没回老家过春节呢，老家的人都等着盼着咱们呢！再说最近家里又遭了多年不遇的雪灾。

贵　老婆，你说的这些我都知道，可是……

妻　可是什么呀，一会儿火车就开了！（拉老公）走，排队上车！

贵　老婆呀，先等会儿，有个不幸的消息要告诉你，你听了之后可一定要挺住呀。

妻　（拉老公）快走吧，上了火车再说！

贵　（甩开老婆）老婆，包工头跑了，辛苦一年的工资我是一分钱也没有拿到呀！

妻　什么，包工头跑了？

贵　是呀，说好了今天早上发工资，可是我和工友们等到十点多也没见人影呀，找到老板的住处，这才知道，老板昨天晚上就连夜退房搬家了！

妻　这都是真的？

贵　确定、一定以及肯定！

妻　（手扶着额头，摇晃着要摔倒）完了，完了，这下基本崩溃了！

贵　老婆，你一定要挺住呀，咱们家传宗接代的任务你还没有完成呐，我还等着你给我生双胞胎呢！

妻　（站定）老公，放心吧，我们农民工的家属什么招都接得住！

贵　（对观众）看到没有，农民工的家属个个都是好样的，都是坚强的、有战斗力的！

妻　老公，你也别上火，想开点，啊，实在不行咱们还回老家种田去，咱们再也不打工了，就是打工也不来厦门了！

贵　老婆呀，这和厦门没关系，哪里都有坑人的包工头呀。

妻　（对观众）农民工不容易呀，背井离乡，把土地和孩子都扔给了老人。

贵　是呀，起早贪黑，风里来雨里去，一年到头就为了那几千块血汗钱，可……

妻　老公呀，回不去家不要紧，不是还有明年吗，咱们明年再回家，走，去买点年货，咱们就在厦门过春节！

贵　老婆，咱拿什么去买年货呀！咱现在一分钱都没有了！

妻　咦，咱不是有火车票吗？咱们退票去！

贵　老婆，你看那退票的窗口排

154

妻　是呀，还要赔上一笔退票手续费。

贵　（灵机一动）喂，有了！

妻　有什么了你？

贵　老婆，你看那买票的不也排着长队吗，咱们去挨个问，要是刚好遇到一个湖南的老乡，咱们就把这车票的零头抹去，转让给他！

妻　哎呀妈呀，你太有才了！（对台下一观众）大姐，您要票吗，去郴州的，才二百块呢。

贵　（对台下一观众）大哥，去郴州不，原价二百三，现价二百……

警　（着警察服装上，对阿贵）好你个票贩子，我终于抓到你了。（抓住阿贵胳膊）

贵　我不是票贩子。

警　还敢狡辩，我最恨你们这些票贩子了，农民工兄弟容易吗，赚他们的黑心钱，你不怕遭报应呀你！

妻　大哥，您先放手嘛，他真的不是票贩子，他是我老公。

警　原来你还有个女同伙！走，你们俩都跟我走一趟！

贵　大哥，我们真不是票贩子，你看我身份证。

警　（看）湖南省郴州市生产乡跃进村青山屯王显贵。

妻　大哥，我们都是农民工，一年到头累死累活地打工，结果到头来，包工头跑了，工钱也没了，现在是有家回不了，所以才想把车票给转出去。

贵　是呀，大哥，你想想，哪有把零头抹去的票贩子呀。
（电话铃响，掏出电话，但是没有接）

妻　阿贵，你接呀。

贵　我先看看号，别是打错的，又要费我两角钱。

警　怎么，我在这儿你不敢接吧！

贵　有什么不敢接的，（接听）喂，小林呀，什么？你快要到车站了，要为我送行，你可千万别来，我不回家了，我正准备退票呢！

警　真会演戏，不当演员可惜了。

贵　（继续接电话）什么！什么！你要来给我送工资！好，好，太好了！

警　装得还挺像。

贵　（收线，转对老婆）老婆，工友小林来电话说他马上就到，是给我送工资来的。

妻　包工头不是跑了吗？

贵　（对观众）包工头是跑了，可厦门市委、市政府没有不管咱农民工，他们知道了我们家乡的灾情后，主动为我们农民工垫付了工资，让我们回家过年呢！

妻　（掐了丈夫一把，丈夫"哎哟"一声）我怎么没感觉呢？

贵　你要是有感觉我就残废了，老婆，我们终于可以回家了！

妻　真没想到呀，天底下还有这样的好事呀。

警　哈哈，原来是这么回事，来，身份证还给你，厦门火车站祝你们一路平安！（两人握手）

妻　（看表）哎哟老公，再过十分钟火车就要开了呀！

警　别担心，一会儿我为你们开辟一条贵宾通道，保证让你们及时上车，回家过年！

贵　贵宾通道？我这辈子只走过民工通道，还没走过什么贵宾通道呢。

警　你们是厦门建设的功臣呢，实现厦门新一轮跨越式发展离不了咱农民工兄弟姐妹呀，你们就是厦门请来的贵宾呀！

贵　（感激涕零，拉过警察的手）谢谢了，谢谢了，在外打工十几年了，只有厦门才让我感受到了温暖呀，只有厦门才有资格做我的第二故乡呀！

警　是呀，（对观众）在这里，我祝愿天底下所有的农民工兄弟，（三人合）心想事成，万事如意！

〔三人谢幕

〔剧终

（与沈铁岩合作）

金融聚会

时间 2008年年底
地点 会场
人物 银行,石油,美元,房市,股市

银行 (衣着光鲜上,对观众)大家好,我是大家长银行先生。众所周知,全球性金融危机已经爆发,如何积极应对,是我们财富家族当前工作的重点、焦点、难点、爆破点、出发点和着力点!2009年就要到了,今天我们在这里召开一个会议,当然,会议将在一个轻松和谐的氛围中度过,这将是一个没有血腥,远离暴力的会议!下面,有请石油叔叔、美元姑姑,和我们的孪生兄弟房市、股市。

〔美元和石油从上场门上站在银行右侧,房市和股市衣着俭朴,从下场门上,他们各持充气狼牙棒,互相打脑袋,口中说:"都怪你,都怪你!"

银行 好了,好了,房市、股市呀,你们是孪生兄弟,不要互相残杀了!

房市 都怪他这个股市,一个星期有七天绿着脸,一个月有三十天往下跌,要不然我们房市也不会这么惨,最近我都跌下去百分之好几十了!

股市 都怪你房市泡沫太多,你炒,我炒,他炒,大家炒,这下好,炒煳了吧?我们股市从6000多点到1800多点都是你那泡沫破裂给拖累的!

〔两人又互相打头,"都怪你,都怪你!"

银行 好了,好了,不要再让外人看笑话了!

石油 其实大家都不容易,本来我是想涨到200美元的,可谁知道,才几个月的时间,跌到了40美元,说句心里话,我都想跳楼呀!(呜呜地哭)

美元　唉，不要了，石油叔叔，你都一把年纪了怎么还像小孩子一样哭鼻子呀！现在看来还是我们美元有优势呀，（笑嘻嘻对观众）美元升值了，当然是好事，贬值了，也不都是坏事，（神秘地）好多大国的美元储备那是大幅缩水呀！

银行　乱，太乱了，哭的哭，笑的笑，打的打，闹的闹，我看哪今天这会也难开，我们还是把问题放到2009年吧！接下来我们开个迎新年联欢会，房市、股市，你们先来表演个节目。

〔两兄弟互相打了一狼牙棒后，"来就来！"

房市　我们唱首歌，这段时间太压抑了。

股市　对，唱首歌，释放一下。

〔二人齐唱《东方红》"东方红，太阳升——，东方红，太阳升——，升——"

银行　停，停停，怎么只有这两句？

股市　我们太希望明年能升上去了。

房市　是呀，虽然我有点泡沫，但不能跌得太惨呀，我也要升——

石油　太直白了，淡定一些，含蓄一些，委婉一些，低调一些嘛！

美元　就是，再来点创意好不好？

〔股市和房市互相打头，"都怪你，都怪你！"

银行　好了好了，家里不和外人欺，这样吧，还是用一首歌结束我们今天的会议吧，歌曲的名字叫《鲜红的太阳永不落》，来，大家跟我唱，"中国，中国——"

美元　（打断）等一下，我是美元，我也要唱嘛！

银行　（厉声道）废话！预备，唱！

〔齐唱，加入简单舞蹈动作，"中国，中国，壮丽的山河，金融危机不能奈我何，共产党领导富强的国家，我们不怕金融风波，中国，中国，鲜红的太阳永不落！"

〔谢幕

〔剧终

两地情

时间　春节之前的某一天
地点　台商服务中心
人物　大林　男，三十多岁，台商服务中心一名普通干部
　　　周国强　男，三十多岁，大林的同学，个体土建包工头，简称"国强"
　　　赵红　女，三十多岁，国强妻子，台企经理助理

〔幕启　舞台上办公室摆设：一张比较大的办公桌，桌后一把椅子，桌旁一个待客的双人沙发，沙发前有一茶几，茶几上有一整套泡铁观音的茶具

〔大林夹公文包，手执一副卷起来的对联，从下场门上

大林　（亮相，对观众）再有三天就过年了，（示手上的对联）嘿嘿，一位书法家朋友送我的对联！这可不能算受贿呀！（转身来到办公桌前，放下公文包和对联，电话铃响）谁呀？哼，（对观众）准是又要来泡我的好茶！（接电话）你好，这里是台商服务中心，哟，老陈呀，什么什么，咱们鹏达公司的外墙需要紧急修缮！你不是在和我开玩笑吧，这……这还有三天可就过年了，施工单位肯定不好找，好吧好吧，我尽力帮忙！（放下电话，背手焦急地走来走去）唉，这个鹏达公司呀，你说你的院墙什么时候倒不好，偏偏在这快过年的时候出问题，这……这可让我去哪里找人呢！（一转念）打仗亲兄弟，上阵父子兵，得，还是找我老同学吧，今天呢不管他愿意不愿意，一定要让他去把鹏达公司的外墙给我修上！（拨电话）

〔国强从上场门上，他兜里的电话响，取出看号，按拒接键，把手机重新揣回衣兜

大林　放下电话，这小子，敢不接我电话？！

国强　大林呀，是不是有什么好茶要送给我呀？

大林　（猛抬头）哟，说曹操曹操到，想同学，同学就来了，坐坐，尝尝我新买的好茶！（国强站着不动）喂，坐呀。

国强　你今天对我太客气了，我有点不习惯。

大林　你小子，有什么不习惯？

国强　是不是有什么事呀？你有话直说，可千万别跟我拐弯抹角的。

大林　没事，没事，今天找你就是泡茶聊天，嘿嘿，泡茶聊天！

〔二人坐到沙发上开始泡茶

国强　大林呢，你没事我可有事呀。

大林　（一摆手）别说了，不就是你老婆找工作的事吗，我放在心上呢。

国强　我老婆在家可是闲了两个多月了。

大林　（递茶给国强）很快就会有消息的，你老婆学历高、业务能力强，现在咱们这里台商企业多，找工作根本就不是问题。

国强　你是台商服务中心的人，你要是能亲自出马，哪个老板能不给点面子呀。

大林　那可不行，国强呀，台商是来咱们这里投资的，咱们要给人家提供好的投资环境，服务中心是为台商服务的！

〔电话响，大林去接电话

大林　老陈呀，你放心，我一个老同学，他就是一个施工单位的负责人，你别和我客气，咱们鹏达公司的事呀就是我们服务中心的事，我马上就跟我同学说，（国强听出点意思，站起身）我这位同学通情达理，精明能干，（这句话明显是说给国强听的）放心，我会说服他的！（放下电话）

国强　大林呀，你今天设的可是鸿门宴呀，快说吧，又有什么棘手的事情要我做？

大林　国强，咱们可是老同学呀。

国强　那还用说，我是你睡在上铺的兄弟。

大林　吃亏的事情我不能找你，不过，今天这个帮你可一定要帮。

国强　（二人重新坐回到座位上）好，只要不是杀人放火就行。

大林　连日阴雨，鹏达公司的外墙倒了一片，我想请你尽快帮

国强　（立刻站起）哟，这可不行，大林呀，别的忙我都能帮，这个忙我可帮不了，你……你另请高人吧。

大林　（也站起身）喂，我说你小子还认我这个同学不？

国强　大林，你这不是难为人嘛，还有三天就过年了，我手上的工人也已经走了一多半了。

大林　那余下的一小半呢？

国强　在鹰达公司赶工期呀！大林呀，鹰达公司春节后就要开工，工期也很紧呀！

大林　国强，这鹏达公司可是台商独资的公司呀，人家大老远来到咱们这里，人家是客，咱们是主，招待好客人是咱们闽南的传统呀，咱们大陆和台湾可是一家人呀，难道这些你小子都忘了吗？

国强　我一天都不敢忘呀，我奶奶现在还在台湾呢，过了这个年奶奶就九十岁了，她没有一天不盼着回家呀！（二人沉默）大林，我现在做的鹰达公司也是个台资企业。

大林　也是个台资企业？

国强　对呀，去年九八投洽会签下来的。

大林　喔，是这样，要不就算了，我再想想办法，来，咱们哥俩也有一段时间没见了，泡茶泡茶！

国强　（二人重新落座）嗯，大林，要不……要不你让鹏达公司派个人来，我们谈谈吧，看一看具体什么情况再说。

大林　（抬起头有点惊讶地看国强）嗯？

国强　快过年了，都不容易呀，院墙要是不修好，安全也就没保障呀。

大林　（一拍国强的肩膀，站起身）这才是我好兄弟！（到办公桌前打电话）喂，你好，鹏达公司吗，我是台商服务中心，请你们马上派人来我这里来谈一下维修院墙的事情，什么什么，已经派人来了？这个老陈呀，可真是个急性子，好，再见！（回到沙发坐下）

国强　（呷一口茶）大林呀，你这茶还真不错，正宗的安溪秋香。

大林　（笑）你小子，还真是识货，待会儿走的时候给你拿上几泡！

国强　那我可先谢谢了，（拿起碗盖嗅）嗯，不错不错，少有的好茶！

〔赵红一身职业装，抱文件

夹从上场门上

赵红　（进屋，先看到二人，笑）大林，国强。

大林　（二人一惊）哟，哪阵风把弟妹给吹来了，稀客稀客。

国强　（不满地）老婆，你……你来干吗，快回去……回去，工作的事我正跟大林商量呢，你有点耐心好不好。

赵红　喂，怎么了，这里你能来，我就不能来呀！

大林　（嗔怪）国强，你这是什么态度，来，弟妹，先喝杯茶！

〔赵红落座，国强生气地起身脸朝另一侧抱膀靠在办公桌上

赵红　（喝一口茶）大林，其实我今天来……

国强　（打断，冷冷地）快喝，喝完快走！

大林　国强！

赵红　（看了国强一眼）大林，其实我今天是代表鹏达公司来的。

国强　什么？你是代表鹏达公司来的？

赵红　对，我现在是鹏达公司的经理助理。

大林　你是鹏达公司的经理助理？

赵红　对呀。

国强　那就是说你已经有工作了？怎么没跟我说？

赵红　老公，对不起，其实我到鹏达公司也才一个星期，我是怕……怕……

大林　怕工作不稳定？

赵红　是呀，最近一段时间国强因为我工作的事情没少费心，我怕这一次又让他失望。

国强　老婆，你想哪儿去了？

赵红　我想等试用期满，签了合同之后再告诉你，老公，你不会怪我吧？

大林　这是天大的好事，还怪什么怪！来来来，坐下坐下，都坐下，先谈正经事。（和赵红在沙发上落座）

国强　（坐到茶几旁边的小凳子上）老婆。

赵红　（打断）要叫赵助理，回家再叫老婆，我现在代表的可是鹏达公司哟！

国强　好好，赵助理，赵助理，你知道，这快过年了，我手上的工人也走了一大半呀。

大林　国强也有难处。

赵红　这我知道，你的工人现在都在鹰达公司抢工期对不？

国强　就是就是，接你们的工程我还要和鹰达公司协调好了才行。

赵红　老公。

国强　叫周经理，回家再叫老公。

赵红 好，周经理就周经理，协调鹰达公司的事情我去办。

大林 你去办？你怎么办得了？

国强 开玩笑，你以为你当了助理就什么事情都能办了？

赵红 嘻嘻，（笑）其实呀，这鹰达公司是鹏达公司麾下的一个子公司。

大林 喔，怪不得，一个叫鹰达一个叫鹏达，原来你们也是一家人呐！

国强 其实咱们大陆和台湾也是一家人呢！

大林 说得对，大陆因为有了台商的投资而融入了新鲜的血液。

赵红 台商也因为有了大陆作依托，致富的道路才越走越宽呀！

国强 大林呀，事情发展到现在已经相当圆满了，我们也该告退了，你送我好茶的诺言是不是也要兑现了呀？

大林 好茶我可舍不得，我还要留着自己喝呢，嘿嘿，快过年了，对联我倒是可以送你们一副，（语毕，到办公桌前拿过对联，发给国强和赵红二人各一联，二人面对观众展开，大林念）同根同源，两岸手足亲兄弟；同祖同宗，一水难隔两地情！（打开自己手上的横批，念）早日团圆！

〔三人谢幕

〔剧终

极品夫妻

时间　一天傍晚
地点　眼镜家内外
人物　眼镜　男，三十多岁
　　　眼镜妻　三十多岁

〔幕启　舞台正中摆一桌两椅，桌上鲜花、水壶、电话、螺丝刀

眼镜　（从下场门上，戴眼镜，穿家居服，胳膊下夹着报纸，唱着"喜羊羊，美羊羊，红太狼，灰太狼……"上，坐下看报纸，念）七十岁老阿伯飞檐走壁，八十岁老大妈红杏出墙，闫凤娇艳照门风情万种，杜十娘为爱情彻底从良，唉，这小报也没什么正经消息呀，哎，有了有了，节约用电，熄灯一小时！这我支持，这个我绝对支持，现在能源紧张，汽油都比豆油贵，虽说核电站发电比较方便，但千万别遇上大地震呀，地震就会导致核泄漏，听说碘盐能抵抗，嘿，我老婆连夜排队抢了五百斤盐，结果呢，第二天就辟谣了，大伙说，娶了这样的老婆啊，啊，多，多……

妻　（系围裙、手拿擀面杖和"节电宝"从下场门上）多什么呀？
眼镜　（大声）多……多幸福呀！
妻　是真心话？
眼镜　当然是真心话，老婆，我谢谢你那五百斤盐呢。
妻　谢哪儿呀？
眼镜　先谢肩膀。（给老婆揉肩）
妻　然后呢？
眼镜　再谢腿。
妻　（以杖抵眼镜下巴，温柔地）老公，蜗牛是不是牛？
眼镜　（吓得站起来）是，是呀。
妻　村主任是不是干部？
眼镜　是，是呀。
妻　那，咱们俩谁是领导？
眼镜　你，当然你呀！

妻　那就好，给，把这个节电宝给我装到插座上！

眼镜　（接过来左右看）节电宝？这搞什么飞机呀？

妻　（抢过，对观众，广告）想节约用电吗？请使用节电宝，安全是我们的特点，节电是我们的宣言，节电宝，节电宝，居家旅行之宝！

眼镜　（接过）老婆，这哪弄的呀？

妻　早晨在菜市场花三块钱买的。

眼镜　（对观众）三块钱？这也太便宜了？三块钱不算多，买不了房子买不了车，旅游到不了莫斯科，老婆，你就是买个方便！

妻　好用不贵，家庭必备！卖家说了，把这东西接到插座上，通过它的过滤，可以节电50%，过去我们烧一壶水要五毛钱，现在有了节电宝，只要两毛五。

眼镜　老婆，这能行吗，咱可别让人骗了！

妻　早上在菜市场，人家五分钟就卖了八台。

眼镜　那不会都是托儿吧？

妻　（扬擀面杖）你才是托儿，少废话，快点安装，我一会儿就用它煮饺子！

眼镜　老婆，你看这电闸还没拉呢，你让我带电作业呀？

妻　是纯爷儿们不？

眼镜　是，是呀。

妻　是纯爷们必须带电作业，（摸头）很简单的啦。

眼镜　老婆，你听我说，这带电作业……

妻　（立了眼睛）嗯——，难道我的制裁你不害怕吗？

眼镜　怕，怕，那是相当地怕呀！

妻　怕就对了，灰太狼就是你的榜样，要向他好好学习！（下场门下）

眼镜　（暗对观众）喳——同志们呢，娶老婆可千万别娶红太狼呀！洞美调，洞美调，喂，有了！还是请表哥帮忙出个主意吧，人家是公务员，脑袋有文化，肚子里有墨水，我老婆最听他的话了，嗯，给表哥打个电话，（打电话）表哥呀，我是眼镜，你表妹又要对我施行家庭暴力了，对，非让我在插座上安装什么节电宝，还必须带电作业呢，（听）好，好，好主意，表哥，听你的！（从桌子上取过螺丝刀，到舞台后面站在凳子上佯装操作）

妻　（上）老公呀，弄好了没有

165

呀？

眼镜　老婆，在你的英明领导下，马上就好，马上就好，对了老婆，饺子你多包点，今天回家看到你以后我是又饥又渴呀！（下来）

妻　喂，老公，你怎么下来了！

眼镜　老婆，这就是你不对了，又让马儿跑，又不让马儿吃草。

妻　我不是跟你说了吗，饺子一会儿才能好呢。

眼镜　那我先喝点水不行吗？倒水！倒水！

妻　（倒水）给！喝完还得上厕所是不？

眼镜　嘿嘿，老婆，你太了解我了。

妻　老公，这水呀电呀，都得花钱，不节约不行呀。

眼镜　那是，（对观众）我老婆可是节水能手呀，我们家水龙头不关紧，一天一宿就能接一桶水，那水表还不转。

妻　你懂几个问题，人类的最后一滴水就是眼泪，你那IQ比兔子也强不了多少。

眼镜　老婆，水也是商品，用水就要交水费，你那么做是不对的，你那不是节水，是盗水。

妻　喂，你脑袋进水了吧，来，老公，我再给你加点。（直接拿水壶向头上倒）

眼镜　（挺着）老婆，谢谢你，自从喝了你的水，我整个人立刻清醒了许多！我去安装节电宝。

妻　这还差不多。（转身看报去了）

〔眼镜站椅子上安装，老婆看报，突然眼镜大喊大叫"救命呀，老婆，救命呀！"〕

妻　老公，你怎么了？

眼镜　（站在凳子上全身发抖）我遭电击了！

妻　（用擀面杖把眼镜打下来）老公，老公，你怎么样呀？你可别吓我呀（哭腔），老公，你快醒醒呀！

眼镜　（从地上爬起来，推开妻子，疯了）我是谁？我从哪里来，要到哪里去，今天的我还是昨天的我吗？（折一个侧手翻，抢过老婆手里的擀面杖，唱）你找个理由，让我平衡，你找个借口，让我接受，别说是一次放纵，而你却看不出我的感受，我好累，我好疼——（倒地）

妻　老公，老公，你这是怎么了，是不是让电击疯了？！

眼镜　老婆，我不行了。

妻　老公，你行的，你一直都很行。（抱住老公哭了）

眼镜　老婆，这次真的不行了。

妻　老公，如果上天再给我一次重来的机会，我一定砸烂那个节电宝，如果非要给砸烂加个次数，我想是，一万次！老公，你快醒醒呀，对了，打120。

眼镜　老婆，先不用打，先扶我起来休息一会儿。

妻　嗯，老公，你慢点。

眼镜　老婆（妻子扶老公坐到椅子上），节约用电是对的，但不是这种节约方法。

妻　老公，我知道错了。

眼镜　你那个节电宝我一看就知道是假的，如果是真的，还不早就去申请国家专利了，怎么会三块钱卖给你？

妻　是呀，老公，我糊涂呀。

眼镜　（站起身，对观众）老婆，节约用电的途径有很多，关键是要养成节约用电的好习惯，比如说人走灯关，杜绝长明灯。

妻　老公，这些我都记住了，老公！你醒过来了呀！

眼镜　啊，对，醒过来了。

妻　老公，你真的没事了？

眼镜　没，没事了。

妻　（突然抓起擀面杖打老公的头）好呀，你敢骗我！

眼镜　老婆，骗你不是目的，（边跑边说）关键是要教育你！

妻　（不依不饶追打）眼镜，看我今天晚上怎么收拾你！

眼镜　（不跑了）好了好了，老婆呀，快去煮饺子吧，我这晚饭还没吃呢！

〔谢幕

〔剧终

心 病

时间　现代
地点　心理诊所内外
人物　心理医生赵大宝（赵本山饰）　男，四十多岁，简称"赵"
　　　丈夫（范伟饰）　四十多岁，简称"范"
　　　妻子（高秀敏饰）　四十多岁，简称"高"

〔舞台上置桌椅、茶几、诊所牌子

赵　（医生打扮，对观众）各位乡亲，各位父老，下面播送个广告，本人虽说村主任落选，但思想工作还是要搞，在家开个心理诊所，专门治疗人的大脑。欢迎大家前来就诊，有钱给点没钱拉倒。临江村大明白心理诊所，主治医师赵大宝。电话洞拐洞拐洞洞拐，网址WWW坑你点大不了。

高　（上场门上）大夫，我看急诊大夫！
赵　呀呵，广告播出就上人了！
高　是，我听你做广告了。
赵　别信广告……
高　信啥啊？
赵　看疗效嘛！
高　（笑）哎呀，你真幽默啊大夫。
赵　不用说，你一定患有更年期紊乱综合征，来，张嘴我看看轮胎，不，我要看看舌苔。
高　大夫不是我看病。
赵　谁看？
高　是我家老头看病。
赵　你老头啥病？
高　我老头那病你都没见过，是这么回事。
赵　请讲。
高　前两天他买彩票中奖了，中了三千块钱，知道结果之后，他一激动，"嘎"一下抽过去了，住好几天院，差点没过去。

赵　哎呀。

高　啊，他出院以后又买彩票又中奖了，这把中的大，三百万大奖。

赵　完了。

高　我拿着彩票就找大夫去了，大夫说这我们可治不了，赶紧给他找心理医生。这病整不好容易过去啊。回去我跟他一说，我说咱得看心理医生，这家伙更坏了，就怀疑自己心里得啥病了，"嘎"又抽过去了，你说这可咋整啊。

赵　我听明白了，他中了大奖，你不敢告诉他，怕他犯病要他命。完事告诉他看心理医生，他顿时怀疑自己心里得了不治之症。

高　是！

赵　你这一共是，俩病！

高　呀，大夫，大夫你别管几个病，你要能把他病治好了我多给你钱。

赵　哎呀妈呀，提什么钱，这么俗呢！啊？不给钱就不看病了，这人都咋的了，张嘴钱儿闭嘴钱儿的，为人民服务、救死扶伤都给谁说的！你能给多少钱呢？

高　（笑）你要多少我给多少！

赵　待我前去会诊！

高　不用大夫，不用，我把我老头领来了。

赵　在哪儿？

高　在你家门口站着呢！

赵　在我门口站着？

高　啊！

赵　哎呀，你敢把一位三百万的富翁放在我门口站岗，看来你很有思想！

高　大夫真幽默，哎，我还得嘱咐嘱咐你，他现在就怀疑自己得了不治之症了，一会儿他进屋你给他看病时候千万别说"病"，哎，你要一说"病"保证"嘎"就抽过去。真的，你就跟他谈钱，你就想办法让他把这三百万接受了，我就谢谢你了！我先拜托了大夫！

赵　哎呀妈呀，还接个大活，你说这事。

高　（去上场门接范伟）快走快走。

范　媳妇儿啊，我这究竟是怎么回事你就跟我说呗，老折磨我干啥呀？

高　你一天老疑神疑鬼的，一会儿进大夫就告诉你了啊！

范　哎呀，这个折磨我呀。

高　大夫他来了！

赵　你好！

范　啊，不好啊大夫。

赵　初次见面，有失远迎，望请见谅！请坐！

范　哎！

赵　这个，你老娘儿们……

范　啊？

赵　你的太太把你的病情已经说了，说你就怕提"病"字，一提"病"字"嘎"就抽了。

范　（抽了）嘎！

赵　呀，还真准！来，把这火炉拿下来。

范　不行啊，我这心啊，拔凉拔凉的，我拿这个煾煾。

赵　你不要紧张，你根本就没什么病。

高　不摘就不摘吧，让他戴着吧。

赵　那行，那我们就开始治疗。谈话治疗啊。

范　啊？怎么个谈话治疗啊？

赵　不打针，不吃药，坐这就是跟你唠，用谈话的方式治疗，也叫"话疗"。

范　嗯，还得化疗，嘎，（抽了）嘎。

高　老头子，哎老头子。

赵　这病我可不看了，这啥玩意儿啊！大妹子我这还没看呢，你别整这事儿啊！

高　你咋的了你？

范　媳妇儿啊，完啦！大夫都通知我化疗啦！

赵　哎呀，"谈话治疗"是我的医……医疗术语，谈话治疗，简称"话疗"，"说话"的"话"。

高　大夫，我跟你说他胆可小了，你别用简称，你还是整全称吧你。

赵　好好，呵呵呵，你也是太脆弱了，那我看书疗，请坐！哎呀，这种病人可得注意啊。

高　来，看书疗，上那儿靠着点，来。

赵　坐好啊！下面请听第一个话题：母猪的产后护理，拿错书了。请听第一话题：萨达姆做好了战斗准备，这也不行，哎呀，我这知识啊都学杂啦！

高　（对范伟）你的病必须他给你治啊！

赵　啥知识都得掌握呀！看看这个话题：时间与生命。

高　这个好，大夫，这个话题好。

赵　别打岔，整没了。在岁月的长河中，人，好比天上的流星，来匆匆，去匆匆。"唰"说没就没啊！

范　喳，喳，喳……

赵　这我也没提"病"字儿啊！

高　你是没提"病"字儿，你直

赵 　接给我们整没了。

赵 　我的意思啊，就是我讲的是生命起源，你活这一回呀，我得让你知道你是怎么来到这个地球的。

范 　大夫啊，我不想知道我是怎么来的，我就想知道我是怎么没的。

赵 　那我就告诉你究竟是怎么没的！

高 　大夫咱别老说"没"，咱说活着多好。

赵 　好，咱就说"为什么活着"。

高 　对对！

赵 　好，这个话题好！人，为什么活着呢？简单说为了一个字，为了一个"情"。兄弟，你就活错了，三千块钱奖金你就能抽过去，你不觉得这小风抽得该有如此荒诞吗？想开吧，说：人生在世屈指算，一共三万六千天。家有房屋千万座，睡觉就须三尺宽。总结起来四句话，说：人好比盆中鲜花，生活就是一团乱麻；房子修得再好，那只是个临时住所，这个小盒才是你永久的家呀。

范 　噎，噎。

高 　哎，哎，老头子，哎，你看你咋的了你呀。

范 　他说得太吓人了。

高 　你看大夫说得多好，你就听不进去，人大夫那意思是说呀，人生在世屈指算，顶多能活三十六天。

范 　噎，噎。

高 　大夫你也是，你前面说得挺好，你最后给他整到小匣里去了，连我都崩溃了。

赵 　大妹子，改道吧，莫不如来个崩溃疗法！

高 　崩溃疗法？

赵 　让他绝望，才感觉有希望！

高 　绝望？

赵 　配合我一下子，一会儿你就……（对高耳语）

高 　哎呀妈呀，这样行啊？

赵 　快去。

高 　老头子，（装哭）呜呜，真的我都不想告诉你了。

赵 　告诉他吧。

高 　你这病啊，真的，从前在感情上我对不起你，我动不动就让你受气，隔三岔五还使用点家庭暴力。真的，从今往后剩这点日子我好好对待你，老头子我好好对待你啊！

范 　媳妇儿，媳妇儿你别说了！你在感情这方面没必要向我道歉，因为在感情上，我曾经做过对不起你的事儿啊！

赵　我的妈呀，还有意外收获！

高　别说，走咱回家说去。

范　不，我必须要说！

赵　说，说破无毒，这是排毒阶段。

高　那你说吧。

范　就在我们俩刚结婚的时候，有一次你回娘家，完了我处的第一个对象就上我们家去了。她进去一把就把我的手攥住了！当时，我是控制、控制再控制，媳妇，对不起我没控制住！

高　你咋的了？！

范　噎，抽过去了。

高　你真抽了吗？

范　我，我真抽了。

高　妈呀，有这好事你还能抽啊你啊，糊弄谁啊！

范　我真抽了我。

高　你说你把她领家里，大哥，他把那人领家里，我这心算完了，拔凉拔凉的啊！哎呀妈呀！你哪能，哎呀妈呀，你哪能把她领家去啊！完了大夫。

赵　冷静冷静，冷静冷静。

高　哎呀妈呀，完了。

赵　大妹子，我给谁看病呢，嗯？

高　不是，大哥你说。

赵　他都这个身价了，这个时候说出这种话你怎么就不能原谅呢？

高　大哥，这么的，我也不追究了，你让他告诉我那女的是谁，她是干啥的！

赵　好，你要冷静！

高　妈呀，完了。

赵　你老伴现在让你告诉她那女的是谁，在哪儿住着呢，告诉她一声，没关系。

范　我只能告诉你她姓郝，嫁了个村主任叫"赵大宝"。

赵　姓郝，嫁个村主任叫——

高　啥？

赵　我媳妇儿，我媳妇儿啊！

范　我不知道啊，我要知道……

高　大哥呀！

赵　我媳妇儿呀！

高　大哥！

赵　哎呀哎呀，我这还叭叭给人上课呢，你说我咋摊上这么个事呀！大妹子，我这心呢，哇凉哇凉的啊，大妹子，我这人啊，不是那种看不开事的，对钱这事无所谓，但对感情，（转对范）你抽过去了是吧？

范　我……我抽了，我……我都吐沫子了我。

赵　没关系，这页揭过去。

高　对！

赵　不抽也没事，初恋，根本不

懂爱情，谈下一话题！

范　哎呀，哎呀！

高　大哥可太大度了！大哥你要这样你真是爷儿们！

范　爷儿们！

高　纯爷儿们！

范　纯地！

赵　坐好了，听爷儿们给你谈下一话题！假如，（转对范）你真抽了吗？

范　我抽了，我绝对抽了！

高　他抽了。

范　我抽的啥都不知道了。

高　他不瞎说！

范　我绝对地。

赵　好，好好，怨我啊，嗯，我是大夫啊。谈下一话题：假如，（转对范）你说你抽谁相信呢！

高　他真抽了！

范　我真！

高　大哥问你抽没抽！

范　我对灯发誓，我绝对抽了！

高　他发誓了，这事就过去得了，大夫。

赵　Sorry！不抽也没事，Sorry！Sorry！谈下一话题！假如——（看范）

范　大哥我抽了我！我绝对抽了我！

高　（对赵）你再这样我都抽了。你快给他看病吧，咱把这事掀过去。

赵　咱们都冷静冷静。

高　是！

赵　好，假如，再给你重新活一次的机会，你还会把钱看得那么重吗？

高　大夫问你呢。

范　哥呀，现在我什么都想开了，钱算什么呢，它跟生命比起来简直是一文不值啊！如果苍天再给我一次机会，哎，再给我对付几年，啊！我一定把感情放在第一位！别说是三千块钱，就是三万、三十万、三百万，我也会微微一笑，绝对不抽！

赵　告诉他！

高　老头子我实话跟你说，你啥病都没有，你买那彩票又中奖了。

范　嗯？又中多少啊？又中三千呢？

赵　看这儿。

范　三百啊？

赵　后面加一个"万"字连上念。

范　三百……万？噎。（站不稳）

高　妈呀，我老头子要倒，快点的大夫，快点！

赵　One！Two！Three！Four！Five！恭喜你终于没被金钱

所击倒！兄弟，向哥学吧，把钱看淡一点。哥什么都没有，但是活得很快乐嘛！是不是？三百万就当没有这事。

高　对！

范　你不光治了我的病，你还救了我的命！媳妇儿！

高　哎！

范　三百万归我支配好不好？

高　哎呀老头子，只要你没啥毛病你都说了算！

范　好，拿出一百万，咱们赞助学校，咱们赞助敬老院！

高　行！

范　剩下的两百万，咱哥俩一人一半！

高　他要给你一半。

赵　给我一半？噎，噎，噎。

高　呀！大夫！

范　哎呀！

高　快点的，哎呀，快点，大夫来！（推来轮椅）

范　One！Two！哎呀，三。

高　快点快点，快点上医院，大夫！

范　四！五！

〔剧终

（与何庆魁合作）

外来工

时间　大年三十的傍晚
地点　火车站前的一个小餐馆
人物　夫妻　外来工,三十多岁
　　　餐馆的老板娘　三十多岁,简称"老板"
　　　工商执法人员　三十多岁,简称"工"

〔舞台上餐厅摆设:一圆桌,桌上一个空的雪碧瓶,桌边两椅,后置屏风,LED大背景屏为"火车站"

〔外来工打扮的夫妻从上场门上

妻　(先上)老公,快走呀,人家都4G了,你还用蜂窝呢;人家都奔驰了,你还骑自行车呐。

夫　(跟上,唱《败家娘儿们》)刚给你买了挨凤五,你就要五挨司,看人家有了挨凤六,你又要扑拉司!

妻　好了好了,别磨叽了,快点快点!

夫　平时我是有速度的,但今天真不行了。

妻　作为男人,你不能说不行。

夫　老婆,真不行了,最近抢工期,下午在工地把腿给磕破了。

妻　(看牌匾)到了,就这家小餐厅,去年的大年三十咱们来过。

夫　等等。

妻　等什么呀,你又心疼钱是不?今天吃饭算我的。

夫　你的也是我的,咱们两口子还分什么你的我的,我是说呀,咱一会儿不急着点菜,咱得看看还是不是去年那个帮过咱们的老板娘。

妻　行,你说得对,不急着点菜,说不定换老板了呢,(二人进屋,对内)来客人了!来客人了!

夫　大年三十了,谁不回家过年呢,不可能营业了!老婆,要不咱走吧。

老板 （从屏风后出）来了，来了。

妻 还营业不？

老板 当然，通宵营业，就在这儿过年了！

夫 老板娘，还认识我们不？

老板 （打量）认识认识呀，你们不就是去年回不去家的那对外来夫妻吗？

夫 好眼力，正是我们！（去握老板娘的手）

妻 （吃醋了，装咳嗽）嗯！

夫 （放开手）小心眼儿。

妻 老板娘，今年我们有钱了。

夫 对，是来你这消费的，也看看你。

妻 （瞪了老公一眼）是他要看看你，（转对老板娘）老板娘，去年包工头拖欠的工资，厦门市政府在今年年初就给先期垫付了，那个包工头也被抓了，今年呢，形势一片大好，我们俩攒了五六万呢。

夫 是呀！（回忆起去年的事，又来拉老板娘的手）谢谢你呀，去年欠你的饭钱我们一会儿就补上。

妻 （用空水瓶打老公头）补就补，你拉人家手干吗！你给人家弄脱皮了你赔得起嘛，大妹子，你防着他点，拉他那手，容易受伤。

老板 啊哈，没事，我这也是干活的手，今天切，明天烫的，基本也没什么感觉了。

夫 嘿嘿，（观察老板娘的手）妹子，你那是刀伤，我这是硬伤，都属于红伤，咱们俩同病相怜呢！

妻 （吃醋）好了，好了，说正经的吧。

夫 老板娘，去年的饭钱肯定要给。

妻 你这人可真磨叽。

老板 去年我就说过，咱们都是外地人，都是来建设厦门的，算我请客。

夫 那事一会儿再说，老板娘，今年我们有钱了，来吃顿好的！

老板 有钱了怎么不回家过年？

妻 新工地，福利好，也把工人当回事，我们是自愿留下来的！去年回不去是因为没钱，今年不回去，是奉献！

夫 来，老板娘，点菜！

老板 好咧！

夫 土豆烧牛肉，清蒸皇帝鱼，一瓶高粱王，两瓶大哈啤！

妻 不行不行，你那个不行。

夫 怎么我就不行！

妻 你听我的，我要蒜蓉开边虾、鲍鱼焖龙虾、韭菜炒河虾、水煮斑节虾!

夫　这也太多了吧，吃不了呀。

妻　吃不了兜着走，打包。

老板　太浪费了吧，你们两个人吃不了四个菜，还有，你看你点的都是虾。

夫　老婆，你不总说肥肠是你的命吗?

妻　有大虾我就不要命了，今天都得听我的!

老板　大妹子，咱们都是农民出身，是苦日子过来的。

妻　咱不是有钱了嘛。

夫　有钱也不能任性!

妻　闭嘴!

老板　咱农民工赚点钱容易嘛，晴天一身汗，雨天一身泥。

夫　咱背井离乡出来打工，把土地和孩子交给爹娘，不就为了亲人们能少受点罪，多享点福嘛!

妻　闭嘴!今天过年我说了算，我要听喜庆的话!

夫　好好好，今天你说了算。

老板　(叹气)唉。(转身下到屏风后面)

妻　跟老板娘一唱一和的，你们是早就认识?

夫　哪儿呀，老婆。

妻　是不是有钱了想学坏?

夫　老婆，就咱那点钱想学坏还差得远呢!

妻　想包小三是不?

夫　包什么小三，我就是有那财力也没那精力呀!再说了，你知道包个小三得多少预算吗?

妻　多少，看来你有这方面经验。

夫　一个月最少五千，而且还只能是农村的，年纪一般在五十岁以上。

妻　别磨叽了，手机给我，我往家里打个电话。

夫　不给，发个微信算了，长途多浪费钱呀!

妻　小气鬼。

夫　给。(把手机递给老婆)

妻　(打电话)闺女呀，爸妈在厦门挺好的，你要听奶奶的话!好好学习呀!

夫　给我，给我。

妻　(收线)挂了，一会儿再打，气死你。

夫　你!

老板　开边蒜蓉虾来了!

妻　我先来一只尝尝(吃一只虾)，不错不错，对了，忘了问价，多少钱一盘?

老板　38。

妻　不贵。

老板　一只。

妻　啊，不要了，不要了。

老板　你已经吃了一只了，而且我

们是售出不退。

夫　你看你，我就说你不是好嘚瑟嘛！

妻　你……你这也太欺负人了！

老板　韭菜小河虾也好了，我这就去端。

夫　老婆，还有三道虾，特别是韭菜小河虾，那要是论条算，咱们俩都得倾家荡产呐！

妻　（生气，看背影）我，我要告她！我……我打12315，我要找工商局。

夫　今天大年三十，工商局还能有人了吗？

妻　初一才放假呢，工商局肯定有人。

夫　先别打，（抢电话）咱合计合计。

妻　不用合计，我今天必须告她！

工　（工商局管理员着装上）告谁？

妻　嘿，说工商，工商到，就告这家的老板娘，她们家的虾，是……是38一只！

夫　大兄弟，你别听她胡说，她有病，老婆，人家开玩笑也说不定，你冷静点吧，去年咱们被拖欠工资回不去家，三十晚上还不是人家请咱们吃了顿年夜饭？这不像她的气质！

妻　女人最了解女人，她变了，已经从杜十娘变成了潘金莲。

夫　那不一回事吗？

妻　那可不是一回事，杜十娘虽败犹荣，潘金莲节操稀碎稀碎地！

夫　（对工商）领导，你别听她的，你看她那气质。

工　我不是领导。

夫　对，她有病，我们家是养大鹅的，她，禽流感！

工　大姐，人家说不定真是开玩笑，再说了，不是还没结账嘛！

夫　对，人家肯定是开玩笑。

妻　肯定不是开玩笑，刚才我点菜的时候她就阴阳怪气的，一会儿说我菜点多了，一会儿说我点贵了，对，你拉她手她还说没感觉，只有潘金莲才能没感觉。

夫　你怎么知道没感觉？

妻　什么感觉，感觉好吗？（拿水瓶拍老公头）

夫　唉，你真是有病。

工　好了，好了，大姐，放心，我就是工商局的，她们家要真是黑店我肯定饶不了她。

老板　（端菜上）韭菜炒河虾38。

妻　你看你看，又是38，一只对不？

老板 对，38一只。

妻 领导。

工 我不是领导。

妻 你看见没有，你听见没有，38一只，刚才她亲口说的。

老板 好，你数数吧，看看要付多少钱？

夫 我……我刚才数了一下，开边蒜蓉虾一共20只，要760，这盘还没数。

老板 好，这桌饭菜你们一共给个整数，一千块，（对工商）兄弟，你看，这价格还合理吗？

工 我看合理。

妻 好哇，你们是一伙的！我真是傻了，竟然还痴心妄想让你给我们做主。

夫 兄弟，咱当领导可不能昧良心呢。

工 我不是领导。

夫 现在的局势不比从前，不好好干会被双规呀！

妻 什么也别说了，他们是一伙的。

〔老板娘和工商一起大笑

老板 这是我弟。

工 这是我姐。

合 我们当然是一伙的了。

老板 好了，快拿钱吧，整数一千块。

工 姐，别开玩笑了，大过年的，别真把人惹生气了。

老板 （对妻）大姐，你们误会了，我刚才真的是开玩笑的，我是想告诉你们，（音乐起）咱们外来工出来打工赚钱不容易，还是要节省点花，家里的老人孩子还指望我们挣的钱过日子呢。

工 是呀，我跟我姐也是外地人，也有三年没回老家了。

老板 咱们都是厦门的外乡人，每到过年的时候就特别想家，去年的今天你们俩因为被拖欠了工资，有家不能回。

夫 （悲伤地）当时我们只想到火车站来听听汽笛声，听听乡音，找找回家的感觉。

妻 碰巧走到你家，你得知情况后，不但没嫌弃我们，还和我们一起吃了年夜饭。

夫 （急切地）老板娘，今年我们有钱了，连同去年的饭钱，我们两餐一块给！不过千万别38一、一……

老板 哪一餐我也不要，今年还算我请，你们明年来，我还请，虽然咱们都是外地人，但久了，我们早就把厦门当成故乡了，回不去家，不要紧，我们的心已经回了，我们的情，已经回了！

〔新年的钟声敲响，电话铃

也响

工 （接电话）爸，妈，我跟我姐都挺好的，我们今年还在厦门过年，厦门天气可好了，一点儿也不冷。

夫 （接电话）爸，妈，我跟小凤都挺好的，我们今年还在厦门过年，厦门天气可好了，一点儿也不冷。

老板 （抢过弟弟电话）爸，妈，我有男朋友了，明年过年一定给你们带回去。

妻 （抢夫电话）爸，妈，国家允许生二胎了。

夫 （抢电话）明年一定给您带回去！

〔音乐急强

合 （对观众）爸，妈，我们在厦门挺好的，厦门一点儿也不冷！

〔歌曲，《月光》
〔剧终

彭厦情

时间　2008年7月里的一天
地点　地震灾区彭州白鹿镇厦门测绘援建工棚
人物　林大刚　男，三十多岁，援建队员，简称"大刚"
　　　林妻　三十多岁
　　　小强　男，三十多岁，林刚同事，援建队员

〔舞台正中一简陋长条桌，一个菜笼罩着上一餐剩下的饭菜，桌两侧各一把折叠椅，椅背上搭着一件雨衣，舞台左侧偏后方有一个三脚衣架

〔妻子哼着歌，手拎两个大袋子，撑雨伞上

林妻　（进屋，放下手中的东西，雨伞放到舞台后区支好，环顾四周）哟，这工棚是住人的地方嘛，外面下大雨，屋里下小雨，外面刮大风，屋里刮小风，嗯，可倒是省了电风扇了，（转对观众）同志们，灾后重建不容易，看来我老公不远万里，从厦门来到这彭州白鹿镇还真是吃了不少苦头呀，（对观众）什么什么，来干吗？告诉你吧，为了支援地震灾区建设，我老公所在的厦门土房局组建了一支测绘援建工作队，到咱们白鹿镇对口援建已经来了十几天了！（到桌边揭开菜笼）哟，这是什么伙食呀，简直惨不忍睹。（把几个碗叠好放到旁边的地上，再用笼罩好，从自己带来的袋子里取出一样样的好东西，有烧鸡、水果，最后取出一罐头瓶黄色的菊花摆上了桌，然后到一边观察自己的战果）嗯，这还差不多！（打电话）喂，喂，老公呀，你回来了吗？我已经到了！

大刚　（穿雨衣，戴帽子，边接电话边跑上）来了，来了，我都已经到门口了，两边都是

漫游，多贵呀！（收线，看到老婆）老婆，亲爱的，见到你我真是太高兴了！（欲拥抱）

林妻　（躲）雨衣雨衣，湿湿的呐！

大刚　哟，可不是，（脱雨衣，挂到衣架上，再一次欲拥抱老婆）老婆，你可想死我了。

林妻　喂，喂，注意点影响，（指台下）那边还有未成年人呐！

大刚　（笑）嘿嘿，和谐社会还真不能乱来，老婆大人，您什么时候到的？（边说边坐到桌左侧的椅子上）

林妻　刚到，早你十分钟。（把椅背上的雨衣挂到衣架上）

大刚　哟，这花不错，多少钱买的？

林妻　全球经济危机，省点钱吧，路边采的。

大刚　不是告诉过你吗，路边的野花不要采！

林妻　（叹气）唉，这里曾经是多么美丽的地方呀，一年前我还到这里旅游过呢，那可真是鸟语花香，山高水长呀，可现在你再看看，唉，都让这可恨的地震给震没了！

大刚　（转移话题）老婆，爹妈身体都好吧？

林妻　地震中受的伤已经基本痊愈了，只是彭州家里的房子倒了两大间。

大刚　老婆，你从厦门到彭州照顾爹妈已经两个月了，这段时间真的是辛苦你了，你看，我工作比较忙，也没有帮上你。

林妻　老公，别说了，这次地震是咱们国家的一次大灾难，这个时候我们肯定要舍小家，顾大家呀！

大刚　是呀，老婆，前几天我们局长都亲自来到这里为我们鼓劲呐！

林妻　（发现老公头上的帽子）老公，进屋好一会儿了，怎么还不见你摘了帽子。（欲动手，被老公挡开）

大刚　不敢劳驾您，一会儿我自己来。（但是并没有摘帽子）

林妻　老公，你最近瘦了。

大刚　是呀，老婆，这不正是你朝思暮想的大好事吗？（站起身）在家的时候，你天天劝我减肥，天天要给我打掉将军肚，（摸肚子）对了，你还给我取了个外号，叫小猪乖乖。

林妻　是呀，我还给你买过减肥药呢，（摸老公肚子）现在看来这笔钱可以省下了，来，

	老公，吃个苹果，（林刚接过大口吃）增加点营养，最近累坏了吧，人都瘦了一圈。
大刚	还行，一天工作十几个小时，白天干活要和大雨抢进度，晚上睡觉要和蚊子作斗争，吃饭躲不开红辣椒，纯净水使用要限量，老婆，你可别嫌弃呀，我都十来天没洗过澡了。
林妻	天呀，真不容易，对了老公，在厦门你不是最喜欢吃川菜吗，这次饱了口福了吧？
大刚	什么呀，胃病都快辣犯了。
林妻	是呀是呀，你说这能不瘦吗，老公，这帽子你还摘不摘了，我看着你怎么觉得这么别扭呀！来，我帮你。
大刚	（放下苹果）等等，这是我们队长送我的，不能随便摘！
林妻	队长送的？还不能摘，你就那么听队长的？
大刚	是呀，队长让我往东我绝不往西，队长让我打狗，我绝不骂鸡，队长就是心里的卫星，队长就是我梦里的神七！
林妻	你们队长他不是人呀！
大刚	喂，你敢骂我们队长。
林妻	他是神哪！来，把帽子给我摘了，我看着不舒服。
大刚	不行，队长不让，（二人争执期间，林刚电话响，跑到舞台一侧打电话）喂，对，是我，（神秘地）不行呀，我不能去你那里了，我老婆来了，（老婆跟着听）要不晚上，晚上吧，我晚上去你那边睡，这……这总可以了吧？（神秘地收了线）
林妻	老公，刚才谁的电话呀？
大刚	嗯，队……队长。
林妻	你们队长不是男的吗，怎么我听电话那头是个女的？
大刚	队……队长是男的，电话那头是……是他老婆。
林妻	队长把老婆也带来了？
大刚	啊，是呀，他老婆是志愿者，再说了，你这不是也来了吗，嘿嘿。
林妻	嗯，我还听你说晚上要去她那边睡？
大刚	啊，对，队长老婆对我们可好了，她住的地方没蚊子！
林妻	（突然大喝一声）林大刚！我离开家才两个月，你就有了相好的了？
大刚	不，老婆，你听我说。
林妻	你来彭州是来测绘援建呢，还是来灾区重组家庭呀，是不是川妹子比我漂亮多了！

大刚　老婆，这……这你可冤枉我了！

〔小强风风火火上

小强　大刚，大刚，到处找你呢，（发现林大刚妻）哟，嫂子来啦。

林妻　小强啊小强，别叫我嫂子了，我马上就下岗了，你很快就有了新嫂子了。

小强　大刚，这怎么回事呀，嫂子，大刚他不是那样的人呀，再说了，换嫂子这么大的事我怎么不知道。

林妻　就刚才，一个女的来电话，大刚答应人家晚上过去睡觉呢。

小强　哈哈哈，嫂子，你误会了，我敢肯定，刚才打电话那女的是医院的大夫，她是在找大刚回去住院观察的！

林妻　什么？住院观察。

小强　今天上午在测绘现场遇到山体滑坡，山上滚落下来的石块砸碎了大刚的安全帽，也砸伤了大刚的头呀！

大刚　小强！（使眼色）你瞧瞧你这张嘴，不是让你替我保密嘛！

小强　再保密你过得了这一关吗，嫂子那边已经无限上纲了，（过去摘了大刚的帽子，露出白色的纱布）嫂子，大刚听说你到了，他在医院里包扎了一下就偷偷跑出来了，我来找他也是要让他快点回医院。

〔音乐起

林妻　（激动地接过小强手中的帽子，来到大刚面前）老公！我错怪你了，你别生气，不过你受伤的事情也不应该瞒着我呀。

大刚　老婆，瞒着你是怕你为我担心，这灾区的情况你也都看到了，这里来灾后重建的兄弟们都不容易，不是我一个呀，再说了，我这点伤也确实不算什么，这和灾区人民受的苦、遭的难比起来，真的不算什么，（转对观众）地震太残酷了，特别是到了彭州之后，身临其境就又有了更深刻的感受。

林妻　（拉过丈夫的手）是呀。

大刚　我们是代表厦门到灾区来的，主要任务是帮助灾区重建家园的，我不想再给灾区人民添麻烦了，老婆，你知道吗，那医院里住的病人哪个不比我伤得重呀，我，（说不下去了）唉！

小强　（缓缓地走过来）嫂子，这里的工作环境确实很艰苦，每一天都有大大小小几百次余震，我们做测绘工作有时候站都站不稳，地上有钉子，山上有石块，受伤的队员不止大刚一个，但是大家心里的想法是一样的，那就是争取把灾区早一天建设好，让灾区的人民早一天过上好日子呀！

〔音乐渐强

林妻 是呀，老公，你代表厦门在彭州所做的一切我都知道了，咱们大家的辛苦和艰难也只是暂时的，只要咱中国人永远都把手拉在一起，把心连在一起，就不怕什么天灾人祸，只要咱中国人永远都一方有难，八方支援，那就永远都没有咱们蹚不过去的河，就永远没有咱们爬不过去的山！

〔三人在台前站成一排，手拉在一起，定格

〔剧终

圆　梦

时间　2017年最后一天
地点　圆梦婚纱影楼
人物　老大爷　七十多岁，简称"大爷"
　　　小于　营业员，二十多岁
　　　婷婷　二十岁
　　　老板　三十五岁

小于　（打电话）黄太太您好，我是圆梦婚纱摄影的小于，作为本店的VIP，我们为您量身定制了一套超豪华写真套餐，外加超豪华大礼包，啊！您同意了，好的好的好的好！嗯嗯，你放心，包您满意，黄太太拜拜！哈哈，搞定！
大爷　哎！总算是到了，圆梦婚纱摄影，对，就这啦！
小于　欢迎光临圆梦婚纱摄影，大爷有什么可以帮您的吗？
大爷　我是来拍婚纱照的。
小于　欢迎欢迎！你是为自己还是为家人啊？
大爷　我跟我老伴拍。
小于　太好了，大爷，您请坐，您喝水！
大爷　好好好，唉！闺女，您帮我看看这票还能用不！
小于　好的！我看看，哎哟！大爷您来得太巧了，您这张优惠券啊还能用，而且是今天的最后一套。
大爷　哦，最后一套，好好！（喝水）走了十几里山路，还真有点渴了。
　　　〔夫妻俩上
婷婷　老公，你倒是快点啊。
老板　催什么催，这不是来了嘛！
小于　欢迎光临圆梦婚纱摄影！两位是来拍婚纱照的吗？
老板　不……不是。
婷婷　是……就是！
小于　呵呵，首先恭喜两位即将走进婚姻的殿堂。两位请坐。
老板　婷婷，这婚纱照咱能不能不拍？
婷婷　不能，咱不都说好了吗！

大爷　闺女！

小于　大爷您喝水！喝水！先生、太太，这是本店优惠套餐，588、5888、15888、55888。

婷婷　别介绍了，我就要最贵的！

小于　呵呵！好，太好了，55888！太太您太有眼光了。

婷婷　小姐，你看看这张券还能不能用？

小于　太太，您的运气太好了，这是本店今天最后一套，还附送豪华精品大礼包。

婷婷　谢谢，请尽量快点安排！

小于　好的。大爷，您看好了吗？

大爷　我看这个就挺不错的。

小于　啊？588？（打量一个婷婷）大爷，您……您明天再来吧！

大爷　明天？那怎么能行？闺女，你是不知道啊，我今天可是走了几十里山路，好不容易才找到这儿，你让我明天再来，我怕我这把老骨头是撑不住啦！

婷婷　小姐，安排好了没？

小于　好了好了！已经好了！大爷，您先坐着，等一等啊。

老板　婷婷，咱们明天，明天我们就——，唉，你为什么非要拍这婚纱照呢？咱不拍行不行？

婷婷、小于　不行！

小于　太太，我们圆梦婚纱摄影全市价格最低、服务最好、质量最高，50岁能拍成20岁……就您这底板儿，保证让您青春永驻、无怨无悔，各部门准备，开拍！

老板　小姐，你听我说，我们今天路过，只是进来看看！婷婷，过来！

小于　哎呀，先生，您听我说，拍婚纱照对于一个女人来说是多么重要啊，将记录一个女人美好的青春，铭刻一个女人美丽的容颜，见证你们永恒的爱情！所以这个婚纱照啊……

婷婷、小于　一定要拍！

小于　各部门准备，开拍。

大爷　姑娘，我也是来拍婚纱照的，而且我是先来的，按道理也应该我先拍。

婷婷　大爷，您这么大年纪了，还拍什么婚纱照啊？

老板　婷婷，你就别闹了，我们就更没有理由拍婚纱照了！

婷婷　理由？我爱上你的时候有理由吗？

老板　我知道，可现在情况不一样了。

婷婷　唉，是不一样了。（音乐起）认识你时我们刚从农村来到城市，在一个工厂里辛辛苦苦地上班，每个月花两百块钱租民房住，那时候，我们舍不得花钱去饭店，舍不得花钱买新衣服，甚至舍不得花钱看一场电影，我最快乐的记忆就是看着你下了夜班以后，狼吞虎咽地吃着我给你做的家常菜。

老板 婷婷，那都是过去的事了。

婷婷 老公，过去你是那样爱我，你说等有了钱，要让我做天底下最幸福的女人，现在，条件好了，可我们却再也回不到从前了。

老板 婷婷，明天我们就要去办离婚手续了，现在还说这些有什么用，以后……以后你也不要再叫我老公了。

婷婷 老公，喔，原谅我，今天，就让我再叫你一声老公吧，（苦笑）叫一声，少一声了。

老板 （感动）婷婷，别说了。

婷婷 不，我要说。如今，你有更广阔的天地，我拦不住你，我也不想拦你，老公，答应我最后一个要求，陪我拍完这一张婚纱照吧！

老板 婷婷！

大爷 （拭泪）闺女，你们俩的事情我都看明白了，今天我不拍了，就把这个机会让给你们吧。

老板 不，大爷，我们还年轻，有的是时间，今天还是您拍吧。

小于 不行，大爷，今天还是让先生和太太拍，改天啦，我给您打折！同时提供最优质的服务。

老板 小姐，我们不拍了，大爷大妈年纪大了，来一趟不容易，还是让他们拍。

小于 （惊）大爷，您不是说大妈也来了吗？您一个人怎么拍婚纱照呀，您这不是瞎捣乱嘛！

婷婷 是呀，大妈她人呢？

大爷 姑娘，你大妈，她真来了，（音乐起）她跟着我，走了十几里山路，她来了，我们年轻那会儿，家里穷，没这条件，你大妈跟我吃了一辈子苦，没过上几天舒心日子，可她也是个女人啊，她最羡慕的就是城里年轻人拍婚纱照！手挽着手，肩并着肩，穿着白色的婚纱，多漂亮，多幸福啊！（掏出一个相框）老婆子，你活着的时候我没有好好珍惜，可现在，唉，说什么都晚了，老婆子，你的梦，没能给你圆，不过没关系，咱再等

婷婷 等，再等等，啊！
大爷，还是您跟大妈拍吧，我们不拍了！

小于 不，都要拍！都要拍！明天就是2018年了，为了新的一年，为了美好的明天，来，我们大家一起拍！（造型，场灯频闪）

〔剧终

幸福在哪里

时间　现代
地点　街道公园，供游人休息的长椅
人物　阿强　未婚男性，财政干部
　　　阿美　未婚女性，阿强相亲对象
　　　阿丽　未婚女性，阿强相亲对象

〔音乐弱起

解说　身边走过一千个人，我能清楚地辨出你的声音，因为九百九十九个人踩着的是大地，而你踏着的是我的心。他们只是时光的过客，而你却是伴我一生的人。
是你吗？多少人在追问，真的是你吗？多少人在探询！看，又有一对年轻人，为了寻找幸福走进了这朦胧而又暧昧的黄昏！

〔音乐渐收，时尚女从上场门上

阿美　（东张西望地走到双人椅前坐下，打开包包补妆，扫眼皮、涂口红、画唇线，然后看手表，站起对观众）嘿，说好6点半，这都快7点了，怎么还不来？见过不守时的，没见过这么不守时的。关系还没确定呢，就这么放肆，要是结了婚还不得对我实行家庭暴力呀，哼，等会儿肯定要好好教训教训他！（电话响，接听）喂，好了好了，（不耐烦地）我早到了，等你快半个钟头了。（收线，对观众）嗯，估计是在家里看《蜡笔小新》呢！

阿强　（从下场门跑上，拎着方便袋）Sorry，拍赛，对不起，阿美，让你久等了。

阿美　给个理由先。

阿强　阿美，我们财政系统你也知道，每个月都有几天特别忙。

阿美　（打断）又是加班对不对？

阿强　对，对，小加了一会儿？

阿美　我还为你到泥石流灾区当志

愿者去了呢！

阿强　当志愿者能不先跟你打个招呼吗？

阿美　这么说我很重要啦？

阿强　那当然，阿美，虽然我们认识不久，但我还是被你的美貌和才华所吸引，你身高一米六五，体重九十八斤，（对观众）你兼有房地产、航天双博士学位，参与设计过鸟巢、水立方、太空服，精通英法德日韩五国外语，直接策划过奥运开幕式，指挥过翟志刚太空漫步。

阿美　好了，好了。

阿强　（继续）你热爱祖国，热爱人民，对党无限忠诚。

阿美　（打断）好了好了，别夸我了。

阿强　这是介绍人说的呀？诶，对了，阿美，喝饮料，（从方便袋里取一瓶饮料给阿美，阿美接过，打开把瓶盖扔到脑后）喂！（赶快跑去捡起）这样不卫生！

阿美　你是想看看中没中奖吧？小气鬼。

阿强　不是，（看手里的瓶盖）啊！再来一箱！

阿美　（惊喜）什么！再来一箱！发财了！

阿强　嘿嘿，阿美，开玩笑的，连再来一瓶都是一种奢望。

阿美　（泄气）对了，阿强，房子买好了没有呀？

阿强　还没，最近房价太高了，我……我首付还没凑够。

阿美　你呀，真没出息，相信我，房价是不会降的，最多是做做俯卧撑。

阿强　阿美，我不是不相信你，我就是钱太少。

阿美　钱太少的原因就是心太软。

阿强　什么意思？

阿美　你是财政干部，管钱的，思想要活一点儿，胆子要大一点儿，还怕没有首付吗？嗯——

阿强　（惊）什么，你是让我……让我吃拿卡要？（被捂住嘴）

阿美　说出来就不好了。

阿强　你就不怕检察院送我一对手镯？

阿美　胆小不得将军做，你看看，那彩票投注站一天卖出去多少彩票，你见过中奖的吗？

阿强　（摇头）没有。

阿美　听我的，咱们弄个首付就收手不干了，神不知，鬼不觉，啊，不会那么容易栽的！

阿强　不，阿美。

阿美　大不了我明天去南普陀拜拜。

阿强　阿美，我不能那么做。

阿美　万一你进去了，我也等你。

阿强　阿美，我不能对不起良心。
阿美　强哥，93号汽油今天是六块两毛八，请问良心多少钱一升？
阿强　阿美，我答应你，结婚时我们先租一个房子，必须两房的，等生了孩子，首付也就攒的差不多了。
阿美　切，别做梦了，本小姐对租来的房子不感冒，因为那不能按自己的想法装修，对生孩子呢，现在也没什么兴趣了，我还是先养只小狗玩玩吧！（背包，对观众）见过傻的，没见过这么傻的！（从下场门下）
阿强　阿美！（跟下）
解说　（音乐弱起）阿美的美丽让阿强惊艳，阿美的离开也让阿强留恋，但是，阿强能够为了缥缈的爱情舍弃做人的底线和尊严吗？当然不能。作为一个财政系统的干部，虽然清贫，但他依然要坚守！他相信，茫茫人海，一定有一个真心理解他，真心爱他的女孩在等着他。（音乐渐收）
阿丽　（从上场门上，安静地坐到椅子上，取出一本英语书，小声读，看表，对观众）哟，都快7点了，阿强怎么还没来，不会又加班了吧！（电话响，接电话）嗯，我到了，没关系，别急，路上小心点。（收线，继续读英语）
阿强　（跑上）Sorry，拍赛，对不起，我又迟到了。
阿丽　没关系，我的时间也没浪费，学英语了。（从衣兜里取出手绢为阿强擦汗）
阿强　谢谢，我自己来。（接过手绢自己擦汗，然后擦皮鞋，还给阿丽）
阿丽　（惊讶地捂住嘴巴）啊！
阿强　（变戏法一样地从手里又抖出一条手绢）你的是你的，我的是我的，你的擦汗，我的擦皮鞋。
阿丽　（释然地拍胸）阿强，你什么时候学会变魔术了？
阿强　嘿嘿，我不是小刘谦，我是小牙签，阿丽，真对不起，今天我迟到了，因为……
阿丽　（打断）阿强，不用解释了，我都知道，你肯定又加班了。
阿强　是。
阿丽　财政工作就是这个样子的，每个月都有几天特别地忙，这我知道。
阿强　是，是，阿丽，谢谢你能理解，本来想先给你打个电话。

阿丽　一忙起来就忘了，是不是？
阿强　是，是。
阿丽　财政工作不容易，每天跟数字打交道，马虎不得，别因为惦记我分心出了差错。
阿强　（握手）阿丽，谢谢你能理解，让你说得我眼泪都流出来了。（掏出刚刚擦过皮鞋的手绢擦眼泪）
阿丽　阿强，你的手绢。
阿强　喔，平时擦鞋，关键时候擦眼泪，来，喝水。（取水给阿丽，阿丽接过又还给阿强）
阿丽　你喝吧，我自己带了水，（把自己带的水瓶出示给阿强看）对了，阿强，房子看得怎么样了？
阿强　喔，首付还差一些，过几天给我爸打个电话，请他老人家再帮我筹措一些。
阿丽　阿强，我觉得还是不要因为房子太为难自己和亲人，先租个房子结婚也没什么不可以。
阿强　那怎么行，租房子不能按自己的想法装修，那多不舒服呀。
阿丽　可我们钱太少。
阿强　（打断）钱太少不能心太软，我爸筹不到钱我还有别的办法。

阿丽　什么办法？
阿强　最近我手上掌管了一个民营的大项目，嘿嘿，只要我拿出一个态度，别说首付，一次性付清都不是问题！
阿丽　什么？阿强，你想吃拿卡要？
阿强　别说得那么难听嘛！有权不用，过期作废。
阿丽　（急了）你就不怕自己的良心受到谴责？
阿强　不怕，良心多少钱一斤呀？
阿丽　你……你就不怕法律的制裁？
阿强　哪那么容易制裁，投注站买彩票的多了，你见过谁中奖？
阿丽　阿强，你变了，变得不可理喻。
阿强　阿丽，你也变了，变得谨小慎微！
阿丽　阿强，这样下去，你总有一天会后悔的。
阿强　阿丽，我这还不是为了我们的幸福生活嘛。
阿丽　我们的幸福要靠自己的双手，而不是歪门邪道！
阿强　阿丽，相信我，就这一次，下不为例。
阿丽　（站起身，背包）阿强，我觉得我们不合适，我们之间的关系也到此结束吧。
阿强　那我们以后做朋友？

阿丽　可能连朋友也做不成，再见！（转身走下）

阿强　（惊喜地对观众）哇，好坚定耶，我终于找到要找的人了！（向阿丽走的方向）阿丽，刚才跟你开玩笑的，结婚戒指我都买好了！（追下）

解说　不经历风雨，怎么见彩虹，阿强终于找到了自己的真爱，让我们一起来祝福他们吧！

〔阿丽拿着首饰盒和阿强相拥着回来，阿美也上来了，她朝阿强哼了一声，四人齐谢幕

〔剧终

孕妇与乞丐（哑剧）

时间　夏日正午
地点　街道公园一长椅周围
人物　孕妇，男乞丐

〔舞台正中一条长靠背椅，垃圾筒，椅右边上放一个破枕头，椅左边地上放一石块

孕妇　（穿孕妇装，举太阳伞，戴墨镜，背时尚包，包里装有系列化妆用品、一个苹果、一把瓜子、一枚一元硬币、防身用的喷雾器）从下场门上，上来后环顾四周，发现长椅，坐下来休息，抚摸肚子，很满足的样子，开始补妆，突然嗅到什么味道，最后发现了椅边的旧枕头，将枕头拿到垃圾筒上扔掉，回身坐到椅子上，然后吃瓜子，吐皮。

乞丐　（穿破衣、破裤、破旅游鞋，背破书包，手执要钱的大铁缸子，头戴乱七八糟的假发，边赶苍蝇边挂个木棒一瘸一拐地上）发现孕妇，问自己枕头，孕妇不理，吃苹果，乞丐自己在地上发现枕头，大怒，掉了苹果，然后指垃圾筒，孕妇不理，丐捡起欲扔，觉得可惜，从兜里取矿泉水冲洗后，吃一口扔，抱枕头坐到孕妇身边，孕妇掩鼻，乞丐再靠近，孕妇躲，最后孕妇脱下鞋子放到两人中间，乞丐掩鼻躲，孕妇脱鞋子，乞丐再躲，最后躲到椅下。孕妇大笑，笑疼了肚子，抚摸肚子。

〔稍静场

乞丐　坐地上看天，从兜里取毛巾擦汗，孕妇看天，以兜挡脸，以手扇风，乞丐放好毛巾，又从兜里取出一个破纸折扇，开了几次都是坏的，孕妇掩口窃笑，此时乞丐把折扇用手捏好，扇风，很受用的样子，孕妇眼馋，装作肚子疼，乞丐怕，赶快跑到

其身边为其左右扇风，孕妇偷笑，乞丐发现，走到一边，孕妇又装肚子疼，乞丐再扇，孕妇再笑，乞丐再生气走到一边。

孕妇 手机响，打电话，站起来走到一边接，怕人听的样子，乞丐顺势放好枕头躺到椅子上，孕妇接完电话，把电话装入包中，推椅背，乞丐滚落，孕妇重新坐下。

乞丐 乞丐走到一边生气，忽然又想出了主意，他来到孕妇跟前，指座位，指自己的头，意思刚刚摔到，指自己枕头，用手拍打，意思是孕妇弄脏了枕头，然后举缸子，意在要钱，有索赔的意思，也有职业使然。

孕妇 从左边地上拾起早已经备好的大石块，投向乞丐缸子，乞丐举缸对观众，此时缸底坏了个大洞。（缸本无底，用纸糊的，一砸就漏）孕妇爆笑，乞丐大悲。两人的矛盾达到了顶点，乞丐拾起刚刚的石块，举手要打孕妇，实际是在吓她，因为乞丐一直忍让，一直受委屈，孕妇不慌不忙地从包里取出防身用的喷雾器，也可能是香水，对着乞丐一喷，乞丐摇摇晃晃倒地，孕妇大笑，突然腹痛难忍，惊醒了乞丐，乞丐拿起扇子欲去帮忙扇风，一转念又停止了动作，他怕孕妇又是装的，来愚弄自己，孕妇站起，向乞丐招手，做站立不稳状，乞丐又担心孕妇，忙跑过去用后背抵住孕妇，孕妇顺势趴到乞丐身上，用手指下场门方向，意在去医院，乞丐背孕妇急下。

〔二人返身谢幕　剧终

夜深人不静

时间　夜里
地点　客厅
人物　丈夫、妻子、怀孕大老鼠

〔舞台上客厅摆设：沙发、茶几，茶几上有座机电话、果盘、一大盒鼠药、水杯、花瓶

〔音乐，大老鼠持药瓶从下场门上，坐到沙发上，伸个懒腰

老鼠　（吃苹果，吐掉）嗯，不好吃不好吃，农残超标，（再吃香蕉）嗯，不好吃不好吃，激素催熟，打开老鼠药，（吃药）嗯，还是三步倒公司的老鼠药最好吃。

〔妻子开门回家，持雨伞对峙

妻子　啊！你是谁？！
老鼠　别大惊小怪的，我是谁不是一目了然吗？（展示）瞧，我既不是松鼠，也不是无尾熊，我就是一只再普通不过的老鼠呀！
妻子　你……你怎么进来的？
老鼠　太太，有点常识好不好，你见过老鼠用钥匙开门吗？
妻子　那……
老鼠　我们老鼠家族都是地下工作者，挖洞！
妻子　你到我家来做什么？
老鼠　我，当然是来找好吃的东西，咱们都是女人，你没看出来我怀孕了吗？
妻子　嗯！
老鼠　就算我不需要吃的，我的孩子们也需要呀！
妻子　（举雨伞）你别过来！
老鼠　能不能放下武器，公平决斗？
妻子　（刚一犹豫，手上的雨伞就被老鼠抢走）你……你无赖！
老鼠　嘻嘻，你们人类的智商真是越来越低了！我们老鼠从来都是只管结果，不管过程的。

〔配合武打的音乐起，妻子拿水果盘当作盾牌

〔第一个回合老鼠小胜，妻子倒地；第二个回合妻子小胜，老鼠倒地；第三个回合，老鼠把妻子制服，并用雨伞将其逼倒在沙发上〕

妻子 你……你……你先别得意得太早，一会儿我老公回来，他会收拾你！

老鼠 我……我……我现在就收拾你！

妻子 等等，你放过我，我给你好吃的东西。

老鼠 什么好吃的东西？

妻子 看，（拿起桌上的老鼠药）这个！

老鼠 这是好吃的东西吗？

妻子 是呀，你看，这上面还画了一只老鼠，这是你们老鼠家族最好的营养品，吃了它，保证让你身材优美、容颜不老，生一大堆聪明可爱的胖宝宝！

老鼠 真的吗？

妻子 真的！

老鼠 那我就吃几粒尝尝，（吃）嗯，好香呀。

妻子 一，二，三。倒！

老鼠 （走三步，倒）嗯。

妻子 哈……哈……别忘了你毕竟是只老鼠，这下你可上了我的当了！

老鼠 我知道我是只老鼠。

妻子 喂，吃了三步倒公司的超级老鼠药，你怎么还不死？

老鼠 三步倒不等于三步死。知道我为什么长这么大吗？

妻子 不知道。

老鼠 就是因为吃了三步倒公司的超级老鼠药，知道我为什么智商高吗？

妻子 不知道。

老鼠 就是因为吃了三步倒公司的超级老鼠药，知道我为什么会说话吗？

妻子 不知道。

老鼠 这一切都是因为我吃了你们三步倒公司最新研发的超级老鼠药！

妻子 怎么会这样？天哪，老鼠药不治老鼠，反而成了老鼠的补品？

老鼠 这正是三步倒公司的高明之处，你想，如果老鼠药真的好用，把老鼠都赶尽杀绝了会怎么样？

妻子 如果老鼠没了，研发老鼠药的三步倒公司一定会受到全社会的赞誉。

老鼠 然后呢？

妻子 然后还会得到市委和市政府的表彰。

老鼠 然后呢？

妻子 三步倒公司的每一位员工都会感到无比自豪。

老鼠 然后呢?

妻子 然后……

老鼠 我来告诉你,然后就是三步倒公司减产、裁员,一直到公司倒闭!

妻子 为什么?

老鼠 道理很简单,如果世界上没有老鼠了,那还需要老鼠药吗?

妻子 (惊喜)是呀。

老鼠 如果这世界不需要老鼠药了,还要你们三步倒公司干吗?

妻子 是呀。

老鼠 试想一下,如果你老公下岗了,谁来养你呢?

妻子 你讲的简直就是真理呀!超级老鼠药如果真的能杀死老鼠,那可就要了人的命!其实你们老鼠才是我的衣食父母!

老鼠 你真是越来越聪明了,来,你也吃两粒,把智商再提高一些!

妻子 好!(把药吃了个底朝天)

老鼠 我先去睡一会儿,等你老公回来了,你要劝他大量生产超级老鼠药,对了,想你老公飞黄腾达不?

妻子 想。

老鼠 想让你们农家赚得盆满钵满不?

妻子 想。

老鼠 那就在我的家门口多放上几瓶上好的超级老鼠药!

〔二人击掌,耶!老鼠下场门下,老公回家

丈夫 老婆,(坐到沙发上)看茶!

妻子 (倒水)老公,有什么喜事呀?

丈夫 大喜事,我们三步倒公司最新研发了一种超级2型老鼠药。

妻子 超级2型老鼠药?

丈夫 一罐药,五元钱,屋里老鼠全药完。老婆,你说老鼠坏不?

妻子 坏呀。

丈夫 咬你箱,咬你柜,还咬你的缎子被。

妻子 就是,刚才我还听见老鼠叫呢!

丈夫 这两天我没来,老鼠胆大上锅台。老婆,这就是我们最新研发的2型老鼠药,(从包里取出一罐药,可用空气清新剂代替)闻着香,吃着甜,滋味好比蜜糖丸,不用掺,不用拌,老鼠一沾就完蛋,药死老鼠家族一大片。

妻子 老公,我劝你还是大量生产1型!这2型鼠药会把你们公司送上绝路呀!

丈夫	老婆，1型老鼠药是繁殖老鼠的，这2型才是灭鼠的。
妻子	老公，老鼠不能灭呀，老鼠是咱们三步倒公司的衣食父母呀！
丈夫	但是继续生产1型鼠药，局面就没办法控制了，知道吗，现在老鼠的个头已经接近我们人类了。
妻子	个头越大消耗老鼠药越多，消耗得越多我们就越有钱赚！
丈夫	老婆，你听我说，现在的老鼠不但个头大，而且智商也接近人类了。
妻子	那有什么，我们可以跟老鼠合作，形成战略伙伴关系！
丈夫	不，老婆，你还没有意识到继续生产超级1型老鼠药的风险，知道吗，再这样下去，这个世界将由老鼠家族掌控，我们人类就要成为老鼠的奴隶！
老鼠	（暗上，偷走了2型老鼠药）到那个时候，老鼠或许将成为整个地球的主人！
丈夫	老婆，别怕，快把1型老鼠药给我，我要增加点战斗力。
妻子	（拿起空盒子）老公，刚……没有了，刚才都被我吃掉了。
老鼠	嘿嘿，（用2型老鼠药对准二人）死到临头了，你们还有什么话说？
丈夫	老婆，没想到，我这一世英名竟然毁在一只老鼠的手里。
妻子	老公，都怪我，我相信这老鼠的话，还想跟它形成战略同盟发大财，老公，我真是财迷心窍了，我后悔呀我。
丈夫	唉，说这些已经没用了。
妻子	老公，曾经有一个杀死老鼠的机会摆在我的面前，我没有珍惜，等到失去的时候才后悔莫及。尘世间最痛苦的事莫过于此。如果上天能够给我一个再来一次的机会，我绝对不会放过它！
老鼠	可惜没有机会了，人类，你们去死吧！（喷药，但喷口却对着自己）
丈夫	一、二、三！（老鼠倒地不起）老婆，看到了吧，老鼠终究是老鼠，它不会用压力罐！
妻子	老公，我现在明白了一个道理，老鼠药是杀老鼠的，不是敛财的工具！否则，老鼠将成为地球的主人！

〔剧终

鼓浪屿上"屿家亲"

时间　一天
地点　鼓浪屿屿家亲内外
人物　台湾游客　男，四十多岁，简称"游客"
　　　屿家亲志愿者六位，女，二十多岁
　　　屿家亲志愿者　男，二十多岁
　　　屿家亲民警　女，二十多岁

〔舞台天幕有鼓浪屿，日光岩风景，长方形实物景片在舞台正中偏后左右各一片，组合成蜿蜒的小巷伸向远方，景片的另一面备用，图为"屿家亲"特色实景
〔音乐起，六位夏装女志愿者在音乐中舞上，合唱或者每人一句唱
"驰名中外鼓浪屿，鼓浪屿上屿家亲，旅游观光有保障，服务周到心贴心，迷路走失联系我，四海宾朋一家人，好山好水好缘分，敬请光临屿家亲"！

〔下场门下，游客上场门上，音乐不停

游客　（西装革履，脖挂相机，对观众，闽普）唉呦呦，10多年没来厦门了，这里可真是变了样，原来的石宅古厝，现在都变成了高档小区，特别是这鼓浪屿呀，变化更大，20年前这里只有一些西洋别墅，现在却新建了不少博物馆、电影院、音乐厅，真是漂亮，咦？这是哪里？（环视，展开手上的地图看）糟糕！迷路了，迷路了，真真儿地迷一路一了！

志　（穿志愿者马夹，有"屿家亲"字样，下场门跑上）先生，您迷路啦？

游客　是呀，我来自台湾，10多年没到鼓浪屿了，本想多拍些照片带回去，你瞧，边走边拍，边拍边走，唉，竟然找不到回程的路了！

志　先生，我来为您指路！我是

咱鼓浪屿屿家亲的服务志愿者。

游客 屿家亲？

志 对，鼓浪屿上专门服务走失游客的一个机构，不但能为您服务，还能帮助您找到走失的亲友。这么说吧，在咱们鼓浪屿上无论您遇到什么困难，请联系我，联系屿一家一亲！

游客 你说的是真的？

志 当然是真的。

游客 哼！我可不敢相信你，我看你呀，是人小鬼大！

〔游客转身跑下，志愿者，"先生，先生——"追下

〔音乐起，六位夏装女志愿者在音乐中舞上

"文明城市文明人，鼓浪屿上屿家亲，心系游客甘奉献，热情如火暖人心，遇上困难联系我，四海宾朋一家人，好山好水好缘分，敬请光临屿家亲！"

〔舞毕，还是刚才那位演员，脱掉西装外套搭在胳膊上，还多了一副眼镜

游客 （上场门上，对观众，急切地，韩语）温泥里？哦提开，温泥里呀？哦提开！（怎么办的意思）

志1 咦？韩国友人？

志2 欧吧？

志3 （调皮地）欧吧是哥哥的意思，你看他这个年纪呀，我看应该叫他大叔！阿则西！

齐 大叔，阿则西，大叔，阿则西！（哈哈哈，众笑）

游客 阿尼阿塞哟（你好），准送哈米大（打扰了），米牙内。（对不起）

志3 伙伴们，我们可都不懂韩语呀。

志2 要不，要不……

志1 要不怎样，你快说呀！

志2 要不我用英语试着沟通一下？

志4 阿则西，How are you（你好），Can I help you？（我能帮您吗）

游客 （不知所措）嗯，Sorry。

志5 Sorry？

游客 拍赛，拍赛！

志6 先生，您会说拍赛？你会说闽南话？

志1 就是，您刚才说的拍赛，闽南语就是对不起、不好意思的意思呀！

志2 嗯，难道您是位韩国的闽南人？（游客不知所措）

志3 先生，我好像在哪里见过您，您的声音怎么这么熟悉？对了，您不就是刚才那位台湾同胞吗？哈哈，我认

出你来了！您就是刚才那位台湾同胞！

志4 先生，您需要帮助吗？我们屿家亲会为您提供帮助的。

游客 又是屿家亲，不需要！（对观众）台湾的朋友早就跟我说过，到大陆不要跟陌生人说话！（跑下）

〔众，先生，先生！

〔音乐起，六位夏装女志愿者在音乐中舞上，边舞边将景片翻转到另一面，这一面图为"屿家亲"实景

"驰名中外鼓浪屿，鼓浪屿上屿家亲，旅游观光有保障，服务周到心贴心，迷路走失联系我，四海宾朋一家人，好山好水好缘分，敬请光临屿家亲！"

游客 （穿唐装，戴白发头套，拄拐杖，打扮成老头子，从下场门跑上摔倒）唉哟哟，唉哟哟，摔死我了，摔死我了，摔死我这老头子了。

志 阿伯，您怎么了？
志 要不要紧？
志 我来扶您吧！
游客 你说什么？我听不见！
志 我说我扶您起来。
游客 我还活着呢。
志 阿伯，您不要紧吧，我扶您起来吧！
游客 先别扶我，让我想想我是怎么摔倒的。
志 您刚才不小心自己摔倒的呀。
游客 是这样吗？
志齐 阿伯，是这样的，来我们大家扶您起来。（一起扶老人站起）
游客 你们这些孩子，胆子也太大了。
志 阿伯，您为什么这样说？
游客 我听说现在遇上摔倒老人是不能扶的。
志 为什么？
游客 容易被讹诈！
志 嗨！
志 阿伯，您说的是个别现象。
志 咱们厦门文明城市五连冠，别说是在鼓浪屿，就是在整个厦门呢，您讲的现象都不存在！
志 阿伯，您走一走，动一动，看看没摔坏吧。
游客 没……没事，（佯装要摔，被众志愿者扶住）天色不早了，我要去轮渡买回程票了。
志 阿伯，我们送您去码头吧。
游客 （摸口袋）糟糕！我的钱包丢了，身份证、现金、信用卡、返程机票全丢啦！
志 阿伯，您先别急，我们屿家

亲会帮助您的。

游客　现在天都黑了，我今天晚上看来要露宿街头了。

〔女民警上

民警　阿伯，刚刚接到志愿者电话通知，说在我们屿家亲附近有一位老人需要帮助，阿伯，就是您吧？

游客　是我，是我，民警同志，快帮帮我吧。

民警　阿伯，您别着急，先到我们屿家亲休息一下，喝口热茶，吃顿热饭，我们争取尽快帮您找到丢失的钱包，您老人家放心，就算暂时找不到钱包，我保证，绝对不会误了您的行程。

志　（请的手势）阿伯，敬请光临屿家亲！

〔志愿者将景片从后区推至舞台一道幕两侧，表示人已经进了屿家亲屋内

民警　阿伯，您看，这里是我们屿家亲专门为走失小孩子准备的游戏区，有滑梯，有玩具；这里是专门给成人准备的休息区，有电视，有书籍，阿伯，今晚您就先在这里住下，相信我，屿家亲一定会把您安全送回家！

志齐　相信我们，屿家亲一定会把您安全送回家！

〔音乐起

游客　（拉住民警的手激动地）谢谢，谢谢啦，孩子们，真的太感激你们了，只有双脚踏上鼓浪屿，才能真切地感受到呀！孩子们，请原谅我善意的谎言，其实我什么困难都没有，我不但没有迷路，我的钱包更没有丢！

志齐　喔？

游客　（音乐渐强）我爷爷从小生长在鼓浪屿，1949年，阴错阳差地去了台湾，这一去就是半个世纪呀，他常跟我说，要我在有生之年再去一次鼓浪屿，帮他看一看家乡的人，帮他感受一下家乡的事！

民警　可您为什么几次都不接受我们的帮助呢？

游客　来的时候家里人都跟我说，到大陆要处处小心，特别是到了景区景点更要有防范意识，所以我呀……

志　所以阿伯您一直在考验我们！

志　对，您一直在考验我们！

游客　唉，说来惭愧，不过现在我彻底明白了，咱们厦门，咱们鼓浪屿，屿家亲都是好样的！（念）厦门有个鼓浪屿，鼓浪屿上屿家亲，好山

好水好缘分,四海宾朋一家亲!

〔音乐起,群舞

"驰名中外鼓浪屿,鼓浪屿上屿家亲,旅游观光有保障,服务周到心贴心,迷路走失联系我,四海宾朋一家人,好山好水好缘分,敬请光临屿家亲!"

〔造型,切光

〔剧终

老杨的日记

时间　一天
地点　虚拟空间
人物　杨良同志的原型、女儿、局长、大妈

〔舞台后区置景片框，人物从景片后面走出来，走进去，起到置景和屏风的双重作用

〔音乐1起，女儿定点光

女儿　（对观众，情感在音乐中）父亲走了，离开了深爱着他的同事、战友，离开了他深爱的妻子和女儿。父亲走的那一天下着小雨，天空阴沉沉的，仿佛整个世界都悲怆着父亲的离去。（捧起日记贴在胸口）在和妈妈整理父亲遗物的时候，我发现了父亲这本泛黄的日记，翻开它，看到熟悉的字迹，就好像父亲站在我的跟前，微笑地看着我。（低下头翻开日记）今天是2010年8月30日，到海沧区城管局工作快5年了，今天早上刚到单位，就看到几十名群众上访。（悄然下）

〔音乐2，上访群众的嘈杂声，起光

杨良　（从景片后走出来，嘈杂声渐弱渐无，对观众）父老乡亲们，请安静一下，听我老杨说两句，大家是来反映问题的，我代表政府谢谢大家。但也请大家不要激动，因为吵吵闹闹只会把事情弄得更糟，（指舞台左后方向）后面那位兄弟往前面来两步，不要阻碍交通，更要当心让车碰着，（指舞台右后方向）那位老大爷您先喝口水，站到树荫底下，大热的天当心中暑。好，大家听我说，我姓杨，当过兵，也是农民的儿子。我相信大家，今天来这里肯定有苦衷，肯定有冤情，谁没事顶

着40℃的大太阳到这儿耗着？是不是？所以，也请大家相信我，相信政府，留下两位反映情况，其他的父老乡亲们先请回，我一定会给大家一个满意的答复！先请回吧，先请回，我谢谢大家了！（鞠躬）我谢谢大家了！（再鞠躬）

杨良 （对观众）群众的事情再小也是大事，群众是咱的衣食父母，群众是天呢！

〔局长上

局长 （杨良先后从景片中走出来）老杨，这点钱你必须拿着，大家都知道你生活困难，孩子小，老婆没个固定工作，你现在又得了这么重的病。

杨良 不，局长，我不能拿！

局长 你必须拿着，这是同事们的一点心意。

杨良 局长，大家的心意我领了，等我出院后一定努力工作回报大家，但这捐款我真的不能要，还有比我更困难的人！

局长 唉！你这人就是犟牛一个！还有，每天去医院接你上班，单位派的车你为什么不用？

杨良 局长，最近百日大会战，单位要用车的地方更多，局长，我一个人，能克服。

局长 唉，老杨呀老杨，你，你这人就是犟牛一个！

〔局长下，杨良进入景片

〔追光，挎篮子从舞台下上，篮子上面罩着花布，对观众

大妈 大兄弟，看到杨科长了吗？对，我就找他。你听我说，这杨科长是个好人，他可帮了我的大忙。我是从农村来投奔儿子的，每天早上4点钟就起来去海六路卖早餐。（怀想的，音乐渐强）前年9月里的一天，台风来了，下着大雨，家里人都不让我出门，但我一想到那些每天起早上班打工的孩子们，我还是顶着大雨出了门。（怀想）台风天的雨，真大呀，那哪里是雨，简直就是老天爷在从天上往下泼水，唉，就是这天，早餐没卖多少，早餐车的轮胎却没气了，我一个人拖着车子那是叫天天不应，叫地地不灵呀，没一会儿工夫全身就湿透了，我心里说，老天爷呀，可别再下雨了，老天爷呀，你就可怜可怜我这土埋半截的老婆子行不行？行不行呀！（望

远处）就在这时，大雨里来了一个人，又高又瘦，他二话不说就帮我推起了车子，一直把我送回了家，我问他姓啥叫啥，他无论如何不肯说，过后我四处打听才知道他是咱城管局的杨科长，打那以后呀，这杨科长就一直帮助我、照顾我，他知道咱小买卖人不容易，诶？大兄弟，你看到杨科长了吗？

杨良 （拿公文包走出来）大妈，您找我，我在呢。

大妈 （握住杨良的手）孩子，我可找到你了，来，这个给你。

杨良 大妈，您这是？

大妈 孩子，快端午节了，这是大妈亲手包的肉粽子，不值钱，你带回去尝尝。

杨良 大妈，咱们公家人不能随便拿群众的东西，有规定！

大妈 孩子，你帮了大妈那么大的忙，就吃大妈几个粽子，那不算什么事！来，孩子，快拿着，大妈求你了，你不拿我就不走！

杨良 大妈，你不走会影响我工作。

大妈 今天我就要影响你工作。

杨良 这样，大妈，（从公文包里取出一包茶叶）粽子我收下了，这包新茶是我母亲从老家寄来的，正好，送给您，您也帮我尝个鲜！（扶着大妈往里走）

大妈 （突然回过头）孩子，我还不知道你叫什么名字呢？

杨良 大妈，别问我叫什么，我是农民的儿子，就是咱老百姓的儿子！（切光，二人相跟走入景片）

〔女儿上，定点光，音乐起

女儿 2012年4月8日，天气阴。清明已经过了，但还是有些冷。在医院住久了，很想家，今天上午我偷偷地跑出了病房，回家看看。（边读日记边下）

杨良 （接着女儿的话语从景片中走出来）老婆，亲爱的，嘿嘿，这是我第一次这样叫你，以前总是叫不出口，总觉得不好意思，亲爱的，不管你习惯不习惯，请让我这样叫你吧，也许叫一声少一声了。不是跟你开玩笑，最近我身体大不如前，总是有种不祥的预感，感觉好像到了我们分离的时候。老婆，不，亲爱的，请让我这样叫你吧，也许……也许真的叫一声少一声了。亲爱的，最近突然觉得还有很多事情没有做，对单位，对家庭，特别是对你、对女儿，我亏欠得太多，（怀想）年轻的时候一心扑在事业上，而如今，才知道和家人相处的可贵。亲爱的，我真想多帮你擦几次地、洗几次碗，多陪你说说话，真想再给阳台上的花浇浇水，再翻翻女儿的作业，再和你一起看看女儿小时候的相片，但现在这一切于我，简直是一种奢望，（音乐渐强）老婆，亲爱的老婆，我爱你，爱女儿，爱我们的家，如果有下辈子，我还要娶你，不管你愿意不愿意，我都要娶你，在你最年轻、最漂亮的时候，用我最年轻、最健康的身体，伴着你，回报你。（音乐极强后渐弱，杨良走回景片）

〔定点光，音乐继续，女儿上

女儿 2012年6月8日，父亲永远地离开了我们，父亲走得很安详，穿着他心爱的城管制服。前几天，那位老大妈又来给父亲送粽子，父亲的同事代为收下，老大妈问起父亲时，同事也只说父亲忙，在开会，其他的话，什么也没有说——

〔主角谢幕，切光

〔剧终

社区里的故事

时间　一天晚上
地点　客厅内外
人物　丈夫　三十多岁
　　　妻子　二十多岁
　　　老大娘　六十多岁（用男人扮可能会有效果），简称"大娘"

〔幕启　舞台上客厅摆设，有沙发、茶几、电话、鸡毛掸子
〔妻子戴高度近视镜，腰系围裙坐在沙发上织毛衣，口中哼唱着流行歌曲，夸张地看手表

妻子　哇，都9点了，我老公还没回来！今天可是我们的结婚纪念日耶，（对观众）太过分了，这是要制造家庭恐怖事件呢？别看我老公是个工人，可一天到晚忙呀！（站起身）女性朋友们，这老公要是不看住后院就得起火呀！（打电话）喂，我是你老婆，什么，错了？（放下电话）眼睛近视拨差了号，又吃亏了。待会儿回来我肯定要狠狠地教育教育他，一教育他不守夫道，二教育他不按时回家，三教育他对夫妻生活不够重视，这次得让他给我好好查摆查摆，（顺手抄起鸡毛掸子打在桌上）今天不给他点厉害瞧瞧，他就不知道咱中华妇女的英雄本色！

〔丈夫风风火火上

丈夫　（对观众）同志们呢，今儿这关要难过呀，帮帮忙吧，执行任务回家晚了，兔子挂马掌，我要真顶不住我老婆那烙铁，大伙可给我说说情啊。（小声敲门低声说话）老婆呀，开门呢，我是你老公，（转又自语）不行，咱又没做啥见不得人的事咱怕啥呀！（大声敲门，高声喊）老婆，开门呢，你老公

回来了!

〔妻子持鸡毛掸子迎上去,开门

丈夫　咋的,啥意思?(看着妻子手中的掸子)干啥呢!

妻子　(满脸堆笑)干啥呀,连澡都没洗呢。(边说边用掸子扫丈夫身上的灰,温柔地)老公哇,还没吃饭呢吧?

丈夫　废话,有地方吃饭谁娶老婆呀!你还以为结婚头一年呢,天天拿你当饭吃?

妻子　那是,那是,秀色可餐嘛,(转念一想,对观众)哎呀,谁教育谁呀!(用掸子狠狠地抽了一下茶几,丈夫吓了一跳)说!干啥去了,跟哪个小情人约会去了,坦白从宽,抗拒从严,政府不会诬赖好人,这么晚才回来,说,给谁加班去了?

丈夫　老婆呀,你听我说,是这么回事,刚才我在咱们小区里遇到了点情况。

妻子　遇着个姑娘对不?

丈夫　对,对,是遇上个姑娘,这事你怎么知道呢?

妻子　你和她一起去她家了对不对?

丈夫　那倒没有。

妻子　你可拉倒吧,火葬场烧树叶子,你唬弄鬼呢?

丈夫　没去她家,我们俩一块去医院了。

妻子　哎呀,哎呀,那问题更加严重了,(对观众)可能都涉及下一代了。

丈夫　不是,不是。

妻子　谁的不是?你的不是,还是我的不是?政府掌握你!喂,钱包拿过来我看看,(对观众)干坏事得花钱,(丈夫递过钱包,妻子接过)早晨我给你那五百块钱呢?

丈夫　钱……钱……老婆,你听我说,是这么回事。

妻子　(用手指捅丈夫的脑门儿,不屑地)一寸照片你就别整景了,二两猪肉你就少扯皮吧,三两茄糕你也少来豆吧,看我人老珠黄了是不是?对我没有兴趣了是不是?

丈夫　(边退边说)不,不是……

妻子　看我戴个眼镜形象不美是不是?

丈夫　不……不是……

妻子　看我体形发胖没有形了是不是?

丈夫　不……不是,老婆呀,这些年你还不了解我吗,虽说你体形不美,脂肪成堆,可你也是我眼里的杨贵妃呀!

妻子　(坐到沙发上哭)你个没良

	心的，陈世美呀，当初处对象的时候你就犹豫不决，迟迟下不了决心，老觉得我配不上你。
丈夫	老婆呀，你看你，当年我不是一时糊涂嘛。
妻子	一时糊涂娶了我呀。
丈夫	哪呀，一时糊涂差点和你分手，老婆呀，你误会我了，刚才在咱们社区里我处理了一个临时事件。
妻子	说得比唱得都好听，你说我误会你了，谁能证明？
丈夫	暂时没人能证明。
妻子	那就是说浴室里撒尿——无证可查了？
丈夫	相信我吧，老婆，别哭了，噢，看把小脸再弄出褶来，我还得给你花钱做美容。（上前哄妻子）
	〔老大娘左顾右盼地上，敲门
大娘	家里有人吗？
	〔丈夫开门
丈夫	（惊诧地）喂，大娘，你咋来了呢？快，快屋里坐。
妻子	等等，（对老大娘）你哪个单位的？
大娘	我，我没单位。
妻子	你家住哪儿？
大娘	就在你们家旁边那个单元。
妻子	今年多大年纪了？
大娘	五十七。
妻子	（由于高度近视，几乎趴到老大娘的脸上仔细地看）嗯，这模样还比较安全。
大娘	这是干啥呀？
丈夫	老婆呀，你先听我说。
妻子	哪凉快哪待着去，刚才是你和我老公在一起了吗？
大娘	不是，不是，是我女儿和你老公在一起。
妻子	你女儿漂亮吗？
大娘	（不好意思地）其实你从我这方面也能看出来个八成。
妻子	看不太清，你说吧。
大娘	我女儿虽比不上张柏芝，可怎么着也能超过张曼玉呀。
妻子	那就是说你女儿很漂亮了？
大娘	嗯，你老公对我女儿可好了，刚才就是他把我女儿抱走的。
妻子	（带哭腔，对观众）完了，完了，这下全完了，是给人腾地方的时候了，可怜我那3岁的孩子了，妈就要离开你了，你爸就要给你找后妈了，后妈要是骂你，你别吱声；后妈要是打你，你就忍着疼；后妈要是不给饭吃，你就找亲妈；后妈要是对你好哇，那你也别理她。
丈夫	行了，行了，你就省点力气吧。
大娘	孩子，你可也真不容易，家

里还有个疯老婆。

妻子　大娘，你太小看我了，我比疯子强多了。

大娘　（对妻子）孩子，你就知足吧，你可找了一个好人家呀，刚才多亏你老公了，没有他帮忙，我女儿的小命就没了。（哭，被二人扶住坐下）

丈夫　大娘，这都是我们社区服务中心应该做的。

妻子　大娘，您请坐，喝口水，慢慢说。（倒水，老人坐）

大娘　我60多岁了，就这一个女儿，这个女儿是我的命啊，她要是没了，我一个孤老婆子活着也就没啥意思了。

丈夫　大娘，快别这么说。

大娘　我女儿呀从小就有心脏病，刚才在小区的花园里又犯了。

妻子　太危险了。

丈夫　就是。

大娘　那时候天已经黑了，四周一个人也没有，我是叫天天不应，叫地地不灵啊。

妻子　给医院的急救中心打电话呀。

大娘　人一着急的时候什么也想不起来了。

丈夫　那当然。

大娘　我说老天爷呀，我女儿要是有个三长两短，我一个孤老婆子也就不活了，就在这时，远方出现了一个人影。

妻子　我老公出现了。

丈夫　对，我人送外号及时雨嘛，这几天社区里面由我来巡逻。

妻子　你不是在工厂上班吗？

丈夫　老婆，没好意思跟你说，其实我早就下岗了，我现在在社区服务中心已经做了半年多了。

妻子　你说什么？

丈夫　咱们思明区委从去年九月就正式成立了社区服务中心，我们的任务就是要维护小区人民的合法权益，让优质的服务走进社区里的每一个家庭，每一个老百姓的心里呀，我们的服务热线是968180。

妻子　你就是这社区服务中心里的一员？

丈夫　对呀。

大娘　啥也别说了，多亏你老公了，他借车把我女儿送到了医院，替我女儿交了五百元住院押金。

妻子　您女儿现在怎么样了？

大娘　已经完全脱离了危险，（从兜里掏出五百元钱）我现在就是给你们送钱来了。

丈夫 （接过钱）老婆呀，你看看，没骗你吧。

妻子 （对丈夫）老公，我太小看你了，今天我一不该打翻醋坛子，二不该冤枉好老公。亲爱的，你永远活在我的心中！（上前欲亲丈夫，被老大娘一把拉住）

大娘 注意点影响，台下还有未成年人呢！

〔三人谢幕

〔剧终

童话

鹭岛明星猪八戒

时间　厦门马拉松前几天
地点　厦门思明一街道公园
人物　唐僧师徒四人、白鹭女神

〔舞台上无必要道具

女神　（下场门走上）我是白鹭女神，今天特邀唐僧师徒四人来厦门参加国际马拉松赛，也不知道这几位神仙到了没有，（四处张望）哟，说神仙，神仙就到了！

唐僧　（上场门走上，念）八戒八戒，我恨你，关键的时刻找不到你，唉！八戒呀！

女神　（万福）唐僧师傅辛苦！

唐僧　哟，（单掌佛礼）白鹭女神幸会！

女神　怎么，八戒他——

悟空　（持金箍棒跑上，打断女神的话）师傅，师傅！

唐僧　徒儿悟空！别急！别急！找到八戒了吗？

悟空　师傅呀，原谅悟空无能，高老庄我去过了，月亮里的嫦娥也问过了，可就是找不到八戒……

唐僧　唉！想我师徒四人应白鹭女神之邀不远万里来到厦门，参加赫赫有名的国际马拉松，没想到八戒……

悟空　（接上一句的话茬儿）是呀，青岛太冷，海南太热，我们没去杭州，拒绝了深圳。

女神　厦门是美丽文明的花园城市，厦门的赛道也是全世界最美的赛道！

〔电话铃声响，唐僧取出电话看，悟空也取出电话看。

女神　（莞尔一笑，拿出手机）别看了，是我的！（接电话）喂，是马拉松组委会呀，唐僧师徒已经到了，住宿的房间我马上去订！（对师徒）再见！（下场门下）

唐僧　再见！（转对悟空）悟空，八戒丢失，那沙僧到哪里去了？

沙僧　（上场门拉着一个大型的旅行拉杆箱上）师傅，我在这儿！

悟空　沙师弟，你干吗去了？

沙僧　我去游览了一下厦门的美景呀，想当年我们西天取经路过此地，那是何等的荒凉。

悟空　说得对，现在的厦门真是高楼林立，金碧辉煌。

唐僧　废话就不要多说了，厦门太美了，海西腾飞全靠厦门了！

八戒　（穿运动服从下场门跑上）师傅，师傅！八戒来也！

悟空　咦，这是八戒吗？这么瘦，几天不见你的啤酒肚怎么不见了呢？（转对沙僧）不会是一个山寨版的八戒吧！

沙僧　二师兄，快介绍一下你减肥的成功经验。

八戒　就是沿着厦门美丽的环岛路跑步，一天十圈。

悟空　（竖大拇指）看来咱们师徒四人之中最有希望夺魁的是八戒呀！

沙僧　二师兄，如果最近心情不好，就到超市里去捏方便面吧，别这么折磨自己了。

悟空　沙师弟，对八戒这样的运动型明星还是要少打击，多鼓励。

唐僧　悟空说得对，马拉松的规则是要一步一步地跑，翻跟头、驾云一概算违规。

八戒　（对观众，学广告）过去的我，胖，并憔悴着，现在的我，瘦，并饥饿着。（到师傅衣兜里掏出一根香肠大口吃了起来）

悟空　（惊讶地）师傅，你开晕了！你破戒了！从今以后我不跟你混了！

唐僧　悟空，这根香肠是师傅刚才在路上捡的，师傅为了马拉松一直在保护厦门文明城市的环境卫生呀！

沙僧　（对八戒）二师兄，跑马拉松减肥是对的，可也不要饿坏了身体。

悟空　咱们厦门马拉松的宗旨是，全民健身，贵在参与，坚持到底，才是胜利！

唐僧　徒弟们，大家要向八戒学习，好好锻炼，（站成一排准备谢幕，齐）厦门马拉松，有你更成功！

〔谢幕

〔剧终

春眠不觉晓

时间　古代和现代切换

地点　两个表演区，一个现代一个古代，现代表演区在舞台上场门前置一块道具大石头，可看作是街心公园的一角；古代表演区在舞台下场门附近偏后置一传统纺车。
两个表演区用定点光切换。

人物　现代的小学男生小凯和他的女班长；古代的孟子和母亲、教书白胡子先生和三个学童

文件要求　人物八个，时长八分钟以内。

其他小道具　手机、书包、一本书、纺车、剪刀、杀猪刀

〔幕启　定点光　现代表演区　位置大概在舞台上场门偏前

小凯　（上场门上，边舞边唱）小么小二郎，背着那书包上学堂，不怕太阳晒，也不怕风雨狂，只怕先生骂我懒呢，没有学问，唉无颜见爹娘……（对观众摇头）期中考试又考糊了，为什么老师出的题我一道不会，我会的，试卷上一道没有？

班长　（下场门上）小凯同学，放学了，你怎么还不回家？

小凯　考试又考烟了，不敢回家呀。

班长　来，（递书）借给你，这里有个故事，叫作《孟母三迁》，你好好看看吧。

〔班长下

小凯　谢谢班长，（翻书，自语）孟母是梦呢，还是母呢？三千，为什么是三千，不是一万？

〔翻书，看，读，"战国的时候，有一个很伟大的学问家叫孟子……"然后趴在石头上睡着了

〔穿越的空灵音乐起，孟子从下场门跑进光圈

孟子　（着古装）嗨，小兄弟，小

兄弟，快醒醒，快醒醒，你看到我的杀猪刀了没有？

小凯　（伴随穿越的音乐醒来）什么？你是谁，怎么一身非主流打扮？

孟子　什么非主流？不明白，我是问你看到我的杀猪刀没有。

小凯　为什么要杀猪？老师说猪是人类的好朋友呀。

孟子　什么，你跟猪交朋友？

小凯　不，动物，动物是人类的好朋友，对了，杀猪犯不犯法？

孟子　你可能没见过杀猪吧？

小凯　猪肉我倒是吃过，很香，但杀猪我真的没见过。

孟子　兄弟，（抱拳）我太同情你了。（继续找刀，在石头下面找到了刀）找到了，在这。兄弟，后会有期。

小凯　等等我！

〔二人消失。

〔转场音乐渐弱渐无，古代表演区灯光亮，现代表演区灯光渐暗

〔孟母坐在纺车前纺线，孟子和小凯跑进光圈

孟子　母亲，您又在纺线，好辛苦呀。

孟母　孩子，娘纺线是为了维持生计，等攒够了钱好供你去学堂读书呀。

小凯　阿姨，小孩子为什么要读书？每天做游戏不好吗？

孟母　孩子，如果想成为一个有用的人，就要知晓天文地理，知晓古往今来。

孟子　母亲，学堂里的先生会教我学知识，让我懂道理。

小凯　不是学堂，是学校。

孟母　是呀孩子，所以你、你们都要好好学习。喂，你是谁家的孩子？怎么我没见过？

小凯　我姓陈，叫小凯，就住在附近。

孟母　你的打扮好怪异呀，孩子你不冷吗？穿得这么少，看来也是个贫苦人家的孩子呀，天色不早了，你快回家吧。

小凯　阿姨，我不敢回家，我考试没考好，语文得了10分，数学得了3分。

孟母　这分数嘛。

小凯　阿姨，你不要笑我考得太少。

孟母　少是不少，就是有点偏科呀。这样下去是不行的。

孟子　我知道了，你肯定是太贪玩，对不对？

小凯　对呀，我就是离不了手机游戏，每天一放学回到家就要斗地主。

孟子　斗地主？你不要命啦？

小凯　喔，是一款手机游戏。

孟母　人要和人玩，怎么能跟鸡玩呢？

小凯　不是那个公鸡母鸡的鸡，是这个机，（取出手机）看，手机！

孟子　这是什么东西？看上去像个木板。

孟母　不管木板铁板，只要是玩的东西就会让人玩物丧志，（自语）有你这样的邻居，看来，我还是要搬家呀！

孟子　（拿出一把杀猪刀，挥舞起来）哈！哈！哈！（然后又学猪的叫声对母亲）哼，哼，哼，母亲，你看我学得像吗？

孟母　（停下纺车）你在学什么？

孟子　我在学杀猪呀。

孟母　这……（指刀）

孟子　这是杀猪刀，（再挥）你瞧，就这样。（比划杀猪）

孟母　哟，孩子，不可不可呀，快放下刀，这是很危险的。

孟子　母亲，隔壁的伯伯就是用这把刀杀猪的，可好玩了，然后卖猪肉，猪肉可真香呀。

孟母　孩子，杀猪卖肉是大人们谋生的手段，也是没有办法的办法，你且不可过多模仿，想要长大成为有用的人就要多学知识。

孟子　可是母亲，您让我背诵的《诗经》我差不多都已经背下来了，我想我不用再背了。

孟母　（拿起剪刀剪断了线）孩子，看到这被剪断的线了吗？

小凯　（惊讶）阿姨，好好的线为什么要剪断呢？太可惜了呀。

孟母　线断了，布就不能织了，学习也一样，日积月累，积少成多，才能获得成功。如果像这样，那就是半途而废啦！

〔转场音乐起，一个白胡子教书先生从上场门吟诗上

先生　百川东到海，何时复西归。少壮不努力，老大徒伤悲。

〔《春晓》前奏起，所有演员上台，大家一起舞唱四句：春眠不觉晓，处处闻啼鸟。夜来风雨声，花落知多少。

〔剧终

海宝游厦门

时间　厦门国际马拉松大赛前的某一天
地点　厦门一街道公园
人物　海宝
　　　外国游客奥尔马
　　　马拉松王子（简称"王子"）
　　　白海豚（简称"海豚"）
　　　白鹭女神（简称"女神"）

〔马拉松王子穿运动装从下场门跑上

王子　白海豚，白鹭女神，快点来呀！

〔白海豚（捧一束三角梅）和白鹭女神跑上，"来了来了！"

王子　你们两个一个在天上飞，一个在水里游，怎么还没我在地上跑得快呢？

海豚　您是马拉松王子嘛，我们当然比不了了。

女神　今年的厦门国际马拉松赛，您一定会取得更好的成绩！

王子　怎么我们邀请的客人海宝还没到呢？一定是在厦门最美的赛道上流连忘返吧。

海豚　他一定是在厦门的海边看海，因为厦门的海最美了。

女神　是呀，咱们厦门到处白鹭高飞，四季鲜花盛开，海宝一定是因为欣赏厦门的美景误了行程——

〔海宝揣了一瓶水，骑小自行车，带外国小游客从上场门上，绕行一周

王子　海宝来了，我们请的客人到了！

海豚　（献花）厦门欢迎你！

海宝　（接过海豚献上的三角梅）谢谢你！（转送给游客，介绍）这是刚刚在厦门结识的朋友，美国游客，奥尔马。

〔众，"奥尔马，厦门欢迎你！"

奥　　厦门，厦门真的是太美太美了，我好喜欢厦门，这里的山美，水美，人美，城市更美。

海宝　但是，交通太拥堵了。
　　　〔众愕然，"啊？！"〕
海宝　知道我和奥尔马为什么迟到吗？
　　　〔众，"不知道！"〕
海宝　刚才我跟奥尔马在环岛路上练习马拉松。
奥　　那真的是世界上最完美的跑道。
海宝　练习完毕我们就上了一辆公交车，赶赴今天的约会，当车快到轮渡的时候——（喝了一口水）
　　　〔众，"怎么了，你快说呀！"〕
海宝　糟糕，堵车了。
　　　〔众，"哇！"〕
奥　　嗯，是一位好心的市民借给我们一辆自行车，不然我们现在还在路上堵着呢！
女神　随着厦门城市的发展，厦门的私家车也越来越多。
海豚　听说每天新增上百辆呢。
王子　是呀，老百姓的生活条件改善，但问题也出现了，堵车就是一个很严重的问题。
海宝　喔，原来是这样呀，我最怕堵车了，我还是到别处走走吧。
奥　　是呀，好可怕，我也不在厦门旅游了。
海宝　谢谢各位厦门好朋友的邀请，（鞠躬，然后转身去骑自行车）再见！
　　　〔众，"海宝，奥尔马，你们先别走！"然后拉住两个人〕
女神　海宝，你先别走，听我说，厦门的交通问题只是暂时的，厦门已经开始在花大力气整治了。
海豚　我住在厦门和金门的海峡之间，在我家的旁边新开通了一条海底隧道，把原来的路从一个小时缩短到了九分钟。
女神　那就是翔安隧道，厦门以后还要建设通往金门的，甚至通往台湾岛的海底隧道呢！
海宝　哇，好厉害呀！
王子　你们看，还有那BRT，厦门城市的快速公交，收费跟普通的公交车一样，但速度不知道快了多少倍！
奥　　哇，厦门的老百姓真幸福。
海宝　嗯，这个BRT快速公交系统还真是解决了大问题呀，不错不错。
海豚　海宝，还走吗？
海宝　不走了，我还没体验过BRT呢，那感觉一定很棒！奥尔马，我们一会儿就把自行车也骑上去吧。
奥　　太高了，我有点怕。
女神　那可不行，厦门的BRT是独立的公交系统，是不允许其他车辆通行的。
海宝　喔，原来是这样，怪不得上面的公交车可以开得那么快呢。
王子　当然了，畅通无阻嘛！
海豚　厦门为了解决交通拥堵问题还加大了对违章车辆的处罚力度。
海宝　哇，那我骑自行车是不是也不可以闯红灯？
海豚　当然不可以。
王子　厦门最近还在主要街道设置了电子眼，出行之前就可以在网上查询到是否堵车。
　　　〔海宝和奥尔马，"哇，真是太先进了！"
海宝　这几天还要请各位多带我在厦门走一走、看一看呢。

女神　海宝，你不走了？
海宝　这么好的城市，哪还舍得走呀，我要在厦门一直住下去，要在世界最美的跑道上练习马拉松，因为厦门的明天一定更美好！厦门的国际马拉松赛也一定会越办越好！
王子　祝愿厦门国际马拉松赛圆满成功！
奥　　（用外语）祝愿厦门国际马拉松赛圆满成功！
女神　（用闽南语）祝愿厦门国际马拉松赛圆满成功！
海豚　（用普通话）祝愿厦门国际马拉松赛圆满成功！
　　　〔剧终

谁最美

时间　虚拟
地点　森林和草原的交界
人物　丑小鸭变成的白天鹅，小鸭子，毛毛虫，蜜蜂，狐狸

〔音乐，《虫儿飞》
〔白天鹅边唱边舞，持一面镜子和粉扑上

天鹅　稀里糊涂过了好几个月，今天终于可以扬眉吐气了，（对镜子唱）魔镜魔镜告诉我，有谁比我更美丽？

鸭子　（挎着篮子，边唱边跳上）采蘑菇的小姑娘，挎着一个小竹筐……丑小鸭，我们一起去采蘑菇吧。

天鹅　闭嘴！你才是丑小鸭，你们全家都是丑小鸭！

鸭子　喔对不起，我忘记了，你现在是美丽的白天鹅了。

天鹅　野鸭子，你太丑了，跟你在一起采蘑菇我实在有点难为情，你看看你，脸蛋那么黑，来，我帮你扑些粉。

（扑粉）

鸭子　（打喷嚏）什么味道这么难闻？

天鹅　这是让你变白的香粉！唉，（对观众）有些人实在是太土气了。

〔毛毛虫上

毛毛虫　白天鹅，你不应该这样对待朋友，过去大家都嫌弃你的时候，只有野鸭子一直默默地陪在你身边，这些你都忘记啦？

天鹅　哎哟哟，我当是谁呢，原来是毛毛虫呀，看见你我才发现野鸭子还不算太丑。

毛毛虫　（气急）你！太过分了，我现在很丑我知道，可我们毛毛虫有一天也会变成美丽的蝴蝶！

天鹅　你可别做梦了，当我是白痴呀，蝴蝶是有翅膀的，你看看你现在这样子，变成蚯蚓还差不多，如果你能变成蝴蝶，我想我大概可以变成一

只老虎。

蜜蜂　（飞上）我是昆虫，我可以证明，毛毛虫肯定有一天会变成蝴蝶的！

天鹅　丑八怪，快把你尾巴上拖的那截东西弄掉，我看着恶心！

蜜蜂　你……你说话好难听！我们过去一直都是好朋友呀！

鸭子　她现在已经不可理喻！小蜜蜂，毛毛虫，走！

天鹅　你们快走吧，有你们这么丑陋的朋友我可能连晚饭都吃不下呢！快走吧快走吧！（推着三人一起下）

〔恐怖的音乐，狐狸偷偷地从下场门上

狐狸　（对观众）相不相信，我白天能看到星星，嘿嘿，不瞒您说，我都好几天没吃到东西了，现在饿得是眼冒金星呀！

〔白天鹅返身回来，狐狸绕着白天鹅走

天鹅　（对镜子唱）魔镜魔镜告诉我，有谁比我更美丽？

狐狸　好嫩的一只肥鹅呀，（吸口水，继续绕着白天鹅走，越走越近）看来我今天的运气还不错！

天鹅　（照镜子）嗯，感觉真好！

狐狸　（一下子抓住了白天鹅，打掉镜子，用绳子捆了）现在感觉好吗？

天鹅　不……不好。

狐狸　小朋友，江湖险恶呀，你只顾着化妆，送上小命那还不是迟早的事。

天鹅　狐狸大哥，我……我这么漂亮，你忍心吃我吗？

狐狸　是，你的确很漂亮，但你在饥饿人的眼里，只是一块肥肉，没人去欣赏你的美丽！

天鹅　狐狸大哥，你听我唱支歌吧，我唱得很好听——魔镜魔镜告诉我，有谁比我更美丽？

狐狸　太难听了，太难听了，快闭嘴！

天鹅　可朋友们都说我唱得好听。

狐狸　在朋友的眼里，你的缺点也会变成优点，可现在你已经没有朋友了。（拿出一个装胡椒的小盒往白天鹅头上撒）

天鹅　好脏，你在干吗？！

狐狸　嘿嘿，拍赛，（闽南语，"不好意思"）给食物加点佐料。

〔张嘴要咬时，小蜜蜂、毛毛虫、野鸭子一起上

鸭子　可恶的狐狸，快放开丑小鸭，（大叫）嘎，嘎！

毛毛虫　野鸭子，别多管闲事了，她现在是白天鹅，不是我们

的朋友，你别自作多情了。
蜜蜂 快放开她，（大叫）嗡，嗡！
鸭子 快放开我的朋友！
天鹅 伙伴们快来救我呀！
〔三个小伙伴一起攻击狐狸，野鸭子用嘴咬，毛毛虫用头撞，蜜蜂用针刺，"放开我的朋友！放开丑小鸭！可恶的狐狸！"狐狸逃跑了，小蜜蜂倒在地上
天鹅 谢谢你们救了我，（扶起蜜蜂）小蜜蜂，谢谢你，你伤得严重吗？多亏你的宝剑赶跑了狐狸。
蜜蜂 （虚弱地）我的宝剑还在吗？
毛毛虫 在，还在。
蜜蜂 在就好，我休息几天就没事了。
天鹅 小蜜蜂，你的宝剑好漂亮。
〔朋友们一起发现，"毛毛虫，你长出翅膀了，你变成美丽的蝴蝶啦！"
天鹅 伙伴们，谢谢你们救了我，我现在明白了一个道理，容貌美不是真的美，心灵美才是最美的！
〔《虫儿飞》四句歌舞。
〔剧终

黔之驴后传

时间　厦门国际马拉松大赛前的某一天
地点　厦门
人物　虎百代，狐狸，驴百代，灰太狼，红太狼

〔狐狸拿一根大白萝卜上

狐狸　虎大王，虎大王，快走呀。
虎　　来了，来了，（有气无力地跟上）狐狸，这是哪里呀？怎么这么热闹？
狐狸　这里是厦门，最近要举办国际马拉松大赛呢。
虎　　嗯，这么多人，也许会找到我那朝思暮想的驴百代吧，狐狸，还有吃的吗？
狐狸　有，还有最后一根白萝卜。
虎　　能帮忙搞点肉吗？（哭腔）我都已经两个月没吃过一片肉了。
狐狸　虎大王，为了寻找驴百代，咱们花光了所有的积蓄，我最近都已经开始练习吃草了！
虎　　来，萝卜给我。（吃萝卜）
狐狸　虎大王，您的祖先吃了驴的祖先，要我说这也是虎之常情，您犯得着千里迢迢找他们的后人道歉嘛！
虎　　冤冤相报何时了，和平，和平，这才是当今世界发展的主题！
狐狸　嗯，厦门举办的国际马拉松赛，每年来参与的国家都有近百个，这个活动也是和平的使者呀！
虎　　是呀，如果每天都是你咬我一口，我踢你一脚，那谁都没有好日子过！来，你也吃点萝卜。
狐狸　（拒绝，从怀里掏出青草）我，还是练习吃草吧。
〔驴百代和两头狼上
灰太狼　老板，老板，最近您的豆腐工厂可是效益翻番呢，我们两个保镖的工资是不是也该加点了？
红太狼　就是就是，咱老板英俊潇

洒，勤劳善良，加点工资那是小意思！

驴　好好好，灰太狼，红太狼，只要你们踏踏实实地当好保镖，我一定给你们加工资！

灰太狼　不好，老虎！老婆，快掏锅！

红太狼　一锅在手，天下无敌！

狐狸　驴百代！大王，您要找的人出现了！

虎　哇，（吟诵）众里寻驴千百度，蓦然回首，那驴正在灯火阑珊处！（突然地）驴兄，我可找到你了！对不起，我虎百代替祖先道歉了！（施礼）驴兄 I am sorry！

灰太狼　别过来！再往前一步对你不客气。

红太狼　俗话说，恶虎也怕群狼！（两个保镖抖着腿边掩护驴边后退）

狐狸　误会了，误会了，虎大王是来代祖先道歉的，他真的不会再吃驴了。

灰太狼　老板，别相信狐狸，您的爷爷的爷爷的爷爷就是他奶奶的奶奶的奶奶吃掉的！

虎　驴兄，狐狸说的是实话，我是诚心诚意来向你道歉的。

驴　过去的事就让它过去吧！

红太狼　老板！

驴　（手势阻止）知道我们毛驴家族为什么能有今天吗？（手下摇头）就因为我们毛驴家族胸襟宽广，崇尚和平！

灰太狼　老板。

驴　（手势阻止）不要再说了，我驴百代代表毛驴家族原谅你了！

虎　太好了！（高兴地咬了一口萝卜）

驴　虎兄，你怎么吃起萝卜来了，你可一直是吃肉的呀！

狐狸　哎，买得起肉谁吃萝卜呀，超市里苹果六块多一斤，我都已经开始练习吃青草了！

驴　红太狼，给他一个苹果。

红太狼　（从兜里掏出一个苹果递给狐狸）给！

狐狸　（看见久违的苹果，接过，哭腔）谢谢，谢谢呀！（一边跑一边疯狂地啃）

虎　驴兄，不，驴老板，能告诉我你是怎么发达的吗？

驴　这个嘛，我们毛驴家族没什么本事，就只会拉磨，从我爷爷的爷爷开始，我们就不停地拉磨，做豆腐，拉磨，做豆腐，到我这一辈就开起豆腐加工厂。

灰太狼　（对观众）我们厂已经成功上市，股票代号6001857，

也是本年度厦门国际马拉松的赞助单位之一！（大家鼓掌）谢谢！（鞠躬）
驴　　（拍灰太狼肩膀）好，有前途！
狐狸　驴老板，不瞒你说，虽然我狐狸聪明绝顶，虎大王武功盖世，但现在我们俩的处境可是吃了上顿愁下顿呀！
驴　　这样吧，你们俩都到我公司打工，虎大王当保安队长，你当推销经理。

〔狐狸和虎齐："哇，太好了，太好了！"
驴　　兄弟们，（大家站到一起准备谢幕）只要我们拥有持之以恒、超越自我、永不止步的马拉松精神，那么，一切困难都只是暂时的。
虎　　是的，只要我们大家和平共处，拥有团结奋进、相互帮扶的马拉松精神，我们的明天一定更美好！
　　　〔剧终

愚公后传

时间　新世纪
地点　愚公移山之地
人物　愚公后裔：爸爸，三个女儿
　　　智叟后裔：乞丐

〔五人上场门上，锄山舞，念"锄山日当午，汗滴山中土，谁知移山路（呀），步步皆辛苦！"（舞毕，乞丐悄悄下场去换乞丐装）

爸爸　我们都是愚公的后代，谨遵先人之命，矢志不渝，挖山不止，这一挖就挖到了新世纪的今天！

女1　（女2欲从下场门下）喂，小妹呀，你要去哪里呀，今天的挖山任务你还没有完成呢！

女2　大姐呀，我去美容院做个面膜，这几天山上风大，您瞧我这皮肤，那是相当缺水了，原本的林黛玉，现在都快成了刘姥姥了！

女3　是呀大姐，我也不想挖了，自从我八岁那年加入了咱愚公家族的挖山敢死队，到今天已经整整十年了，我连个男朋友还没谈过呢，一想起这事呀，我就想哭！

爸爸　（清清嗓子，"嗯，嗯！"）孩子们，祖训还记得吗？
〔女儿们快速站成一排，"生命不息，移山不止"！

爸爸　你们这些没出息的东西，不要再辱没我们愚公家族的名声了！（气得咳起来，女儿1捶背）快挖！

女2　老爸，前几天一个网友告诉我，这山呢，其实每一天都在长高，我们挖的那点土还没有人家长得快呢，还挖个鬼呀！

女3　是呀老爸，我们也学着智叟的后人搬家算了！

女2　听说智叟家族都是穿名牌、开名车、住洋房、包二奶的！

女3　是呀，就连得那个病都是

相当的洋气，听说叫什么艾……艾……

女1　艾滋病吧！

〔女2女3齐，"对，艾滋病！"

爸爸　好了，好了，孩子们呀，今天谁也别走，都给我赶快挖！

〔大家拿起锄一起挖，齐念："挖，挖，我挖挖挖！"

女1　老爸，我挖到了一块黄色的东西，你快看。（捧出一个金纸做成的大金元宝）

爸爸　天呢，这不是黄金吗？孩子们，我们挖到了金矿了！（激动地）三千多年了，我们今天终于挖到了金矿了！

〔女儿们齐声高呼："我们今天终于挖到了金矿了！"

〔乞丐上

乞丐　金矿？要招聘员工吗？我不要工资，（可怜巴巴地）能给碗饭吃就行了！

女1　咦？这不是智叟家族那位人见人爱，花见花开，貌若潘安，才高八斗的超级大帅哥——智障吗？

乞丐　是呀，我就是智障呀！祖先智叟带我们走出了大山，确实过了几年好日子，可没想到，一个金融危机就把我们家的资金链给弄断了，我爷爷的爷爷的爷爷跳楼了，我爸爸的爸爸的爸爸……（哭）

〔众女，"也跳楼了？"

乞丐　嗯，智叟家族只剩下我一个智障了！求你们收留了我吧！我也要跟你们一起挖山！这年头，还是要搞实业呀！

爸爸　智障呀，我们愚公的家从今天起就是你智障的家！（智障欲跪被扶起，连说"谢谢"）孩子们，我们的祖先虽然叫做愚公，但是他不愚，他老人家难道不明白搬家比搬山容易吗，他那是大智若愚！孩子们，只要坚持到底，黄金就在脚下！（喊出来，要掌声）

女1　爸爸，咱们厦门的马拉松也同样承载了一种愚公的精神，那就是——

〔众，齐："坚持到底，就是胜利！"

乞丐　孩子们，咱们挖呀，坚持到底，就是胜利！

〔锄山舞，五人边舞边念"锄山日当午，汗滴山中土，谁知移山路（呀），步步皆辛苦"——

〔剧终

知错就改的皇帝

时间　很久以前
地点　皇宫外
人物　两个骗子,皇帝,大臣,小孩子

〔背景图片可以是欧美古建筑,代表皇宫,也能表示事情发生在很久以前

〔甲乙两个骗子着普通(要区别皇帝和大臣)的西洋古装,分别执棍、刀,押着在前面绑住双手的小孩子从下场门上

骗甲　小子,死到临头,你还有什么话说?

骗乙　(结巴)就……就是,你……你还有……有什么话……话……话……话?

孩子　说!妈呀,真累!我呢,还真是有一肚子的话要说,可惜我年纪轻轻的就要被杀头了,算了,不说也罢!来吧,要杀就快杀,我还要去跑厦门马拉松哟!

骗乙　(对甲)他……他说这话什么意思?

骗甲　瞧你这智商,整个京城的人都让我们给骗了,你还不明白一个小孩子的意思,他这是在跟你开玩笑呢!

骗乙　好哇,我揍你!(抬手要打)

骗甲　算了,别跟小孩子一般见识,给他一刀,送他去西天!(对观众)各位,说真话没什么好处,瞧瞧,到头来还不是要被我们骗子杀头吗?

孩子　可惜呀,可惜我一世英名!

骗甲　小子,看来你还不服气?

孩子　我当然不服气,是我说出真相,告诉皇上他根本没穿衣服,是我,是我说出了所有人都不敢说的真话,现在我反要被你们杀头,我当然不服气了!

骗甲　自古成者王侯败者贼,如果我的智商不如你,为什么现

在手里拿刀的人是我而不是你呢？

骗乙 就……就是。

骗甲 如果你不服气，那我出一道题考考你。

孩子 出吧，看看我们到底谁聪明。

骗甲 我们骗了皇帝，却受到举国上下万人景仰，你说出了真相，却马上就要被杀头，这是事实吧？

骗乙 事……事实！

骗甲 那就是说，我成功了，你失败了，有句话叫"失败是成功之母"，请问，成功是失败的什么？

骗乙 老大，你这问题，太……太简单了，失败是成功之母，那成功当然是失败的儿……儿子，老……老大，你这问题，太……太便宜他了。

骗甲 猪头，那不是正确答案！

孩子 正确答案应该是这样的，失败是成功之母，成功，是失败的反义词！

骗乙 哇，聪……聪明！果然聪明！

孩子 唉，悲哀呀，小学语文学这么烂。

骗乙 老……老大，别再废话了，一刀杀了这小子。

孩子 等等，这不公平，下面，我也要出一道题。

骗甲 好，就让你出一题。

孩子 （伸出四个手指）这是什么？

骗乙 到底是小孩子！（对观众）太幼稚了，这……这不就是手指头嘛！

孩子 说数字！

骗乙 四！

孩子 一个英语单词！

骗乙 老大，英……英语。

骗甲 FOUR！

孩子 （将四指弯曲）这也是一个英语单词。

骗甲 这……这……

孩子 （屈伸手指）Wonderful（弯的FOUR）！哈哈哈，大笨蛋！

骗乙 老……老大，我们让这小子骗了！

骗甲 哼！（气急败坏地）时辰已到，斩首！（骗子乙举刀欲砍）

〔大臣、皇帝两人从上场门上

大臣 （急走在前）刀下留人！

骗乙 大……大人，这小孩瞎……瞎说实话，不能留呀！

皇帝 刚才的一切我都在暗中看到，也听到了，该杀的其实不是这个小孩子，而是……

骗乙 皇帝，该杀的是谁？我去办！

皇帝 该杀的是你们，是你们这两

个骗子!

骗乙 老大,快……快跑!

骗甲 这里是皇宫,往哪儿跑,还是束手就擒吧。

〔大臣过去夺过他们手中的刀和棍,解开小孩子手上的绳子

〔煽情的音乐起

皇帝 (对孩子)孩子,受委屈了,你不顾个人荣辱,一语道破机关,本应该得到荣誉和赞美,但是,情况恰恰相反,因为更多的人被一己私利所左右,不但纵容了十恶不赦的骗子,更是险些错杀了说真话、道实情的好人,现在,我代表全城的人向你道歉!也向你致敬!

大臣 实事求是,适用于任何社会和时代,实事求是也同样是厦门国际马拉松大赛倡导的比赛和竞技精神,祝愿厦门国际马拉松大赛圆满成功!

〔剧终

有爸的孩子像块宝

时间　一天早上
地点　大森林里
人物　老狼　男孩子扮演
　　　小灰　老狼的儿子，男孩子扮演
　　　狐狸　女孩子扮演
　　　母鸡　女孩子扮演
　　　小鸡四只　男孩子、女孩子各两人

〔幕启　舞台天幕为美丽的大森林，鸟叫声不绝于耳，春光明媚，舞台正中偏左有一棵小树，小树下是母鸡的家（像鸡窝一样的一间小房子），舞台正中偏右是一棵大树，树很粗大，树后可以藏身

〔晨光，音乐起，鸡妈妈从鸡窝里爬出来，抱着一枚大蛋

母鸡　（爱抚着蛋，左右看，听声音，对蛋）我的宝贝，今天就是你们的生日，等到太阳落山的时候，咱们就可以见面了，妈妈现在要去给你们找些小米吃，（把蛋送回窝，对蛋）孩子们，咱们傍晚见！（唱着歌，高兴地从下场门跑下）

〔诙谐的音乐起，小灰看着鸡妈妈的背影，扑到鸡窝前

小灰　爸爸，这里有一窝鸡蛋！又圆又大的鸡蛋！

〔老狼和狐狸分别从舞台两侧鬼鬼祟祟地上，他们同时看到鸡窝，飞奔过去，同时挤在了门口，又同时退了出来

狐狸　狼大哥，别来无恙呀，您这样的身份，怎么能跟狐狸妹妹抢几个鸡蛋吃呢？

小灰　（躲在老狼身后）臭狐狸，这是我发现的！

老狼　对，是我儿子小灰发现的！

狐狸　（凶了小灰一下，小灰吓得继续闪躲）嘻嘻，（转对狼）狼大哥，不如这样，我们一人一半呀！来，我先数

数，（对窝）一、二、三、四，一共四枚蛋，我两个，你两个。

小灰　我发现的，我也要一个！

狐狸　（对小灰）嗯——，还一个办法，我们三人一人一个，现在打破一个，我吃蛋清，（对小灰）你吃蛋黄？

小灰　不，吃蛋黄会长胖的！

老狼　走开走开，你个大骗子！

狐狸　（眼珠一转，计上心来）狼大哥，我还有一个办法，不如您把小鸡孵出来，到时候吃小鸡那不是更美味！

老狼　（想一下）嗯，这个主意倒挺有意思。

狐狸　您点上一堆火，把小鸡穿成串，抹上点油，撒点孜然、辣椒粉，再开上一瓶红酒。

老狼　（舔嘴唇，吸口水）嗯，好主意，好主意，我好像已经闻到了烤鸡的香味啦！

小灰　爸爸，小鸡很可爱的，我不让你吃！

狐狸　还有，您可以在鸡窝里安静地孵蛋，待会儿母鸡找食回来，你一口咬住她的脖子，这样还可以再炖上一锅鸡汤！

老狼　（喜悦）嗯，不错不错，是个好主意。

狐狸　狼大哥，鸡蛋分我一枚吧？

小灰　走开！臭狐狸！

狐狸　哼，你这个贪心的小狼崽子，看我怎么收拾你！

小灰　爸爸，我去捉蝴蝶啦！（说完上场门跑下）

老狼　（朝小灰背影）要当心狐狸欺负你呀！

〔老狼到窝里孵蛋

〔母鸡从下场门兴高采烈地背着一个装满了小米的袋子上，狐狸躲到大树的背后

母鸡　（唱）今天是你的生日，我的小鸡，妈妈带来了一袋小米——

〔狐狸从树后出来

狐狸　鸡大姐，鸡大姐！

母鸡　（惊吓）可恶的狐狸，别过来！当心我啄瞎你的眼睛！

狐狸　别怕，别怕，鸡大姐。

母鸡　你别过来！

狐狸　好好，看把你给吓的，其实我早就改邪归正了。

母鸡　我不相信！

狐狸　鸡大姐，告诉你一个不幸的消息，你的孩子们都让老狼给吃掉了！

母鸡　你骗人！

狐狸　是我亲眼所见！（阴险地）白白的，大大的，一共四枚，对吧？

母鸡　对呀，我可怜的孩子们呢？（哭腔）

〔母鸡只顾悲伤，狐狸悄悄来到母鸡身旁，突然去抓母鸡的脖子，母鸡跳开，他们在台上台下追了一圈，母鸡大喊："小朋友们，救命呀，快帮我打跑可恶的狐狸！"母鸡跑到树后，表示已经上树，狐狸仰头向树上说话，母鸡的声音加回响音效，体现她在高处

狐狸　哼！（朝树上）我就不信你能在树上待一辈子！

母鸡　可恶的狐狸，我再也不相信你了！

〔小灰拿着一只漂亮的大蝴蝶从上场门跑上

小灰　（唱）小蝴蝶，穿花衣，飞到东来飞到西，看到蜜蜂去采蜜，抖着翅膀飞过去——

狐狸　小灰灰，（从兜里掏出一颗糖果）我这里有糖果，你想不想吃呀？

小灰　想！（走过去，张开嘴巴要接狐狸手中的糖果）

母鸡　小灰！不要吃，狐狸的糖果有毒！

小灰　（看树上）真的？（闭起嘴巴）

狐狸　放心好了，很甜的，怎么会有毒呢？

母鸡　小朋友们，快别让小灰吃毒糖果呀！老鼠一家就是被狐狸用毒糖果害死的！小灰，快去找你爸爸！

〔小灰跑到鸡窝前，狐狸收起糖果，追到鸡窝前

小灰　爸爸，爸爸！

狐狸　（来到鸡窝）狼大哥，狼大哥！

老狼　（出来，呵欠，懒腰）谁呀？人家正在孵蛋呢。

狐狸　是我，狐狸妹妹。

老狼　你怎么又来了？

狐狸　狼大哥，母鸡已经飞到树上去了！

老狼　（从窝里出来）这跟我有什么关系？

小灰　爸爸，别相信狐狸的话，他刚才要给我吃毒糖果，是母鸡及时提醒我的！

老狼　你果然是个坏东西！

狐狸　（气急败坏地）狼大哥，你难道不想吃鸡吗？

老狼　之前想，现在不想了，我刚刚在鸡窝里吃了点玉米，喝了点水，已经不饿了。

狐狸　我真为你的行为感到脸红！这样，我往树上爬，你在树下等，咱们合伙捉母鸡，到时候你分我两只鸡大腿就行！

老狼　算了，（对观众）你们狐狸家族呀，没个谱！

狐狸　（气急败坏）真是丢尽了我

们野兽家族的脸！（对树上）母鸡，你给我等着，迟早我把你们全家一网打尽！（下场门下）

〔一只小鸡从鸡窝里钻出来

鸡1　（对着老狼看）叽叽？

老狼　嘿——小家伙，你还挺可爱的。

鸡1　妈妈！

老狼　不，我不是妈妈，我是男的。

鸡1　爸爸？

老狼　嗯，（不好意思地）这……其实我才孵了你们一天。

小灰　那您也是爸爸呀！

鸡1　（对窝里）兄弟姐妹们，快来呀，快来叫爸爸！

〔其余三只小鸡相继钻出来，"爸爸您好，爸爸您好，""爸爸您喝水吧，爸爸您吃米吧！"把老狼幸福得笑开了花

母鸡　（从树后出来）狼大哥，您……您没有吃掉我的孩子？

老狼　当然，你刚才没听到吗，这些孩子叫我爸爸呢，其实，我才孵了他们一天，对了，孩子们，这才是你们的妈妈，是她生下你们，还孵了你们二十天呢！

〔小鸡们又围过来叫"妈妈，妈妈"

母鸡　狼大哥，您真的肯放过我们吗？

老狼　谢谢你刚才救了小灰，还有，刚才我孵蛋的时候吃了些粮食，嘿嘿，还有……还有……做爸爸的感觉……感觉真好！

（小鸡们又开始叫"爸爸，爸爸"）

〔狐狸悄悄出现了，扑向了一只小鸡，小鸡跳开

狐狸　老狼，愣着干吗？傻瓜，快抓小鸡呀！

老狼　大骗子，放开我的孩子，知道吗？现在我已经是他们的爸爸啦！来，大家一起抓狐狸呀！

〔大家一起按住狐狸

老狼　大骗子，以后还敢不敢伤害小动物啦？

狐狸　不敢了，不敢了，以后我也只吃粮食！以后我只吃青草！

〔《世上只有妈妈好》音乐起，大家合唱："世上只有爸爸好，有爸的孩子像块宝，我们大家一起，把狐狸战胜了！"

〔大家一起按住狐狸，造型，音乐渐弱，收光

〔剧终

校园

比爸爸

时间　放学后
地点　小学校操场
人物　珊珊（女）、壮壮、小刚、刘帅四位小学生

〔幕启　四个小学生背着书包，蹦蹦跳跳地唱着歌跑上，小刚怀抱足球先上

小刚　（放下足球，用脚踩住）来来来，咱们两个人一队，痛痛快快地踢他一场！

壮壮　等等，事先声明，我可不跟珊珊一伙呀。

刘帅　谁爱领一个女孩子，跑又跑不快，我也不和珊珊一伙。

小刚　那怎么办，（想一下）不如，不如让珊珊自己决定吧，她要是选中了谁，咱们谁也不许反悔！大家说怎么样？

壮壮　也只能这样了。

刘帅　我也同意。

小刚　（对珊珊）珊珊，你说，你愿意和谁一伙呀？

珊珊　（害羞地低下了头）我……我……给大家添了这么多的麻烦，真是不好意思，（突然眼睛一亮）不如……不如我们还和昨天一样，玩战斗游戏吧！

壮壮　行呀，也是个好主意，珊珊，你还当卫生员！

刘帅　玩战斗游戏嘛，行倒是行，可今天的司令员谁来当呢？

小刚　当然还是我了，昨天就是我当的司令！

壮壮　凭什么总是你来当司令？今天应该轮到我当了！

刘帅　不，应该轮到我了！

珊珊　大家快别争了，别争了，谁当司令还不都一样嘛！

小刚　大家先听我说，我爸爸在单位就是个头儿，管四十多号人呢，连我妈都得管他叫局长，按照老子英雄儿好汉的道理，这个司令就应该由我来当。

壮壮　我不同意，你那纯属歪理邪

说，我爸爸还是大款呢，他有好多好多钱，我老崇拜我爸爸了，有一天我爸喝了点酒，他跟我说，（众，说什么）我爸说如果超市里要是有卖原子弹的就好了，不管多贵都买一颗，（众，买那东西干吗呀）唉，再炸小鬼子一回呗！大伙说，这个司令是不是应该由我来当呀？（众笑，好主意，好主意）

刘帅 （清了清嗓子）同学们，看来今天的司令还是由我来当吧！

〔众，凭什么呀

小刚 你爸爸是市长呀？
壮壮 你爸爸是市委书记呀？
刘帅 不是不是，都不是。
珊珊 那是啥？
刘帅 我爸爸啥也不是。

〔众笑，刘帅发现说走了嘴，不好意思了

刘帅 听着听着，告诉你们吧，我爸爸是老师！老师，你们懂不懂？就像咱们的班主任一样，专管你们这些不好好学习、调皮捣蛋的坏家伙。

小刚 （打暂停手势）暂停暂停，我对老师最有意见了，今天早上咱班主任还批评了我一顿呢！

珊珊 还不是因为你数学考试没及格！

壮壮 （对珊珊）喂，珊珊，你也说说你爸爸吧，弄不好这个司令还要由你来当呢。

刘帅 是呀，珊珊，你也说说你爸爸吧。

珊珊 不，我不说。
小刚 你爸爸不会是下岗了吧？
珊珊 （瞪了小刚一眼）不许你胡说！（自豪地）我爸爸是个光荣的人民解放军！

〔众惊，一起用崇拜的目光看着珊珊

壮壮 你爸爸什么军衔？
珊珊 这个我不知道，他在我眼里只是一个普普通通的兵！
刘帅 你爸爸厉害吗？
珊珊 当然了，我爸爸有好多好多的军功章呢！
小刚 没见过，军功章好看吗？
壮壮 戴在身上威风吗？
刘帅 那肯定威风了，（转对珊珊）对了，珊珊，不如……不如你哪天拿出来让我们也开开眼界！
小刚 是呀，看到了军功章我们才能相信你说的话。
珊珊 （低下头）可最近我爸爸不在家，他去抗洪抢险了。
壮壮 对，抗洪抢险，这事我知道，这几天电视上天天都有，好多解放军叔叔都去了……

刘帅 别插嘴，听珊珊说。

小刚 珊珊，你说呀。

珊珊 （向前略走几步，灯光变暗，一束追光打到珊珊的身上，马思涅的《沉思》弱起）爸爸已经去了好多天了，连电话也没有往家里打一个。爸爸，我知道你很忙，也许大堤上没有电话，可你也应该托人往家里捎个信，爸爸你知道吗，从你走的那一天起，我天天都看《新闻联播》，电视里也有好多的解放军叔叔，看到他们我就更想你了，我就在电视里找呀，找呀，看谁都像你，可又谁都不是你，解放军叔叔们全都是一身泥、一身汗地站在水里，爸爸你一定和他们一样，黑了，瘦了。爸爸，你饿不饿，渴不渴，受伤了没有，流血了没有？爸爸，你可要小心点呀，我和妈妈天天都在为你担心。爸爸，你知道吗，我和妈妈已经为你折了七十九个幸运星了，我相信这些幸运星会保佑你平安回来的。爸爸，咱们家花盆里的草莓又结了九个，全都红透了，这次我一个都没舍得碰，只等着你回来和我一起吃。爸爸，你在哪里呀，爸爸，你快回来吧！

〔灯光渐亮，乐声收
〔剧终

您的世界，我来过

时间　近期，多个时间节点
地点　厦门，街头，学生的家，教师办公室等，写意不写实
道具　一张办公桌，两把办公椅，按剧情在舞台上摆放，写意不写实。
　　　另有按剧情要求的小道具若干：书本、机械模型、花盆等。
人物　女老师（郑艳云的原型）
　　　男老师（刘伟的原型）
　　　刘伟　男，学校校长
　　　文凯　男，小学生，郑艳云的学生
　　　文凯奶奶
　　　男青年　郑艳云曾经的学生，保安
　　　男生　刘伟的学生
　　　女主持人　初中生，刘伟的学生
　　　男主持人　小学生，郑艳云的学生

〔男女主持人，女前男后，从舞台上场门上

女主　多少次季节轮回，多少个春夏秋冬，您是红烛，燃烧着自己的生命。

男主　奉献了多少汗水和心血，不图利，不为名，您撒播知识的火种，把智慧和爱心融化到每一个孩子们的心中。

女主　我叫×××，是集美职业技术学校的一名学生，我的老师刘伟，多年来致力于焊接机器人的教学和实践，为祖国培养了许多科技人才。

男主　我叫×××，是曾营小学的一名学生，我的老师郑艳云，从教二十多年，桃李满天下。大家看，我的老师，她来了。

〔舞台灯光亮，办公桌上有书本、一个空花瓶，郑老师坐在桌前批改学生的作业，一个二十来岁的青年学生，手持一枝野花从上场门跑了上来

青年　郑老师，郑老师，您还记得

我呀？！

郑　怎么不记得，（站起身）上学的时候你可没少给我惹祸，踢足球打碎了二班的玻璃。

青年　（不好意思地）是，玻璃还是您帮我出钱换的。

郑　校门你不走，专门跳院墙，保安抓到你，你又抓又咬，害得老师去给人家赔礼道歉。

青年　是，是，郑老师，对不起，这个，送给您。（把手上的野花插到郑老师桌上的花瓶里）

郑　这花是在花坛里折的吧？

青年　是，是，不过，是校外的花坛，老师您放心，我不会再给您惹事了。

郑　唉，你已经毕业七年了，知道老师今天为什么叫你来吗？

青年　不知道。

郑　据我调查，初中毕业后，你就在社会上漂着，没个正经事。

青年　郑老师，（怕了）喝酒赌钱的事我前几年做过，但伤天害理的事我可绝对没做过！

郑　别紧张，我都知道，老师今天找你来不是兴师问罪的。

青年　（急切地）郑老师，我现在每天早上都帮隔壁的李奶奶推早餐车，您相信我。

郑　老师当然相信你，老师知道你是个好孩子，你应该通过自己的努力考上大学，可惜呀，其实你当时的成绩还不赖。

青年　（低下头）现在上的是社会大学，对不起，郑老师，我让您失望了。

郑　学校最近在招保安，我推荐了你，你现在去校务处面试，我要去上课了，有什么话咱们回头再说。（递了瓶水给青年，然后从下场门下）

〔单音小提琴背景音乐起

青年　（看了老师的背影，抹了一下眼睛上的泪花）郑老师，我要是不好好干，我……我就是混蛋！

〔青年从上场门跑下

〔男女主持人上

男主　姐姐，这是个真实的故事，郑老师不光关心在校的学生、只要是她教过的，哪怕已经考上大学，她也一直在关注、关心着他们，只要是学生有困难，她都竭尽自己的能力去帮助。

女主　郑老师真是位好老师，看，我们的刘伟老师也来了，他为了学校，为了自动焊接机器人的科研项目，已经两天没合眼了。

〔男校长在前，刘老师相跟着，从上场门上

校长　刘老师，这次我一定要批评你，一定要批评你！

刘伟　林校长，对不起，真是对不起，给您添麻烦了。

校长　我不想听你解释，我只知道，你家属的电话已经三次打到我办公室了，这次升级了，说再联系不到你就要去派出所报案！

刘伟　校长，您听我解释。

校长　（表情严肃地看了刘老师一眼，转过身叹了口气）唉！

刘伟　家人联系不上我我有责任，忙晕了头，手机没电也没及时充电，校长，我爱人最支持我工作，您是知道的。（笑嘻嘻）

校长　但你两天两夜在实验室里熬，你也要注意身体呀，你现在是学校，是厦门的一个宝，焊接机器人的技术和理论很多都在你这里成熟和推广，你的身体不是自己的，是咱们学校和学术界的，你知道吗？！

刘伟　校长，校长，您批评得对，我接受，我还年轻，身子骨没问题，您放心！

校长　还有，学校目前条件有限，但已经申请了专项科研经费，你就等一等嘛，你那点工资，没有必要先期垫付，你也有一家老小等着吃饭呢。

刘伟　是，校长，您知道，一个项目一旦启动，中途是停不下来的，况且，我也没垫付多少，只是心急，先买了个两万块钱的小设备，这不会影响我生活，您就放心好了。

校长　（拍拍刘伟的肩膀）老刘呀，我什么也不说了，这是我最后一次批评你，我知道你这一切都是为了学校，为了科研，是呀，我也知道，我批评你也没用，因为你的耳朵里，除了教学和科研，你什么也听不进去。

刘伟　校长，我也没您说的那么伟大，搞专业的人，如果没点劲头，是做不出成绩的。

校长　好了，不说了，晚上到我家吃饭吧，你餐餐方便面，可别把身体吃坏掉。

刘伟　校长，今天晚上我再加个班，明晚……明晚我一定去您那吃饭。

校长　现在是你领导我，对了，先给家里打个电话，报个平安。

〔单音小提琴曲响起

刘伟　是！谢谢校长理解！

〔校长下场门下

刘伟　（对校长背影）放心吧校长，这次全系统的科技练兵，我非拿个第一名不可！

〔刘伟下，两位小主持人上

女主　我们的刘老师，虽然只是位中职教师，可他就靠着这股拼劲，获得了数不清的奖项，为厦门，为学校争得了数不清的荣誉。

男主　姐姐，我长大了也要当一名老师，我也要像刘老师一样，不但要教好自己的学生，还要在从事的领域里做出成绩。

女主　那你从现在开始就要一直努力呀。

男主　姐姐，郑老师从一开始就教育我们，要认真学习，扎实做事，好好做人。郑老师说过，她的学生不一定都会成为社会的栋梁，但一定都是对社会有用的人。看，郑老师来家访了。

〔舞台灯光亮，办公桌上的东西收拾一空，变成居家的桌子，两旁各一把椅子，整体摆放在舞台正中偏左的位置

奶奶　（下场门端一大锅绿豆汤上，对观众）唉，也不知道这小孩子搞的什么鬼，台风刚过，中午一回家就给了我一大袋绿豆，还给我这当奶奶的分配任务，让我煮一大锅的绿豆汤。

文凯　（上场门跑上，放学回家了，背着书包，喊）奶奶，奶奶，绿豆汤做好了吗？奶奶，绿豆汤做好了吗？

奶奶　当然做好了，我孙子给我分配的任务我敢不完成？

文凯　（把书包放到桌上，拿起冷水杯喝一阵子水，奶奶忙说："慢点，慢点，可别呛着了。"）对了奶奶，你一会儿把家里所有的碗筷都拿出来。

奶奶　干吗呀，你这是又出什么坏主意，难不成你们全班同学都到家里来喝绿豆汤吗？

文凯　什么呀，这你就不懂了，奶奶，这不是台风刚过吗？学校里很多解放军叔叔来帮我们清理树枝和垃圾，郑老师说我们人小，不能干重活，但我们也要对解放军叔叔表达我们的心意，这不，全班同学都从家里带了绿豆，我们家就在学校隔壁，是我自告奋勇，负责煮汤！

奶奶　是你奶奶自告奋勇吧，看不出呀，我孙子还真是懂事

了。

文凯 谢谢奶奶,来亲一个,我的好奶奶。(亲奶奶的面颊)

〔郑老师上场门上

郑 文凯在家吗?

文凯 在!在!奶奶,郑老师来了。

〔郑老师进屋

奶奶 郑老师,快请坐!(郑老师坐)

郑 阿姨,台风天家里没受什么损失吧?

奶奶 还好还好,碎了几块玻璃,邻居们上午就帮我装好了。文凯,去给老师泡茶。

〔男孩应了,跑下场

奶奶 郑老师,我们家文凯让你操了不少心,他妈妈前年生病没了,爸爸又在外打工。

郑 阿姨,别说了,文凯学习没问题,就是心理上一时过不去这个坎,不太爱跟同学交往,老是觉得自卑,这次慰问解放军,我特意让他表现表现,请他帮助煮汤。

奶奶 郑老师您费心啦,文凯这孩子太可怜了,他妈走的时候他才二年级。(擦眼睛)

郑 放心,阿姨,我会帮他尽快走出来,以后我会常来的,文凯现在在班里是个中等生,学习上您不用给他太大压力,我会督促,这个时候孩子心理健康比学习重要呀。

奶奶 郑老师,您真是个通情达理的好老师。

〔文凯端两杯茶从下场门跑上

文凯 郑老师,喝茶,奶奶,您也喝。

郑 (喝了一口茶,放下杯,站起身)文凯,老师来端汤,你拿上碗筷,我们一起给解放军叔叔送过去。

文凯 好的,老师。

奶奶 郑老师,我也去。

郑 好,咱们一起去!

〔切光,主持人出

女主 小弟弟,真羡慕你有个这么善解人意的好老师呀。

男主 那当然,我们郑老师说,学习重要,但健康,特别是心理健康更重要。只要人格高尚,一辈子做什么都错不了。

女主 郑老师说得对,学习不再是学生的全部,只有全面发展才能成为对祖国有用的人呀。

男主 嗯,姐姐,看,那不是你们刘老师吗?他在干吗?

〔办公桌归位,刘老师起身,抓头发,他在思考,突然又回到桌前写了起来,一

个男生，搬了一个机器的模型走了进来

男生　刘老师，对不起，您的作业我完不成了。

刘伟　喔，我想想，全班就差你一个人没有完成了，是不是？

男生　是。

刘伟　不要紧，告诉老师，出了什么问题。（和蔼地抚着男生的肩膀）

男生　（哭腔）对不起，刘老师，我肯定完不成作业了，我真没用，我已经实验了上百次，可还是不成功，我……我想放弃。

刘伟　放弃？嗯，这是很简单，又很有效的办法，不用再费心，不用再劳神。

男生　（哭腔）对不起，老师，不是您想的那样，我真的已经实验过上百次了，我就是很没用！

刘伟　过来，我拿个模型给你看。（从桌下拿了一个模型出来）

男生　（一看，笑了，摆弄几下）老师，我从没见过这么烂的东西，这是多笨的学生交的作业呀！？

刘伟　这个作业交得很烂是吧？

男生　是呀，做工粗糙，很多不合理，电路系统、传动系统都不合理，老师，告诉我，这是哪个班级学生的作业，我想，我现在都可以做他的老师了。

刘伟　是呀，告诉你吧，这是老师上学时的作业，记得当时我也实验了几百次没成功，但我的老师并没有批评我，而是鼓励我，用了一个下午的时间帮助我完成了它，从那以后，我就学会了两个字——坚持。

男生　（震惊了）对不起老师，我、我好像懂了。老师，再给我两天时间，我一定会完成作业的。

〔男生说完跑下，刘老师笑了，坐回到自己的座位前，定点光

〔歌曲《我轻轻走过老师的窗前》，前奏起。

〔朦胧的暖色光起，两位主持人唱着歌走上，歌声不停，无声戏在歌曲中表演。

〔一组无声戏开始，也可以看作是演员的谢幕，事实上也是对前面故事的结局交代：

1.当保安的青年穿着保安服，端着一个开满花的花盆跑上，郑老师来了，保安把花盆递给老师，老师在他头上

拍了一下,二人笑着下。

2.一个男生抱着一个模型,跑到刘伟老师跟前,老师竖起了大拇指,然后拿个奖状给男生,男生对观众展示一下。男生跑下,刘老师坐回。

3.校长抱个金灿灿的大奖杯,跑上来交给刘老师,刘老师给校长鞠躬,校长笑,又给刘老师鞠躬,然后二人下回到桌前看图纸。

4.上场门,郑老师端着锅,后面是奶奶和孙子抱着碗筷走上,一个解放军下场门跑上,给郑老师敬礼,然后给观众敬礼,接过锅,大家一起面向观众。

5.两个学生唱着歌走到中间,刘老师和校长也过来,所有演员一起为本节目谢幕。

〔剧终

您,从未离开

人物 教师,嘉庚先生,洋人伊诺(男),村妇,六名学生(男女各半,包括男牧童、着汉服的学生表演者),共计十人

〔天幕 闽南古厝 远山 近水 艳阳 榕树
〔用易拉宝制作仿古的牌匾"惕斋学塾"竖立在舞台的中后区

第一单元

〔古筝或古琴曲起,渐强
〔四名学生依次从下场门上,扮古人,带道具弓、剑等,轮诵《国殇》最后四句

生甲 出不入兮往不反,平原忽兮路超远。
生乙 带长剑兮挟秦弓,首身离兮心不惩。
生丙 诚既勇兮又以武,终刚强兮不可凌。
生丁 身既死兮神以灵,魂魄毅兮为鬼雄。
合 身既死兮神以灵,魂魄毅兮为鬼雄。(集体造型)
〔古筝或古琴音乐渐弱渐无
教师 (民国装,挟书,上场门上)孩子们,表演得很好,谁来告诉老师,你们诵读的哪一首诗词?
生甲 老师,是楚国爱国诗人屈原所作《九歌》中的《国殇》!
〔牧童持放牛的鞭子悄悄地从下场门上,站在角落里
教师 (对观众)是的,《国殇》,哪位同学再来告诉老师,这首诗的含意是什么?
〔"不知道,不知道",短暂的静场
牧童 老师,我知道。
〔嘉庚先生从上场门暗上
生乙 老师,他只是个牧童。
教师 这……
嘉庚 我观察过,这位牧童已经站

在窗外听课好多天了。
教师 （鞠躬礼）嘉庚先生。
嘉庚 我们就请他来说一说吧。
教师 好。
牧童 （走到台前对观众）《九歌·国殇》是战国时期楚国伟大诗人屈原的诗作，追悼了楚国阵亡的士卒，也歌颂了楚国将士的英雄气概，全诗对雪洗国耻寄予热望，抒发了作者热爱祖国的高尚情怀。

〔一村妇（牧童妈妈）从下场门一道幕中间上

村妇 傻孩子，快去放牛，这不是咱能来的地方。（拉牧童欲下）
牧童 （挣脱）妈，我想读书。
村妇 读书是要缴学费的，家里穷，妈实在是出不起这个钱，（谦恭地对老师）拍赛，拍赛，我们这就走，我们这就走。（牧童给老师和嘉庚鞠躬，二人欲下）
嘉庚 （一挥手）等一等，老师，我想请这位同学坐到教室里来，今后他的学费连同在座各位的学费都由我来支付，您看可以吗？
教师 （鞠躬）当然可以，当然可以，谢谢嘉庚先生。
村妇 （鞠躬）谢谢啦，谢谢啦。
嘉庚 （对学生，然后对观众）我培养你们，并不想你们替我做什么，我更不愿你们是国家的害虫、寄生虫；我只希望你们要依照着"诚毅"二字，努力读书，好好做人，替国家替民族做事。

第二单元

〔音乐起　嘉庚和老师朗诵《少年中国说》前半部分

嘉庚 （接续之前的情绪，娓娓进入状态）故今日之责任，不在他人，而全在少年。少年智则国智，少年富则国富。
教师 少年强则国强，少年独立则国独立。
嘉庚 少年自由则国自由，少年进步则国进步。
教师 少年胜于欧洲，则国胜于欧洲。
二人合 少年雄于地球，则国雄于地球。

〔又有学生分别从下场门来到教室，孩子们轮诵《少年中国说》

〔音乐起

嘉庚 红日初升，其道大光。
生齐 红日初升，其道大光。
众齐 河出伏流，一泻汪洋；
潜龙腾渊，鳞爪飞扬；

乳虎啸谷，百兽震惶；
鹰隼试翼，风尘翕张；
奇花初胎，矞矞皇皇；
干将发硎，有作其芒；
天戴其苍，地履其黄；
纵有千古，横有八荒；
前途似海，来日方长！
美哉，我少年中国，与天不老！
壮哉，我中国少年，与国无疆！
美哉，我少年中国，与天不老！
壮哉，我中国少年，与国无疆！

第三单元

〔嘉庚先生的一个生意伙伴来了，他叫伊诺，是个外国人，他从上场门跑上

伊诺 （大喊，生涩的汉语）嘉庚先生，嘉庚先生。

嘉庚 （二人握手）伊诺，你不在海外好好做生意，来找我做什么？

伊诺 （焦虑地）嘉庚先生，今年橡胶的利润是往年的一倍，您不加大投资，反而撤资办学，这……这，我实在是不能理解呀！

嘉庚 （对观众）我的祖国现在遭遇了前所未有的困境，我的同胞里很多孩子没有条件在学校里读书，（对伊诺）所以，我个人的生意是小事，为祖国办学才是大事。

伊诺 喔，原来是这样，我尊重您的选择！

嘉庚 （对观众）教育非仅读书识字，而尤以养成德行裨益社会。为人有道德毅力，便是世间上难得的奇才。

〔《集美校歌》音乐起

嘉庚 闽海之滨，有我集美乡；
山明兮水秀，胜地冠南疆。

一阵 闽海之滨，有我集美乡；

二阵 有我集美乡！

一阵 山明兮水秀，胜地冠南疆；

二阵 胜地冠南疆。

齐 山明兮水秀，胜地冠南疆。

教师 天然位置，惟序与黉；
英才乐育，蔚为国光。

一阵 天然位置，惟序与黉；

二阵 英才乐育，蔚为国光。

齐 蔚为——国光。

教师 全国士聚一堂，师中实小共提倡。

嘉庚 春风吹和煦，桃李尽成行。

一阵 春风吹和煦。

二阵 桃李尽成行。

齐 春风吹和煦，桃李尽成行。

嘉庚　树人需百年,美哉教泽长。

　　一阵　树人需百年,美哉教泽长。

　　二阵　美哉教泽长。

嘉庚　"诚毅"二字中心藏,大家勿忘。

　　一阵　大家勿忘!

　　二阵　大家勿忘!

齐　"诚毅"二字中心藏,大家勿忘,大家勿忘!大家,勿——忘!

〔谢幕

〔剧终

木兰style

时间　刚放学
地点　小学校园内外
人物　木兰（六年级学生），张宝、王衡（小学二三级男生），张宝的爷爷奶奶

〔幕启　音乐起，萨克斯《回家》表示已经放学，舞台上预置一个书包

〔木兰着简单的男式古装跑上

木兰　（虽着朴素男装，却不掩女儿神态）奇怪，这是哪里？怎么丝毫没有咱南北朝的气息？（惊）为什么到处都是太阳？（看直播间上的吊灯）（被灯刺眼低头，发现书包）这是什么？（打开书包，取出一个MP4播放器，然后是书本，喜）书！（半蹲翻开看，《回家》音乐渐弱渐无）

〔张宝和王衡从上场门跑上

张宝　书有什么大惊小怪的，这里是学校，到处都是书！去，别乱动人家东西。
木兰　我没乱动。
王衡　喂，姐姐，你这身衣服哪买的，帅呆了，酷毙了，用中文已经无法比喻了！
张宝　Very good，相当beautiful！
木兰　你们在说什么？怎么听起来像匈奴话？
王衡　张宝，我先走了，你等爷爷奶奶来接你吧。
张宝　别走呀，来，见识下爷爷给我新买的MP4。

〔《江南style》骤响

木兰　（吓得跳了起来）有暗器！

〔张宝和王衡已经随着音乐跳起"骑马舞"

木兰　（自语）这是哪门武功？

〔爷爷挂拐棍，奶奶持蒲扇一前一后从下场门上

爷爷　停，停，别跳了，别跳了，你再不停止爷爷心脏就停止了。

〔两个孩子停跳，音乐停

奶奶　乖孙子，来，吃点水果，

	（从衣兜里取出个小盒子，用牙签插水果）学习累了吧？
张宝	嗯！奶奶，我不想上学了，太累了，我想快点退休，像您一样，早上9点起床，打太极拳，（比动作）晚饭后去湖边散步，（比动作）然后回家看韩剧。（比动作）
王衡	奶奶，上学有时确实很累，但我觉得还是快乐的时候多。
张宝	你成绩好当然快乐了。
木兰	就是，上学是多么幸福的事情呀，怎么会累呢？我小时候就没上过学，我好羡慕你们呢。
爷爷	哟，这是谁家闺女，怎么穿得像古人一样？
王衡	就是，像个《生化危机》里爬出来的怪物。
	〔张宝和王衡吃水果
木兰	爷爷奶奶，我叫花木兰，是从南北朝穿越过来的！
奶奶	穿越？（摸了摸木兰头）这孩子好像不大对劲，老头子，你怎么看？
爷爷	我看这孩子挺正常的，现在年轻人做什么事情都讲一个复古，她这身行头是个典型的复古式，你就别大惊小怪了！
木兰	（急）爷爷，我没复古，我穿越呀！
张宝	王衡。
王衡	我问她几个问题就知道了。（转对木兰）你说你是花木兰，你生活在哪个时代？
木兰	南北朝。
张宝	你最成功的事情是什么？
木兰	女扮男装，替父从军！
王衡	敌人是谁？
木兰	突厥人，匈奴族！
张宝	你业余时间玩什么？
木兰	织布！唧唧复唧唧，木兰当户织。
张宝	嗯，你有钱怎么花？
木兰	东市买骏马，西市买鞍鞯，南市买辔头，北市买长鞭。
王衡	呜呼呀，她真的就是替父从军的木兰姐呀！张宝，你怎么看？
张宝	不管别人信不信，反正我是信了。奶奶，走，咱们回家！（把双肩背书包一下子压到奶奶肩上，奶奶咳嗽）
木兰	喂，你怎么能这样对待奶奶呢？她这么大年纪了，是要你照顾的呀！
王衡	说你穿越你还觉得自己了不起了，告诉你吧，奶奶替孙子背书包是天经地义的，现在是公元2012年12月14日，不是你们南北朝。

奶奶 是呀,小孩子学习已经够累了。

爷爷 放学了再背上这么重的书包会受不了的。

张宝 (闽南话)就是,洞美调,洞美调呀。

爷爷 老太婆,我来。(从老伴身上取下自己欲背,被木兰夺过背上)

木兰 小弟弟,这书包没你说的那么重,我背着反而感觉很幸福呢!

张宝、王衡 那好,就由你来背好了!

木兰 小弟弟,请珍惜现在的和平时光吧,曾经,(对观众)背上书包去上学对我们南北朝时期的人来说简直是种奢望,小时候,匈奴屡屡犯边。

张宝 就相当于日本鬼子占我们钓鱼岛。

王衡 差不多。

木兰 (继续对观众)昨夜见军帖,可汗大点兵。军书十二卷,卷卷有爷名。阿爷无大儿,木兰无长兄。愿为市鞍马,从此替爷征。(回忆地)那一年,我比你们也大不了多少!但是我已经骑马打仗,报效祖国了!(转对两个小学生)难道一个小小的书包也不能自己背起来吗?

张宝 (略加思索)能!(抢过书包背上)兰姐,我懂了,咱中国人要自强、自立、自尊、自信!

王衡 只有这样,咱们的民族才有前途,咱们的祖国才更富强!

〔音乐起《万里长城永不倒》或《我的中国心》或《男儿当自强》,五个人一小段简单的武术

〔剧终

老师，谢谢您！

时间　现在
地点　华幼校园内外
人物　男女生各一位诗朗诵穿插出现，女老师及男女小学生若干

舞台上没有特殊要求，如果有LED或者天幕，可设计若干华幼实景（校门、操场等），景片按剧情需要转换

〔幕启，音乐起，朗诵小演员上

男　老师，您好。
女　老师，您好。
男　您就像春风，吹开了花朵。
女　您就像春雨，染绿了大地。
男　您有时像妈妈，温柔慈爱。
女　教我们尊敬师长，团结同学。
男　您有时像爸爸，严肃认真。
女　教我们知识，让我们懂得做人的道理。
男　您有时像园丁，修剪我们的枝杈。
女　您有时像艺术家，教我们唱歌、游戏。
合　亲爱的老师，谢谢您！

〔朗诵演员从上场门下，男生和老师分别从舞台上、下场门上，音乐继续，换背景

生　（捧着一幅简笔画，走到老师跟前，羞涩地）老师，您好，这是我昨天画的简笔画，您看我画得好看吗？
师　（接过）小志同学，你好呀，这个学期你的进步可真大，歌儿唱得好，（看画）画画得更好，又很守纪律！（大拇指）
生　老师，其实我很想跟您说句对不起。
师　喔？为什么？
生　刚到幼儿园的时候我很不习惯，总想再回到家里，每天睡到太阳晒屁股，起床就有爷爷奶奶陪我做游戏。
师　孩子，这不是你的错，很多小朋友刚入园时都有这样的

问题。

生　但大家很快就适应了幼儿园的生活，嗯，（羞涩）只有我，很长时间都不乖，惹您生气。

师　你现在不是改好了吗，没关系。

生　（对观众）爸爸妈妈要打我，爷爷奶奶教训我，可您却伸出双臂保护我，说我还小，让他们多给我点时间，先别着急。

师　（微笑，对观众）是呀，家长也不要随便给孩子太大的压力，要相信他们一直在努力。（握拳）

生　老师，您知道吗，是您的鼓励，让我有了成为好孩子的信心和勇气。

师　嗯，老师相信你！

生　老师，谢谢你！

〔师生下，男女朗诵上，景片换

男　老师，您好。

女　老师，您好。

男　您是园艺师，给我们浇水。

女　给我们阳光，让我们快快长大。

男　您是清洁师，怕我们落了灰尘。

女　总是耐心地把我们擦亮。

男　您每天为了照顾我们不知疲倦。

女　您有时一个上午都不休息。

合　老师，谢谢您！

〔朗诵演员下，女老师和一个小男孩分别从上、下场门走上，小男孩搬着一把平时坐的小椅子

师　（愠怒，指自己手表）小宝，现在是午睡时间，你怎么不睡觉呀，你看，其他小朋友都睡觉了，你这样不守纪律可不是好孩子呀。

生　老师，我想让您坐一会儿。

师　老师不累，（爱抚小宝）孩子，快去睡觉吧，不好好睡觉，个子会长不高的呀！

生　老师，我想让您坐一会儿。

师　小宝，听老师的话，快去睡觉，你不是已经答应过老师了吗，从今天起，做一个守纪律的好孩子，老师相信你。

生　老师，您一个上午都没有坐过，我想让您休息一下。

师　唉，（对观众）这个孩子，还挺任性，好，老师答应你，小宝，老师坐一下你就去睡觉好吗？

生　好。

师　（坐在小椅子上）小宝，去睡觉吧，谢谢你。

〔一个女孩（生乙）拿着个

小苹果从下场门跑上

师 （激动地站起，怕吵醒其他小朋友，严厉地压低声音）丽丽，你怎么也跑出来啦？你平时是最乖的孩子。

生乙 老师，送给您一个小苹果，您吃吧。

师 （接过苹果，看了看小宝，再看丽丽）是不是一定要老师吃了小苹果你们才肯去睡觉？

生乙 是的老师，您一个上午都没喝过一口水，这个小苹果是我午饭时偷偷藏起来的，我舍不得吃，送给您。

师 丽丽，小朋友不吃水果会影响健康的，下次不许这么做了，知道吗？

生乙 老师，您快吃呀。

师 老师现在吃不下，老师一会儿口渴了再吃好吗？快去睡觉吧。（对两个孩子）你们俩不守纪律，老师会生气的。

〔一女孩（生丙）从上场门跑上，手里拿一小把喇叭花

生丙 老师，这是我在草地里采的喇叭花，送给您，你闻一下，很香的。

师 （无奈状）天哪，你们今天是怎么了，组团来欺负老师是不是，都不好好睡午觉，你们平时都是很乖的呀。

生丙 老师，今天是您的生日，让我们为您唱首歌吧！

〔很多孩子从舞台两侧跑到老师跟前，"老师！"生日歌音乐起，由弱到强

〔孩子们并不唱歌，一起扑到老师身上，大喊："老师，祝您生日快乐，老师，您辛苦啦！老师，谢谢您！"

〔音乐渐弱，灯光转，孩子们和老师从下场门下

男 老师，您好。

女 老师，您好。

男 您不是演员，却时刻吸引着我们的目光。

女 您不是歌唱家，却让知识的清泉围绕着我们流淌。

男 您是一道彩虹，不出现在雨后，不出现在天空，常出现在我们心里。

女 您给我们的回忆，我们会折叠成小船，在心海里一生徜徉。

合 老师，亲爱的老师，谢谢您！

〔朗诵演员下，女老师和一个捧着空花盆的小女生从舞台两侧上，音乐依旧

生 （对老师，然后对观众）亲爱的老师，对不起，我拔掉

了教室花盆里的花种上了白菜，（哭腔）老师，真的对不起。（鞠躬）

师 孩子，老师都知道啦，老师不怪你。

生 老师，您知道吗，我现在中班了，但我还是忘不了远在故乡的奶奶和土地。

师 是呀，小时候你一直和奶奶生活在乡下，该入园了，才被爸爸接回到城里。

生 城市里的新鲜几天就过去了，虽然有明亮的教室，有漂亮的同学，有亲爱的老师，可我还是感到孤独和委屈。

师 孩子，要尽快适应幼儿园的生活，老师相信你。

生 老师，您知道吗，小时候我在奶奶的背上长大，奶奶背着我种地，老师，我好想，（哭腔）我好想我慈祥的奶奶，我好想门前的小溪和快乐的小鱼！

师 孩子，（搂过孩子）老师理解你，拔掉花盆里的鲜花老师不怪你，你在花盆里种上了青菜和玉米，是想感受到故乡的气息，关于故乡，我们谁都不会忘记，那是每一个人心灵的皈依。

生 可是老师，我还是觉得我错了，您看，（捧空花盆）之前这花盆里的花朵是多么美丽。

师 孩子，没关系，老师知道，（对观众）在孩子们的眼中，蔬菜也同样美丽，它们虽然没有花的芳香，但有时却是鲜花都无法代替的，蔬菜质朴含蓄，从不炫耀自己，它在给我们带来快乐的同时，也能把绿色和健康带去，作为老师，教育学生就是要以人为本，因人而异，（对孩子）既然蔬菜能让你感受到故乡的温馨，再换成鲜花大可不必，一会儿同学们就会带来惊喜，现在请把你的眼睛先闭一闭！（用手捂住学生眼睛）

〔同学们都端着开满鲜花和青菜的花盆从舞台下面跑上，"我们来啦——"，也包括两位朗诵的学生

甲 老师，谢谢您。

乙 老师，谢谢您。

甲 曾经的我们是多么的调皮。

乙 是您让我们懂得做人的道理。

甲 曾经的我们是多么的幼稚。

乙 是您带我们走进知识的天地。

全体 您是红烛，照亮了我们燃烧了自己。

您是绿叶,把含苞待放的我们悄悄托起。
老师,谢谢您。
老师,我们永远都爱您!

〔音乐极强,造型,定点光,切光
〔剧终

送子上学

时间　早晨上学前
地点　赵亮家内外
人物　赵亮　男，小学生
　　　陈老师　女，赵亮班主任，简称"老师"
　　　赵亮父亲　四十来岁，简称"赵父"

〔舞台正中一桌、一椅，桌上有鸡毛掸子、酒杯、二锅头酒瓶
〔赵父自下场门上

赵父　（对观众）哎呀，都来了，今天啥日子呀？（自语）啥日子也不能耽误喝酒！（倒一杯酒，一饮而尽）常言说得好呀，酒是粮食精，越喝越年轻，适当喝点酒行！（坐下，哼唱京剧）
〔赵亮背书包从下场门小心翼翼地上

赵父　（斜眼看，喝一口酒）干啥去呀？
赵亮　（胆怯地）爸，我……我去上学！
赵父　（一口酒喷到了地上）啥！昨天晚上我不是和你说好了吗，从今天开始，咱就不去上学了，你不是也答应了吗？
赵亮　爸，昨天晚上你喝了那么多的酒，我不答应你还不得给我打到精神病院里去呀。
赵父　你过来，过来。
〔赵亮战战兢兢地来到父亲身边

赵父　（一把捏住赵亮的耳朵）我说你这脑袋瓜子里是进了水了，还是让驴踢了，是让门掩了还是生蛆了？你说咱上那学有啥用呀，除了缴学费咱还得到什么权力了？（一拍胸脯，对观众）你看看你爸我，一共上了一个月课，可我逃了二十八天学，斗大的字不认得一笤筐，可我现在是咱村的养猪大户，已经让咱们家提前进入了小康，

区电视台的人都来采访我，就连咱们家的猪都有一种成就感呀！儿子，听爸的，别去上学了，和爸一起养猪，一起赚钱，好快点给你在岛内买房子、娶媳妇！

赵亮　爸，我不喜欢媳妇，我喜欢上学。

赵父　（从桌上拿起鸡毛掸子，"叭"的一声抽在桌子上）榆木脑袋不开窍呀，敬酒不吃吃罚酒是不？来，我今天好好给你洗洗脑！（举起掸子欲打）

赵亮　（带哭腔）爸，爸，我求求你了爸，你就让我上学吧，我想学知识，想有文化，（面对观众跪下）我舍不得那些喜欢我、帮助我的老师和同学呀，爸！

赵父　（缓缓地放下手中的掸子坐下身，喝了一大口酒）唉！

〔老师上，走到台前，发现赵亮

老师　（去扶起赵亮）喂，赵亮同学，你这是在做什么呀？

赵亮　（在老师的搀扶下站起）陈老师，爸爸他……（胆怯地看父亲一眼）爸爸他不让我上学。

赵父　（对老师）哟，陈老师呀，是什么风把您给吹来了呀？您在百忙之中光临我们家，嗯，有什么重要的事情吗？

老师　当然有重要事情了，今天早上我发现赵亮同学没有来上学，就觉得有些不对头呀！

赵父　我们家赵亮不去上学就不对头了吗？

老师　那当然了，赵亮是个好同学，他从来都不迟到！

赵父　（暗对观众）肯定不会迟到，我儿子每天天不亮就起来帮我喂猪了！（转对赵亮）去，爸有重要事情和老师谈，你先去喂猪！

〔赵亮看了老师一眼，老师朝他点点头，示意他先听爸爸的话，赵亮也朝老师点点头，从下场门下

老师　赵师傅，这九年义务教育，咱国家可颁布了法律，您不让赵亮上学是违法的呀！

赵父　陈老师呀，咱们在一个村子里可是住了十多年了呀，乡里乡亲的，你这次是不是手伸得太长了，事情管得也太宽了吧！

老师　赵师傅，这话可不能这么说，我来请赵亮复学可不是一个人的意见，九年义务教育可是我们每一位公民绝对拥有的权力和义务呀，您没有资格不让赵亮上学读书呀！

赵父 赵亮是我儿子，他的事情不用你管，他的前途和命运我一个人说了算！

老师 赵师傅，您是不是认为读书没有用呀？

赵父 那当然，读书有什么用呀，还要缴学费，你看我，没什么文化，不是照样靠养猪发家致富吗？

老师 好，赵师傅，我可以问您几个问题吗？

赵父 （对观众）跟我斗，还太嫩！（转对老师）有什么问题你就问我吧！

老师 鸭爸爸领九个鸭孩子过河，可到河对岸一数呀，鸭孩子只剩下八个了，您说为什么？

赵父 那还用说，落下了一个呗！

老师 错，那是因为鸭子不识数！

赵父 哈哈哈，鸭子不识数，哈哈哈，（一转念）你这是在骂我不识数！

老师 赵师傅，您是咱们村的养猪大王，我怎么敢骂您呀，开个玩笑，开个玩笑，我再问您一个问题。

赵父 这次可不许再开这种玩笑了。

老师 好，前几天我听说您养的猪死了好几头呀，那是为什么呀？

赵父 唉，陈老师您先坐，（陈老师坐）前几天确实死了好几头大肥猪呀，我这个心疼呀，那可是好几千块呀。

老师 那猪是怎么死的呀？

赵父 说来惭愧呀，那几头猪死得冤呀，本来也就是一般的感冒发烧，可是由于我不识字，把猪的口服药给当成针剂用了呀。（做打针的动作）

老师 （不失时机地）赵师傅，没文化不行呀，人还是要学知识吧？

赵父 （发现上了当）不过我敢保证，这样的事情不会发生了，在我家赵亮的帮助下，我已经把那两种药的说明书全都背熟了，你不信我背给你听听。

老师 不必了，不必了，我再问您一个问题，您前几年种芝麻为什么总是不出苗呀？

赵父 唉，在农作物里呀，这芝麻是最不好种的。

老师 是吗？

赵父 那当然，种芝麻是最讲科学、讲技术的，要是没有文化呀，你种的芝麻肯定不会出苗，不过现在我会种了。

老师 那是不是要感谢咱们农业技术推广站给我们带来的科学知识呀？

赵父 那是那是，陈老师呀，今天您这几个问题是彻底把我给问明白了，这人呀，没有知识不行呀，不上学不行呀，过去我呀也只看到了眼前的一点利益，想让赵亮快点帮家里点忙，现在我想通了，咱无论如何也要让孩子上学呀！

老师 是呀，是呀，想通了就好。

赵父 赵亮，赵亮！

〔赵亮在幕后应，系围裙，拿喂猪的水舀从下场门跑上

赵父 快脱下这身脏衣服，一会儿和老师上学去，（赵亮脱衣服）陈老师呀，咱村子里不想让孩子上学的人家还有几个。

老师 是吗？

赵父 陈老师，您能不能把九年义务教育法给我详细地说一说。

老师 九年义务教育法第一章"总则"中第五条明确规定，各级人民政府及其有关部门应当履行本法规定的各项职责，保障适龄儿童、少年接受义务教育的权利。第二章"学生"第十一条明确规定，凡年满六周岁的儿童，其父母或者其他法定监护人应当送其入学接受并完成义务教育。

赵父 陈老师，我要把这九年义务教育法告诉给我认识的每一个人，当你们学校的义务宣传员，大力宣传九年义务教育法，让村子里每一位适龄儿童都能去上学！

赵亮 爸！

赵父 儿呀，背上你的书包，爸爸要亲自送你去上学！

〔三人谢幕

〔剧终

我爱三角梅

时间　秋日傍晚
地点　一普通市民家的庭院内外
人物　捞不够　女，四十来岁，简称"捞"
　　　苗苗　捞不够的女儿，十二三岁

〔幕启　舞台正中一对纳凉用的小竹椅，两个竹椅中间是一个小茶几，茶几上置茶盘、茶壶、茶盅，茶几左前有一盆盛开的三角梅

〔捞不够手执一把修理树苗的剪刀，兴高采烈地唱着"好日子"从下场门上

捞　（唱）今天是个好日子，吉祥的事儿都能成……（边唱边修理花枝，抬头对观众）什么？不认识？（走向台口）我姓芝，叫芝蓉汝，外号"捞不够"，从来不吃亏，哪有便宜往哪儿凑，看看我家这小日子过的，那是红红火火！嘻嘻，这和我治家的科学发展观有直接关系。什么？我这盆三角梅漂亮？那当然了，告诉你们吧，这么大一盆三角梅在市面上值三百多块呢，可咱一分钱没花，厉害不？大伙瞧瞧，这花摆在我们家的小院子里是多么的漂亮，多么的和谐呀，（打了个呵欠，伸了个懒腰，回到茶几前坐下，喝一口茶）唉，先休息一下，打个盹儿，养足了精神再去搬他几盆！（坐到竹椅上闭目养神）

〔苗苗用红领巾遮住下半个脸，扮成个蒙面人，小心翼翼地从上场门上

苗　（围着三角梅看，对观众）嘿，不愧是咱厦门的市花，多漂亮的一盆三角梅，摆在这样一个小破院子里是不是太可惜了呀，哈哈，还是交给来我处理吧！（去搬花，但花太重她人小搬不动，从

兜里取出一根绳子绑在花盆上，然后像拉纤一样小心翼翼地向上场门拉）

捞　（被拉花盆的声音惊醒）谁！谁！（发现了苗苗）站住！好你个采花大盗，吃了熊心豹子胆了吧，偷东西竟然偷到我捞不够家里来了，你也不弄他二两棉花纺（访）一纺（访），我捞不够从来就不是个省油的灯！你，你快把花给我放下！不然你肯定会后悔！

苗　如果我不放下呢？

捞　我就伸出我的飞毛腿，先踢你的胸，再踹你的肋，弄你个半身不遂，武功全废！

苗　（对观众）好狠毒呀，（对捞不够）嗯……嗯……大人息怒，大人息怒，小的再也不敢了，再也不敢了，念我是初犯，您大人不记小人过，宰相肚里能行船，今天放我一马，日后定有厚报！（抱拳拱手）

捞　不行，对待你们这种人，绝对不能手软，咱们厦门可是全国文明城市呀，放了你这样的人渣我都有罪！（对观众）大伙说是不是？

苗　（暗对观众）说话"叭叭"的，尿床"哗哗"的，这种人呀，大道理只能教育别人，就是不能改造自己。

捞　喂，喂，说什么呢，说什么呢，严肃点，跟我走！

苗　请我吃麦当劳呀？

捞　呸！我还请你吃肯德基呢！

苗　那也行呀。

捞　想得美，跟我去派出所！

苗　等等，等等，跟你去派出所也可以，你要先回答我一个问题。

捞　什么问题？

苗　八荣八耻听说过吧？

捞　何止听说过，我还会背呢，以诚实守信为荣，以见利忘义为耻，以遵纪守法为荣，以违法乱纪为耻。

苗　（对观众）大伙瞧瞧，脑袋瓜多好使呀，就是不往正经地方用！

捞　住嘴，你一个小偷有什么资格评价我？走，跟我去派出所！（拉苗苗）

苗　去派出所也行，不过到了派出所你可别后悔呀！

捞　什么，我后悔，开玩笑，我后什么悔？

苗　到了派出所呀，你比我的罪还要重呢！（抱了两臂，很得意的样子）先交代一下你这花是怎么来的！

捞　（一惊，然后又强装镇定）

这……这花当然是我买来的！

苗　买来的？上坟烧报纸——你唬弄鬼呢！（步步紧逼）在哪买的，多少钱，谁来证明，有发票吗？

捞　这……这……

苗　这什么这，你编呀，再编你都成了编剧了！

捞　这……这……

苗　这花是你从会展中心的农博会上抢来的！是不是，你说呀！

捞　是……是又怎么样，大家都抢了，又不是我一个人抢，当时的场面你也知道，好几百盆都被一抢而光了。

苗　想说法不责众对不？想说抢花是爱花人的事，不能算抢对不？

捞　对……对呀，三角梅是我们厦门的市花，我在家里养一盆不行吗？我爱三角梅，我喜欢三角梅，难道不行吗？

苗　你喜欢的东西就都可以去抢呀？（步步紧逼，捞不够步步后退）你喜欢黄金吗？喜欢铂金吗？喜欢宝石吗？喜欢钻戒吗？告诉你吧，珠宝行里多的是，样样都是值钱的货，你抢去呀，小抢养家糊口，大抢发家致富是不是？你去抢呀，全市人民都去抢呀，除了道德，咱们缺什么就抢什么，咱们把人民币废除了吧，咱们把银行卡扔掉了吧，除了良心，咱们没什么就抢什么，咱们把做人的原则都丢掉了吧，咱们把中华民族的优良传统都丢掉了吧，这行吗？

（捞不够被逼得一下子坐到了椅子上）

捞　（羞愧地）这……这好像是不行。

苗　好了好了，不和你废话了，走吧，快带我去派出所吧。

捞　（满脸堆笑地站起身）嗯，小兄弟，我看这派出所咱俩谁也别去了，你走吧，咱们都当什么事情也没有发生，对，我那锅里还煲着汤呢！

（转身欲走）

苗　站住！谁让你走了，快带我去派出所，我自己找不到。

捞　（满脸堆笑）嘻嘻，小兄弟，别闹了，你看，你到我家里来偷花我也既往不咎了，你……你也快点回家吃晚饭吧，要不……要不就尝尝我煲的汤？

苗　不，我要你带我去派出所。

捞　喂，你这个家伙，是不是不识抬举呀，你以为到了派出所你就能捞到什么好处呀？就算我的花是抢来的，你有什么证据吗？
苗 这……（围花转，自语）这花也没有什么特别呀，这……这证据我还真的找不出来。
捞 （发现苗苗软了下来，对观众）跟我斗，你还嫩了点！（转对苗苗，得意地）说呀，你有什么证据证明我的花是抢来的呀？
苗 这……这……
捞 （趁着苗苗发愣的当，一把拉下她脸上的红领巾）苗苗？
苗 妈！
捞 （脱下一只鞋子追打苗苗）好你个小兔崽子，敢跟你妈开起玩笑来了，翅膀硬了是不是？
苗 （苗苗抱着头被打得边跑边躲）妈！妈！鞋下留人呀！妈！
捞 （气喘吁吁地住了手）老实交代，你怎么敢确定我的花是抢来的？
苗 妈，今天的报纸你没看呀？
捞 我从来不看报纸！
苗 昨天会展中心的抢花事件在报纸上全部都曝光了，（从衣兜里取出一张报纸）妈，你看，这、这里还有抢花现场的照片呢。
捞 （抢过报纸）我看看。

苗 妈，你看，那个笑得合不拢嘴，抱着最大一盆三角梅的人是不是你呀？
捞 不是。
苗 可我怎么看怎么像你。
捞 （底气不足地）胡说。
苗 还有，昨天你告诉我这盆三角梅是你花三百块钱买的。
捞 这也有什么纰漏吗？
苗 当然有了，妈，你平时花一角钱都十分小心，（对观众）你拿出三百块钱买花谁能相信呀？
捞 唉。
苗 妈，还有你平时治家的科学发展观。
捞 什么科学发展观？
苗 （小声地）捞不够！
捞 闭嘴！
苗 妈，日报上已经引发了抢花事件的大讨论了。
捞 怎么说？
苗 大家都说咱厦门是全国文明城市，发生这样的事情太不应该了！妈，你看你八荣八耻背得多好呀，还有……
捞 还有什么？
苗 你骗我说这花是买来的。
捞 这能说明什么？
苗 说明你还是有良知的呀，你也知道做这样的事情是不对的呀，是不能告诉小孩子的呀!

捞　（羞愧地）孩子，别说了，妈现在什么都明白了!

苗　妈，我偷花就是想把它送回去，它不应该摆在咱们家院子里，它应该摆在会展中心，让祖国各地的朋友都来欣赏它呀!让那些想来咱们厦门投资的朋友都记住咱们厦门呀!

捞　孩子，你说得对呀，咱厦门是全国文明城市，这荣誉来之不易，这是我们全市人民共同努力的结果呀，我们作为厦门的市民要一起来维护这个光荣的称号呀，咱们不能允许任何一个人给咱们美丽的厦门抹黑呀!妈糊涂呀!

苗　妈，那现在咱们就一起把这花送回去?

捞　是呀，咱们不但要把咱们自己家里的花送回去，咱们还要去发动左邻右舍，凡是家里抢了花的，我都要去做他们的思想工作，让他们都把抢来的花送回去!

苗　妈，你真是我的好妈妈!
（二人拥抱）

捞　苗苗，你更是妈的乖女儿呀!
〔欢快的音乐渐强，苗苗在前面拉花，捞不够在后面推花下
〔切光
〔幕落
〔剧终

我们的故事

时间　老师们在校的午休时间里
地点　阶梯教室,或者公共大教室
人物　小强　男,三十多岁的大龄
　　　　　　数学教师
　　　阿娣　女,三十多岁的大龄
　　　　　　音乐教师

〔幕启　舞台正中一个支架,支架上一块白色的写字板,写字板上贴着一张大白纸,白纸只用双面胶粘住上面的一个边,白纸下面盖着一些字,只要把写字板翻转过来,上面的字就会没了遮挡,变得一目了然

小强　(唱着一首爱情不太如意的歌上,唱毕对观众)唉,当个中学教师呀,工资不太高,可也不算太低,工作不轻松,大家呢也还干劲十足,可对于我们年轻教师来说呀,就有一样不太如意,那就是对象不好找,为什么?不用说您也知道,一天里的一半时间被关在校园里和学生打交道,没办法,人生大事呀就只能在学校的内部解决了,这学期刚刚调来一位音乐老师,叫阿娣,也是个大龄青年,各方面都还不错,我对她有情,看得出她对我也有意,可这层窗户纸就是不容易捅破,(羞涩地)唉,这样的事情发生在咱教师的身上怎么就这么费劲呢!(佯看屋牌)说着说着这阶梯教室就到了,(拿出手机看时间)12点25分,(对观众)教务处王主任让我今天中午12点半在这阶梯教室里等他,还说有重要事情和我说,真不知道这又是搞的什么名堂。(坐到学生椅上,拿出手机没有目的地摆弄,也可以让观众想象为在发无聊短信息)

〔阿娣唱着一首渴望爱情的歌曲从下场门上

阿娣　（唱毕，佯看屋牌）阶梯教室到了，（看表，对观众）刚好12点半，教务处王主任让我今天中午12点半在这阶梯教室里等他，还说有重要事情和我说，真不知道这又是搞的什么名堂。（进屋，二人对视）

小强　（激动地站起）阿娣！

阿娣　（激动地）小强！

小强　阿娣，你……你怎么来了？！

阿娣　啊，教务处王主任让我到这里等他，说有重要事情和我说，那你……你怎么也在这里呀？

小强　和你一样，等王主任。

〔短暂的静场，二人的目光忽然相碰对视，但由于羞涩又匆匆避开

小强　（打破尴尬局面）嗯，今天天气不错，啊。

阿娣　是呀，不错。

小强　你，吃饭了吗？

阿娣　吃过了，你呢？

小强　吃……也吃过了，（暗对观众）这不是废话吗，刚刚在食堂阿娣还给了我一个馒头呢，（转对阿娣）阿娣呀，我们坐下来说吧。

〔两人像小学生一样规规矩矩地坐到各自的书桌前

小强　阿娣，你看，你教音乐，我教数学，咱们都是研究数字的哈。

阿娣　是呀，不过我只研究到7就行了，没有你那么累呀。

小强　哪里，哪里，你看你，一天也挺不容易的啊，一会儿教学生唱歌，一会儿教学生弹琴，一会儿教学生打鼓，一会儿又教学生吹小号。

阿娣　你也不容易，当班主任不说，还要教两个年段的课，你一会儿从一楼跑到七楼，一会儿又从七楼跑到一楼，头发都累掉了。

〔两个人把桌子扭了个90度角，刚好两人可以面对面地交流

小强　（看表）这都12点35分了，王主任怎么还不来呀？！

阿娣　要不我给他打个电话？

小强　算了算了，可能是王主任临时有什么事走不开吧，我们就再等他一会儿。

阿娣　你说，王主任让我们俩在这里等他，这到底要和我们说什么呢？

小强　是呀，我也一直在想这个问题。

阿娣　肯定不是工作上的事。

小强　嗯，工作上的事在办公室就可以说呀，不会是——

阿娣　中午在食堂我给了你一个

包子，让他看见了，会不会——

小强 昨天我到你办公室坐了一会儿，王主任进屋时就咱们俩。

阿娣 最可恶的是之前刮的那阵风。

小强 是呀，还把门给关上了，王主任会不会说咱们在学校里有伤风化——

阿娣 先让咱们俩在这里反省，然后他再来晓之以理，动之以情。（慢慢地把桌子扭了180度，背对小强）

〔小强见此情景也慢慢地把桌子扭了180度，然后站起身，音乐起，唱一首想爱不敢爱的歌，唱毕垂头丧气地站到一旁

〔阿娣站起身，音乐再起，唱同样主题的歌，音乐停

小强 阿娣，其实我想，咱们也没做什么呀。

阿娣 是呀，我们有什么错呀，用得着这样折磨我们嘛！（拿出手机看时间）这都快上班了，王主任还没来呀。

小强 我看我们也不要再等他了，当个教务主任有什么了不起。

阿娣 是呀，还真没见到过这样的领导呢，太欺负人了！

小强 （手机响，打开手机看）短信息，是主任的号码，（念）把讲台上的写字板翻转180度，（对阿娣）这……这是开的什么玩笑？

阿娣 （手机响，打开手机看）短信息，是主任的号码，（念）把讲台上的写字板翻转180度，（对小强）这……这是开的什么玩笑？

小强 不管他，咱们回办公室。（欲走）

阿娣 喂，等等，咱们再考虑考虑嘛。

小强 有什么考虑的，这分明是在整蛊人嘛，一块白色的写字板，翻多少度它也变不成水墨画！走走走，你还嫌被人折腾得不够呀！

阿娣 王主任平时是挺严肃的，可他也不至于无缘无故地整人吧，我们还是照着主任说的做吧。

小强 你要翻你翻。

〔阿娣去翻写字板，可她一个人做起这事来还真挺费劲，小强看不过了，过去帮忙翻，此刻奇迹出现了，那张粘了一个边的大白纸自动翻转了下来，显示出几行黑色水笔写就的大字

小强 （念）你教音乐。

阿娣 （念）你教数学。

小强 想爱大胆去爱。

阿娣 别管男女有别。

小强 主任安排相会。

阿娣 问题尽快解决！（捂脸羞涩）哎呀妈呀，这是明着说的事嘛，这个王主任哪。

小强 （佯装不懂）喂，阿娣，问题尽快解决，什么问题呀。

阿娣 知道狗熊咋死的不？

小强 不知道。

阿娣 笨死的！

〔音乐起，两人合唱一首爱情歌曲。

〔剧终

我心中的红领巾

时间　盛夏傍晚
地点　学校操场
人物　张小亮　王小虎　班长（女）

〔张小亮、王小虎戴红领巾，背书包穿短裤
〔张小亮怀抱足球先跑上

小亮　（回头喊小虎）嗨，哥们儿，快点呀，昨天晚上看世界杯了没有？

小虎　当然看了，巴西对苏格兰，真是精彩呀，我一直看到后半夜，（不好意思地用手抓头）就是作业没完成，今天一大早挨了老师的一顿批评。背，都赶上刘备他爹了。

小亮　怎么说？

小虎　老背（备）了！（说完垂头丧气地坐到地上）

小亮　（上前去拉小虎）别想那么多了，来，咱们踢几脚球。

小虎　（才发现了小亮怀里的足球，眼睛一亮）好，你代表巴西，我代表苏格兰，咱俩来他个加时赛！

小亮　好，咱们就来他个加时赛！（二人放下书包，然后用各自的书包摆好球门）

小虎　（抢先夺过足球）你可看好了，足球先生小罗纳尔多来了，（射门，小亮扑救，突然小虎感觉脚下的鞋子有些不对头，他低头看，大惊）哎呀妈呀，我说咋使不上劲呢，原来这球鞋张了大嘴了，（垂头丧气地）算了算了，这球今天肯定是踢不成了，走吧，走吧，回家！（说完去取书包）

小亮　等等，小虎，你先别着急，我有个办法。

小虎　（展示脚下的鞋子）都这样了，你有什么办法，走吧，回家晚了再挨老爸的批评，不值！

小亮　（神秘地，卖关子）把你的红领巾解下来。

小虎　干吗？

小亮　让你解你就解，哪那么多废话。

〔小虎半信半疑地解下红领巾，递给小亮，小亮迅速地将红领巾缠到了小虎的脚上

小亮　试试，怎么样？

小虎　（试着走了几步，感受着脚下）嗯，你还别说，（又跳了几下）你还别说，行，还行，来，比赛继续进行。（二人又高兴地踢起球来）

〔此时班长背着书包蹦蹦跳跳地跑过来，发现了二人，也发现了小虎脚下的红领巾

班长　王小虎，你怎么可以把红领巾踩到脚底下呢！快……快……快解下来！

小虎　哟，我当是谁呢，原来是大班长呀。

小亮　（讨好地）班长，我们也没做什么错事呀。

小虎　大班长，现在是放学后，我们都有人身自由了，你呀，想管你也管不着了！（转对小亮）来，小亮，别理她，咱们玩咱们的。

班长　（伸开双臂挡在小虎的面前）王小虎，不准你胡来，红领巾是我们少先队员的标志，无论是谁都不能把它踩在脚下！

小亮　班长，你听我说，是这么回事，我们也是没办法呀，小虎的鞋子破了一个大口子，不能踢足球，是我想出了这么个好办法。

班长　这也能叫好办法？

小虎　（语气缓和了一些）班长，这红领巾也就是临时用用，大惊小怪的，有那么严重嘛？

班长　怎么不严重？

小亮　就是临时用用，临时，临时。

班长　临时用也不行，你们两个都是少先队员，你们把红领巾踩到脚下你们不觉得可耻吗？（二人惭愧地低下了头）少先队员是祖国的花朵，是共产主义的接班人，是民族的未来和希望，（转对观众）你们说，把红领巾踩在脚下这是我们少先队员应该做的事情吗？

〔小虎、小亮惭愧地低下了头，齐声说："班长，我们错了！"《少先队队歌》起，小虎解下脚下的红领巾，班长接过，庄严地戴在了小虎的脖子上，三人敬队礼谢幕

〔切光

〔幕落

小树，小树，快长大

时间　假日
地点　郊外
人物　小强　男，学生
　　　丽丽　女，学生，班长
　　　小树　由女学生扮

〔舞台正中由女生扮的小树双手举着青青的树枝在微风中轻轻摇曳

小树　噢，多美的晴空，多美的云彩，多美的太阳，多么明媚的春天呀！肥沃的泥土，潮湿的空气，温暖的春风，噢，我真想美美地睡上一觉，（放下手臂，又举起）不行，作为小树，我不该辜负这美妙的春天，我要生长，我要快快地生长，长成一棵参天大树，紧紧地握住脚下的泥土，锁住水分，好让我的身躯抵抗住风沙的侵袭，（舒展双臂）让那些给了我生命，给我浇水，给我施肥，关心我，爱护我的人永远幸福地生活！（摆动双臂，转动腰身，定格）

〔小强怀抱一小捆干树枝上

小强　（到台前，一屁股坐到地上，放下手中树枝）哎呀妈呀，累死了，累死了，捡树枝可把我累死了，（一边用手捶腰，一边埋怨）搞春游，搞春游，怎么也应该去趟武夷山什么的，偏要来到这荒郊野外，连肯德基都没有，还要自己生火做饭，（站起身，对观众）瞧，走了两万五千里才捡了这么点，别说生火做饭，就是我老爸点烟也点不了几根，大伙说说，这不是折磨人嘛，（发现小树，在小树身上仔细地看，看后窃笑）有了，活人还能让尿憋死？我折他几根现成的不就得了，这也算是与时俱进！（摸小树的手臂）这棵树也太小了，折他的枝我又真有点不忍心，

（环顾四周）可这附近又没什么大树，（下决心）得，（用手轻轻地拍打小树，小树被吓得摇来晃去）算你走运，本少爷就折你几根回去交差吧，（不，树摇得越来越厉害了）别动，别动，这是本领导对你的信任，这是人民对你的重托，你应该为自己的付出感到骄傲，感到自豪，折你几根枝是给你表现的机会你知道不？是让你发光发热，为祖国和人民作贡献，你看看你，左摇右摆，立场多不坚定，如果你再这样下去，我就把你连根拔起！

〔小树被吓得不敢动了

小强 哎，这样还差不多！（说完猛扯小树树枝，树枝被弄断，但一头还连在树上，小强用力过猛，突然倒地）哎呀妈呀，（手捂屁股）疼死我了，（对小树）你敢……你敢对本少爷无礼，你你……你看我怎么收拾你，（站起，用手揉屁股）哎哟，疼死我了，疼死我了。（猛地又冲向小树，一只脚蹬在小树的腰上，双手猛拽小树那根未断的树枝）

〔丽丽戴红领巾上，发现了小强

丽丽 （大喊）小强！住手！你这是在干什么？！

小强 （不屑地）大班长，什么风把你给吹来了呀，还站在那里干什么呀，快来帮忙折树枝呀，你还想不想生火做饭了？

丽丽 （过去一把拉过小强）小强，不许你这样对待小树！

小强 为什么？难道说做饭的柴火够用了？

丽丽 当然不够，小强，老师让我们捡树枝，是让我们捡那些掉在地上的干树枝，可没让你折树上的树枝呀！

小强 干树枝太少了。

丽丽 爱护花草树木是我们学生应该遵守的行为准则，你看看你自己刚才做了什么，你不为自己的行为感到脸红吗？

小强 （一脸的不屑，转对观众）听见没有，听见没有，说得比唱得都好听，（转对丽丽）大班长，我说你管得也太宽了吧，我只不过是为了集体的利益折了一根树枝，你用得着那么大惊小怪吗？

丽丽 集体的利益应该维护，但你也要注意方法呀？

小强 区区一根树枝罢了，不让折拉倒，有什么大不了的！

（转身就走）

丽丽　小强，你给我站住！

〔这时传来了小树的哭声

小树　哎哟，哎哟，疼死我了，疼死我了。

小强　谁，谁在说话？

〔二人顺着声音找到了小树的跟前

〔二人齐声道："原来是小树在说话！"

小树　小朋友，我的胳膊好疼呀，你为什么这样狠心地对待我呀，你弄伤了我的胳膊，损害了我的身体呀。小朋友，你知道吗，虽然我现在是一株小树，但我的身躯是迟早要长成一棵栋梁之材的。我的根是防止大地水土流失的，我身上的叶子是防止风沙侵袭城市的，我的手臂是给小鸟做窝的，现在，我身上的任何一个部位都不是用来烧火做饭的呀。

丽丽　是呀，小树。

小树　那些善良的人们在春天满怀希望地种下了我，等我长大了，我一定要发光、发热，尽我最大的努力，做出最大的牺牲来报答他们。

丽丽　小强，你听到小树的话了吗，你不为你刚才的做法感到脸红吗？

小强　（不好意思地低下了头）小树，对不起，刚才是我错了。（用手爱抚小树的树干）

小树　小朋友，知错就改还是好孩子，我原谅你了。

丽丽　（解下红领巾）小强，我们来为小树包扎伤口吧。

〔儿歌《小松树快长大》弱起渐强

〔二人重新扶好树枝，用红领巾缚住小树折断的树枝

小树　小朋友们！谢谢你们了！

〔二人齐声："小树，再见了，祝你快快长成参天大树！明年我们再来看你！"

〔再见！

〔剧终

（注：小树身上的树叶要用彩纸折成，切不可用真的树枝代替）

小小交警

时间　盛夏星期天
地点　明明家客厅
人物　明明　女，小学五年级学生
　　　明明爸爸　个体户司机，四十岁，简称"爸爸"
　　　明明老师　女，三十岁，简称"老师"

〔舞台正中摆放一个双人沙发，沙发前面是茶几，后面是屏风，旁边有个小饭桌，桌上摆着几样小菜，明明坐在沙发上，明明爸拿着酒瓶，端着酒杯，唱着流行歌曲从屏风后面走出

明明　（不满意）爸，你能不能不喝酒？老师和同学们在教室肯定等不及了，快点走吧！
爸爸　我不是和你说了吗？就是打死我，我也不去！
明明　我们老师知道咱家有车，你又是司机，非让我请你去给同学们讲讲交通法规，这不也是组织上对你的信任吗？
爸爸　我不稀罕！
明明　再说我又是班干部，你不去我可怎么向老师和同学们交待啊？爸，别喝了，快走吧！（拉父亲手）
爸爸　（甩开女儿的手，把手中的酒瓶放到饭桌上）小孩子懂什么！交通法规我自己有时都弄不明白，给你们讲，开玩笑，你诚心丢爸爸的脸是不是？
明明　那……那赵本山都说了，"有困难要上，没有困难制造困难也要上"。几条交通法规有什么难的，弄不明白咱学嘛，是不是？爸，快走吧。
爸爸　去去去，我说不过你，反正我是不去。（喝酒）
明明　（生气了）肯定不去？
爸爸　不去。
明明　当真不去？
爸爸　不去。
明明　好，（对观众）请你，你不去，这回我让你自己主动

	去！敬酒不吃吃罚酒，牵着不走，打着走。（推门跑下）
爸爸	（看女儿已走远，对观众）这两天我是说什么也不出门了。昨天我开车给人家送完货多贪了几杯，在路边刮倒了一个女的，要不是我溜得快，还不得让人送交警大队去呀。得，我呀，还是老老实实在家喝酒吧！（喝酒）
	〔明明老师穿着连衣裙，脚脖子上缠着纱布，小心地跟在明明后面，二人同上
明明	（敲门）爸！来客人了！快开门！
爸爸	（走到门口从门镜往外看）我的妈呀，完了，完了完了完了完了，昨个我撞那女的找上门来了！（吓得两腿打战）
明明	爸！开门哪！我们老师来了！
爸爸	（跑到屏风后面戴上个大口罩）来了，来了。（开门，明明和老师进屋）
明明	爸，这是我们的新班主任林老师。
爸爸	啊！林老师，快请进，请坐请坐，我去沏茶。（林老师坐到沙发上，爸爸转身欲走）
明明	回来，爸，你这是干吗呀？大热天戴个口罩，也不怕捂出毛病来，我妈不在家，你要是有个三长两短，我可怎么向她老人家交代呀！
爸爸	唉，没事儿，我这不是热伤风嘛，（装作打了一个喷嚏）你看，你看，又来了。（又打喷嚏）
明明	行了，行了，我出门这么大会儿你就在家伤着风了，真不省心，你先陪林老师说话儿，我去沏茶。（把爸爸按在沙发上和林老师坐，爸爸不好意思又起身坐在桌边的小凳上，明明到屏风后面去倒茶）
爸爸	林老师，星期天都没休息？
老师	这不是吗，这几天组织学生学习交通法规，现在这大街上机动车太多了，交通事故发生得也越来越频繁，学习交通法规不从孩子们抓起不行啊，我们以后还要组织学生们做义务交通管理员呢！
爸爸	这是好事呀，好事！
老师	我听明明说你们家有车，你又是司机，就打算请你给孩子们讲讲交通法规，做我们的课外辅导员，让孩子们好好跟你学习学习。
爸爸	别……别，可千万别跟我

学，（旁白）跟我学这大街上可就乱套了。

老师 （惊讶地）你说什么？

爸爸 啊，我是说我哪行啊，这……这还要让老师到家里来请，真是不好意思。

老师 （着急起身站，脚痛了一下）哎哟！

爸爸 喂，林老师。

老师 唉，昨天呀，我刚一出校门，就让一辆飞速行驶的小货车给刮倒了，我倒没什么事儿，就是受了点儿轻伤，可我感觉那个司机师傅没少喝酒呀，也不知道他会不会出什么事儿。

爸爸 （感激地）没有，绝对没有。

老师 （惊讶地）你怎么知道？

爸爸 啊……啊，我瞎说……瞎说。喂，对了林老师，那个司机开车跑了？

老师 跑了。

爸爸 （站起身，对观众）这种司机也太缺德了，抓住之后一定得严厉处罚。（做生气状站起）这种司机要不好好整治整治，那绝对不行，绝对不行。（坐下）

老师 是……是啊。

爸爸 对了，林老师你看清楚车牌号了吗？

老师 看清了，2587。

爸爸 （吓得一下子从凳子上掉下来）我的妈呀，二虎八鸡。

老师 （站起）你这是怎么了？

爸爸 （站起）没事儿，我一生气就这样，我生气……生气呀！

明明 （从屏风后端两杯茶走出）爸，你就别演戏了，大口罩是不是得摘下来了？坦白从宽，抗拒从严，这是我们交通警察一贯的处罚原则。

爸爸 （忙站起把明明拉到一边）明明，你说这话什么意思？

明明 今天早上我和同学们看到老师受了伤能不问问？

爸爸 是……那是。

明明 老师被一个坏蛋司机撞了我们能不出来管管？

爸爸 是……那是。

明明 是什么是！老师说撞倒她的那个车牌号是2587，我一听就明白了，咱们家的车牌号就是2587，你还不摘下口罩向老师认错？

〔爸爸摘下口罩走到林老师面前

老师 （惊讶地站起）怎么……怎么会是你？

爸爸 是我，绝对是我，林老师，实在对不起，昨天刮倒你的人就是我。我实在不该酒后驾车，超速行驶，肇事逃逸

　　　　呀，我有罪呀！（给老师鞠躬）

老师　啊，我现在才明白，（把明明拉到一边）明明，这个圈套是你设的？

明明　（自豪地）是我，（转对爸爸）爸爸，新交通法明确规定，酒后驾车，肇事逃逸是要负法律责任的！爸爸，你以后开车可一定不要喝酒了！多危险呀！

老师　（对爸爸）明明真是个好孩子，她在"学习交通法规争当义务小交警"的活动中做得太出色了，你应该好好向孩子学习学习呀。

爸爸　是，林老师，我现在就跟你们去，虽然我讲不出太多的交通法规，可我愿意做这次活动的反面教材，我还要向全班的同学认错！

〔三人谢幕

〔剧终

小英雄雨来

时间	抗日战争时期的一天
地点	晋察冀边区一条小河边
人物	雨来 男，12岁
	铁头 男，12岁，雨来同村的小伙伴
	妞妞 女，10岁左右，雨来同村的小伙伴
	李叔 男，地下党，由13岁左右的学生扮演，剧中人年龄在30岁左右
	日军甲 由13岁左右的学生扮演，剧中人年龄在30岁左右，简称"甲"
	日军乙 由13岁左右的学生扮演，剧中人年龄在30岁左右，简称"乙"

〔舞台上喷绘背板或天幕背景显示小河边

〔清新的音乐起，有鸟叫显示在郊外

妞妞　（从下场门手拿毛巾跑上，拾起雨来的白色小褂挥动，对观众呼唤）雨来哥，雨来哥——，雨来哥，你在哪儿呀——

雨来　（从观众席跑上，手里抓着一条鱼）妞妞，我在这儿呐，妞妞，我在这儿呢，（激动地）你看，你看，一条鱼，一条鱼！

妞妞　（接过鱼）好漂亮的一条鱼呀，雨来哥，你真厉害，快告诉我你是怎么捉到这条鱼的呀，它那么滑，游得又那么快！

雨来　（穿上小褂，抹了一把脸，甩了一下头发上的水，水溅到妞妞脸上，妞妞用袖子擦了一下，"咦，看你浑身湿淋淋的，快擦擦吧，"妞妞递毛巾给雨来，雨来接过擦）嘿嘿，妞妞呀，我告诉你，小鱼身体滑，雨来哥更滑，小鱼游得快，雨来哥更快呐！

妞妞　嗯，雨来哥最厉害！

雨来　对了，妞妞，这条鱼带回去

给爷爷熬鱼汤喝，爷爷年纪大了，前几天又被日本鬼子打伤，你要好好照顾他呀。

妞妞　可是雨来哥，河水那么凉，你好不容易才抓到一条鱼，现在送给我，我……

雨来　妞妞，别客气，听哥的话，快带回去给爷爷吃，对了，以后你每天都到河边来找我玩，我抓的鱼都是你的！

妞妞　嗯，谢谢雨来哥！

〔铁头一只手持稻草人，另一只手拿了一杆红缨枪和一个鬼子的头盔上

铁头　雨来，看看我扎的鬼子，怎么样？挺像的吧，一会儿我们就用它来练刺杀！

妞妞　铁头哥，我也要练，我也要练！

铁头　你是女孩子，你只负责绣花就好了，杀鬼子是我们男人的事。

妞妞　我也恨鬼子，鬼子打伤了我爷爷，我要报仇！

铁头　报仇也是我们男人的事，对了，你妈说让你给我当妹妹，你可要听我的话呀！

妞妞　我才不给你当妹妹呢，我要给雨来哥当妹妹。

雨来　好了好了，别闹了，妞妞，快回家吧，一会儿鱼就不新鲜了。

铁头　对了，女孩子还要学好洗衣做饭！

妞妞　哼，铁头哥你最爱欺负人！我不理你了。

雨来　好了好了，妞妞，铁头是跟你开玩笑的，他不教你刺杀，我教你，来，你看，（立好了稻草人，拿过红缨枪，给鬼子戴上头盔）这个就是小日本鬼子，咱就这样把他们全都杀光光，杀！杀！杀！

〔大家轮流刺杀鬼子，远远的有两声枪响"乒乒"

〔李叔在上场门二道幕内，小声喊，"雨来，雨来"。

雨来　听，好像是李叔的声音。

李叔　（又喊）雨来，雨来——

雨来　（和小伙伴一起跑过去，扶起腿部受伤、手持驳壳枪的李叔）李叔，李叔，你这是怎么啦？

李叔　快……快扶我到前面，那有个地道，是我跟你爸爸闲时挖的。

妞妞　李叔叔，你的腿受伤了？

李叔　没关系，刚才在送信的路上被小鬼子盯上了，他们已经追来了，快……快……快扶我去地道。

〔小伙伴们把李叔从台口扶到台下，躲在台口的底下，

〔雨来返身上台，从怀中掏出书本，坐到地上〕

雨来　（读书）我们是中国人，我们爱自己的祖国，我们是中国人，我们爱自己的祖国——

〔两个鬼子扛枪跑上，围着雨来，突然鬼子甲抢过雨来的书，狠狠地摔在了地上〕

雨来　干吗！你凭什么抢我的书！

〔鬼子乙笑嘻嘻地过来〕

乙　　小朋友，学习呢？嘿嘿，你真是个好孩子。

雨来　关你什么事！

甲　　刚刚有个人，从这里跑过去你看到了吗？

雨来　看到了，他往那个方向跑了！（指下场门，这当然跟台口是两个方向）

甲　　（对乙使了个眼色）你追过去看看，（乙从下场门跑下，甲依旧端着枪看着雨来，这时他发现了地上的红缨枪）小朋友，红缨枪是杀不了人的，知道吗？打仗要靠这个。（拍了一下自己的枪炫耀）

雨来　一把破枪有什么了不起，总有一天我们会把你们赶出中国！

乙　　（下场门复跑上）这小子撒谎，他一定是在撒谎！前面的路一马平川，根本不可能藏得住人！

雨来　我没撒谎，那个人就是往那边跑的！

乙　　难道他长了翅膀，飞上了天？（要打雨来）

甲　　（阻止乙，改诱骗）哟西，小朋友，（拾起刚刚打翻在地的书，弹了灰尘）收好你的书，好好学习的孩子还是应该鼓励的。来，（从衣服兜里取出糖果）这个给你，味道相当的哟西，（雨来扭头不要，鬼子又揣了回去，转对乙）拿来！

乙　　哈依！（脱下手表，交给甲）

甲　　（向手表吹了一口气）这是一款非常名贵的手表，可以买一栋不小的房子，怎么样？如果你说实话，这个，就是你的。

雨来　（佯装欣喜，接过，擦了擦，又听了听，然后装作不小心扔到地上）

乙　　八嘎，你！（快速拾起自己心爱的手表）

雨来　我又不是有意的。

甲　　（一把推倒了雨来）信不信我一枪毙了你！

乙　　快说，刚才那个人藏到哪里去了？

雨来　不知道！
　甲　浑小子，我枪毙了你！
　乙　队长，（踢了一脚地上的红缨枪）他肯定是小八路！
　甲　好，那就立即执行枪决！
　　　〔二人拉枪栓，雨来跳到台下，藏在台口底下，两个鬼子放枪，乒，乒！
　　　〔李叔站起跳上舞台，从侧面开手枪，乒乒，两个鬼子应声倒地
　　　〔妞妞哭腔，铁头哭腔，李叔齐喊："雨来哥——雨来——"
　　　〔雨来从台口爬到舞台上，"雨来没有死，雨来没有死！"
　　　〔雨来跑上，拾地上的书本，大家拥抱到一起
　　　〔《红旗颂》音乐起，渐强
　合　我们是中国人，我们爱自己的祖国，（鬼子演员站起，摘下帽子，脱掉鬼子军装上衣，跳出戏外和大家一起）我们是中国人，我们爱自己的祖国——我们是中国人，我们爱自己的祖国！

　　　〔声音越来越大，速度越来越快，大家一起走向台口，造型
　　　〔谢幕
　　　〔切光
　　　〔剧终

一把锄头

时间　一天傍晚
地点　小凯家内外
人物　凯爸、凯妈　四十来岁
　　　小凯　中学男生，十二三岁

〔舞台上客厅摆设：沙发、茶几、茶几上有一些茶酒具，茶几旁边有把锄头
〔幕启　凯妈从下场门上，手上端着一个电饭煲

小凯　（背书包从上场门跑上）妈，妈！今天英语考试我又得了全班第一！

凯妈　好，好，乖儿子，妈今天给你煮了你最爱吃的油饭，还有红烧带鱼！高兴不？

小凯　高兴，妈，老师今天跟我们讲了，最近咱们村里征地拆迁搞建设，有很多同学家里得了补偿款。

凯妈　是呀，我们家也一样。

小凯　妈，老师还说，这些补偿款是政府补贴给农民的，是要我们自己创业，可不能以为自己成了有钱人就坐吃山空呀。

凯妈　是呀，老师说得对，妈也是这样想的。

小凯　对了妈，柴火间那把锄头找出来了吗？

凯妈　找出来了，在这儿呢。乖儿子，我们家都已经没了土地，快变成城里人了，你还要这把烂锄头干吗？

小凯　妈，房子后面的菜园子荒了好久了，我要自己种菜吃。

凯妈　小凯，现在菜很便宜，自己种不划算，再说了，你是学生，最重要的是学习，是读书，种菜锄田是大人的事。

小凯　不，老师说劳动最光荣，学生不光要会读书，也要会劳动。

凯妈　好，好，妈说不过你，来，吃油饭。

〔凯爸提酒瓶微醉上

凯爸　（接话茬儿）油饭有什么好吃的，从今往后，我们顿顿

吃龙虾！吃鲍鱼！

小凯　爸，你不是最爱吃油饭吗？你还说油饭是你的命。

凯爸　有龙虾，爸就不要命了。知道吗，政府今天给了四百万的征地拆迁补偿款，老婆，你再也不用亲自做饭了，我已经请了阿姨，明天就来上班。

凯妈　老公，不做饭我可能不太习惯呢。

凯爸　你很快就会习惯的，我是土豪，你就是富婆，对了，儿子，你也不用好好学习了，考不考大学也无所谓，反正家里有钱，够你活两辈子。

小凯　爸，你是不是喝多了？

凯爸　（举瓶喝，发现酒没有了）没了，儿子，去帮爸再买一瓶来。

小凯　我不去，要去你自己去。

凯爸　来，这是五百块，其中两百块是你的劳务费，怎么样？

小凯　（气呼呼地）说不去就不去，我要写作业啦！

凯爸　好，好，我自己去。

〔凯爸上场门下

小凯　妈，我觉得家里突然有钱不是什么好事。

凯妈　是呀，你看看你爸，过去还很努力，现在整天喝酒打牌，不思进取，唉，有什么好办法呢？

小凯　（灵机一动）妈，我有办法，一会儿咱们俩合演一出戏。

凯妈　演戏？妈又不是演员，哪会演戏呀？

小凯　妈，你不需要会演戏，只要配合我就行了。

〔凯爸复上，提酒瓶

小凯　（一改从前的低调）老爸，来来来，我陪你喝两杯。（让座，开酒，倒酒）老爸，为了庆祝家里发了大财。

凯妈　对，庆祝老公大人成了真正的土豪，我成了真正的富……富……

凯爸　富婆！

小凯　我们一起干一杯！

凯爸　好，好，干，干！

小凯　老爸，电话借我用一下，（爸爸递电话）爸，看看，这电话，太LOW了，赶快换成鸭梨9的。

凯爸　多少钱？

凯妈　不到一万。

小凯　不算贵吧？

凯爸　不贵，不贵。

小凯　（打电话）土豪酒楼是吗？对，一会儿帮我送桌最好的大餐，要有龙虾、鲍鱼、冬蟹，标准按五千块人民币，

	对了，再来一瓶上等的洋酒！爸，可以吧？
凯妈	没关系，你爸有钱！
凯爸	这……（犹豫，有点硬撑）对，老爸有钱！
小凯	老爸，烟给我一支。
凯爸	你……你会抽烟？
小凯	自从听说家里会得到一大笔补偿款，我就开始练习享受了，对了爸，以后咱哥俩只抽中华，档次一定要上去！
凯爸	嗯，好，好，不过，小孩子抽烟终究不好吧？老婆，你说呢？
凯妈	他已经不是小孩子了，他是少东家，身家已经是几百万了，抽点烟不过分吧。
小凯	好好好，不抽烟了不抽烟了，来，老爸，好事成双，再干一杯。
凯爸	好，来，（有点勉强）干！（二人干杯）
小凯	（继续打电话）大班长，你什么时候来我家呀？今天作业可真不少，什么？你要加价？好好好，这样，我的作业你承包了，一个月两千，你看行不？（停，听）两千五，成交！（收线）爸，你看我这生意做得还行吧？
凯爸	浑小子，作业也要雇人来完成？
小凯	是呀，老爸，不是你说的吗？补偿款两辈子都花不完，我学习还有什么用呀？
凯妈	就是，初中毕业，完成九年义务教育就行了！乖儿子，妈做主了，反正家里有钱！对不对？
小凯	对！
凯爸	（终于暴发，拍案而起）对什么对！简直是胡闹！有钱也不能这么折腾！作业都不去自己完成，我看你都快成了废人了！
小凯	老爸，你不是说咱们家有钱吗？我不用读书就可以活两辈子。
凯爸	像你这样折腾，几年就把家败光啦！半辈子都撑不到！（举酒瓶狂饮）
凯妈	老公，别喝了！（抢酒）
凯爸	喝死我算了，（定了定神）老婆，我是不是做错了什么？
小凯	没，爸，你哪会错，你的外号叫"老正确"！
凯爸	老婆，其实有的时候我也会反思，钱到底是什么玩意儿，钱太多到底是好事还是坏事。
	〔音乐起
小凯	爸，钱没有错，是人错了，（对观众）你不是总对我说

吗？你小的时候家里穷，跟爷爷一边在田里干活，一边读书，最珍惜的就是书本，最尊重的就是老师，那张小时候的毕业合影你没事就拿出来看看，你小时候用过的书包至今还留着，小时候的作页你一页也没丢，你曾经对我说过："孩子，你赶上了好时代，要努力读书呀。"爸，我一直在努力读书，可为什么你变了，不就是有了点政府的补偿款吗？你就整天喝酒打牌，变得讲排场，爱享受，变得离我和妈妈越来越远，变得我们都快不认识你了，爸，你快醒醒吧，爸！

凯爸 孩子，你说得对呀，爸是该醒醒了，爸现在才明白，你刚刚是在跟妈妈演戏教育我。

小凯 爸。

凯爸 （摆手）爸不怪你，你是个好孩子，（拿起锄头，慢慢走向台口，小凯和凯妈跟上）这把锄头我还认识，这是你爷爷用过的，也是爸用过的，今天，爸要重新拿起它，找准自己的位置，好好学习，好好创业！

小凯 爸！

〔音乐急强，三人造型

〔切光

〔剧终